Omslag:	B'@RT
	grafischebom@gmail.com
Binnenwerk:	Bert van Gorkum
Drukwerk:	Drukkerij Hooiberg Haasbeek, Meppel

ISBN 978-90-8660-095-3

© 2009 Uitgeverij Ellessy
Postbus 30227
6803 AE Arnhem
www.ellessy.nl

Gerda van Wageningen

Als de lente komt...

familieroman

Hoofdstuk 1

"Is het niet geweldig?" Marthe schoot in de lach. "Jij kunt soms zo grenzeloos genieten van de kleinste dingen," grinnikte ze naar haar vriendin.

Adelheid stak gemoedelijk haar arm door die van Marthe. "Dat is een gave om trots op te zijn, al zeg ik het zelf."

Marthe wierp een onderzoekende blik opzij. "Nu je het zegt. Je zou daar wel eens gelijk in kunnen hebben. Jij bent de laatste tijd veel te ernstig. Goed, daar is ook wel reden toe, maar kijk nu eens om je heen. Bloemen, overal waar je maar kijkt!"

"En mensen," glimlachte de ander weer.

"Ja, maar daarvoor lopen we dan ook op de Keukenhof," vond Adelheid nuchter. "Sterker nog, als Hollandse meiden lijken we hier wel een uitzondering."

"Er zijn anders meerdere bussen bejaarden gelost, of plattelandsvrouwen, wie weet."

"Beide, veronderstel ik. Maar dat doet er niet toe. De winter is voorbij, en al is het nog een tikje guur met die schrale wind, de zon wint al aan kracht en het is lente. Eindelijk is het lente!"

"Ja," even versomberde de blik in Marthe's ogen. "Ik heb de hele winter geroepen: als de lente komt…, dan gaat het vast weer beter met me."

"En dat zal beslist het geval zijn." Adelheid drukte warm de arm die door de hare lag. "Kom, kijk niet meer achterom. Je bent alweer een paar maanden alleen. Agnes is stiller dan vroeger, zeg je, en Wijnand juist drukker, maar als het weer goed gaat met jou, leggen de kinderen zich ook gemakkelijker bij het gebeurde neer."

"Mijn gezin is verscheurd. Ze willen hun vader nauwelijks nog zien, maar een enkele keer gebeurt dat toch, omdat hij anders geen alimentatie wil betalen. Dus stuur ik ze, al gaan ze dan tegen wil en dank."

"Dat is zo goed als zeker slechts tijdelijk, omdat ze boos op hem zijn en jij moet volhouden te zeggen dat hij toch hun vader blijft, wat er ook is gebeurd."

"Het verhaal is zo oud als de mensheid. Ouder wordende vrouw wordt bedrogen met en verlaten voor veel jongere blom."

"Kom op, leg die bitterheid nu maar van je af. Accepteer het als een gegeven, dat je huwelijk voorbij is. Je bent net veertig geweest. Over een paar jaar ben je vast weer gelukkig met een vent die veel meer ruggengraat heeft dan je kersverse ex, en roep je misschien zelfs wel, dat de scheiding het beste was dat je is overkomen omdat je er zoveel gelukkiger door bent geworden."

"Altijd optimistisch, zoals ik al zei," murmelde Marthe met enig cynisme.

"Ja, en nu houden we erover op. Als we terugrijden in de auto mag je het er weer over hebben, maar kijk nu toch eens goed om je heen! Zeeën van tulpen in allerlei kleurschakeringen, hyacinten, narcissen, en als we het een beetje kil krijgen gaan we een lekker warme kas binnen om nog veel meer te bekijken. Wat gek, dat jij nog nooit eerder op de Keukenhof bent geweest."

"Ik ben net als zoveel anderen. In het buitenland hebben de meeste mensen meer gezien dan in hun eigen land."

"Helemaal waar, maar je weet het, ik ben een onverbeterlijk natuurmens, en als het even kan ga ik erop uit. Wandelen met de hond, rondje toeren, genieten van zon en wind aan het strand."

Marthe knapte toch weer op van Adelheid's niet aflatende optimisme. Sinds kort waren ze buren. Zoals dat gaat bij een scheiding, moest haar oude huis, met alle mooie herinneringen, met alle ruimte en de mooie tuin, worden verkocht. Nu huurde ze een eenvoudig appartement in Hellevoetsluis. Een grote gemeente. Tot voor kort had ze heerlijk buiten in een fraai dorp in de buurt gewoond. Ze... ach nee, Adelheid had meer dan gelijk! Er was een nieuwe fase in haar leven aangebroken en als het verdriet een beetje weg begon te ebben, zou ze op een of andere manier genoeg kracht hebben een nieuw en gelukkig leven op te bouwen. Ze was daar al mee begonnen, moest ze maar denken. Ze had Adelheid leren kennen, die al drie jaar in de flat woonde waar zij nu naast haar was komen wonen.

"Ik heb wel trek gekregen in een broodje of zo," waagde ze het op te merken. Het was inmiddels halfeen geweest en ze huiverde even. Haar winterjas had ze vandaag niet meer aan willen trekken, maar hier in de open vlakte was die misschien nog best op zijn plaats geweest.

"Dan gaan we een restaurant opzoeken. Het wemelt er hier van. En bij dat broodje wil ik een kop warme soep."

"Goed idee."

Niet veel later zaten ze aan een tafeltje, elk met een kop tomatensoep en een ongezond dik belegd broodje dat de bedrieglijk valse benaming droeg 'broodje gezond'. "Nu," mompelde Adelheid met een blik op het broodje. "Hoe hebben ze de naam gezond er ooit bij kunnen bedenken? Dikke plakken kaas, daarbij nog eens meerdere plakken ham en tot overmaat een in plakjes gesneden ei. Driedubbel belegd dus."

"Het broodje is gezond," weifelde Marthe en eindelijk brak er een oprechte lach door op haar gezicht. "Het beleg niet, maar dat vermelden ze er niet bij."

"Nu ja, er zitten een paar plukjes sla bij, met een schijfje komkommer en ook nog een stukje tomaat," meesmuilde de ander.

"En een klodder mayonaise."

"De soep is heerlijk."

"Ja, we zijn maar een stel mopperkonten!"

"Jij misschien, maar ik niet. Hemel, na zo'n broodje moet ik minstens weer een week aan de lijn doen om de vettigheid er weer af te krijgen."

"Jij niet. Je ziet er prachtig uit."

Adelheid grinnikte weer. "Nu ja, nog een maand, dan ben ik vijftig. Ongelooflijk, hè?"

"Inderdaad, je ziet eruit alsof je nog lang geen veertig bent geworden."

"Vleierij," lachte Adelheid opgeruimd. "Maar ja, dat horen wij vrouwen graag."

"Vind je het vervelend om Sara te zien?"

"Welnee. Je weet wat ik heb gezegd. Nadat mijn man een paar jaar geleden is overleden, interesseer ik me niet voor andere mannen. Er is gewoon niemand die zelfs maar in zijn schaduw kan staan. Ik heb een aardig pensioen en werk er drie dagen in de week bij. Zodoende heb ik het goed. Ik hoef geen groot huis met extra werk. Ik ga er liever op uit. Wandelen met de hond."

"Bram is een lieverd."

Adelheid knikte. "Ik heb hem naar mijn man Bram genoemd. De pup werd geboren een week nadat ik Bram had begraven. Nu is het net alsof ik nog tegen mijn man kan praten en de hond luistert altijd. Dan lijkt het niet zo gek als dat ik tegen Bram zou praten, terwijl er niemand meer luisterde." Zelfs in Adelheids ogen verscheen voor even een verdrietige blik. "Maar ja, we zijn achtentwintig jaar uiterst gelukkig getrouwd geweest, helaas kinderloos gebleven, maar niettemin heb ik de mooiste herinneringen en daar ben ik dankbaar voor. We hebben veel gereisd en zouden dat nog meer gaan doen als Bram niet meer zou werken, maar zover mocht het dus nooit komen. Toen ik eenmaal alleen was en een ander Brammetje had gevonden, wilde ik hem steeds meenemen en dus blijf ik sinds die tijd in Nederland. Tot mijn stomme verbazing heb ik ontdekt dat eigenlijk heel prettig te vinden. Geen gejakker meer over eindeloze snelwegen, geen drukke luchthavens en vertraagde vluchten meer. Gewoon Nederland. Als het mooi weer belooft te worden, bel ik een hotel waar ik Brammetje mee mag nemen, ga er wandelen en genieten en laat me lekker verwennen."

"Kun je altijd weg uit het ziekenhuis?"

"Meestal wel, want ik ga niet weg in de schoolvakanties. Ik heb er maar een saaie kantoorbaan hoor, en voor niet meer dan drie dagen van negen uur tot half twee."

"Dat kantoorwerk moet ook gedaan worden. Nooit een leuke dokter tegengekomen?"

"Nee zeg, doe niet zo schattig ouderwets! Tegenwoordig zijn er hordes vrouwelijke dokters en de verpleging komt even vaak neer op broeders als op zusters."

"Ik weet het."

Ze hapte in het broodje, want de soepkom was inmiddels leeg gelepeld. Het was vers en knapperig. "Nu, zo ongezond als het is, het is een lekker broodje," stelde ze vast.

Het was een heerlijke dag geweest, toen ze moe van het rondsjokken weer naar huis reden in de oude cabrio van Adelheid. "Zoiets moeten we nog eens doen," zei Adelheid. "We zijn allebei alleen, en soms is het helemaal niet leuk om er alleen op uit te gaan."

"Dat is waar, maar straks komt de vakantieperiode en dan wil ik zoveel mogelijk met Wijnand en Agnes op stap."

"Ja, kinderen. Dat mis ik."

Marthe keek de ander onderzoekend aan. "Soms is het moeilijk om iemand de vraag te stellen, of het de bedoeling is geweest dat er geen kinderen kwamen, of juist niet."

"Bij ons was dat laatste het geval en daar is veel verdriet over geweest. Nu weer. Mijn leeftijdgenoten beginnen de een na de ander oma te worden, maar wie geen moeder is, wordt automatisch ook nooit oma. Dan komt het oude gemis opnieuw bovendrijven."

"Het spijt me voor je," mompelde Marthe, terwijl ze de sleutel van haar voordeur tevoorschijn viste uit haar tas.

"Ach, ik kijk terug op prachtige huwelijksjaren. Er zijn mij veel dierbare herinneringen gebleven en dat is ook veel waard."

De ander knikte. "Momenteel herinner ik me vooral de laatste moeilijke jaren en dan komt er zoveel pijn en verdriet boven dat ik denk: dat was eens maar nooit meer."

Adelheid knikte bemoedigend. "Je moet maar denken dat die fase ook weer voorbij gaat."

"Ik hoop het," zuchtte Marthe. "Zoveel bitterheid is niet goed voor een mens."

"Onderdrukken helpt niet. Je moet verdriet eerst voelen, want pas daardoor komt er ruimte om het te verwerken."

Ze schokschouderde en aarzelde voor haar deur. "Je houdt je groot voor je kinderen, zo gaat dat."

"Voor hen kan ik me dat voorstellen, want ook zij hebben het moeilijk. Maar jij moet je gevoelens toch kwijt, niet bij hen, maar bij iemand anders. Ik bied me aan, maar een psycholoog is ook een optie. Denk er maar over na."

"In ieder geval was dit een heerlijk uitje en daarmee een opsteker. Dank je dat ik mee mocht."

Zodra de deur achter haar in het slot gevallen was, keerde ze terug in een dagelijkse werkelijkheid waarvan zelfs Adelheid geen flauw vermoeden had, dacht Marthe aangeslagen. Onwillekeurig keek ze om zich heen. De kinderen waren kennelijk niet thuis geweest. Er waren geen sporen van klaargemaakte boterhammen of zo. Zelfs de kamer van Wijnand was opgeruimd gebleven. Bij Agnes keek ze ook wel, maar zij was een stil, teruggetrokken meisje van veertien. Ze was altijd al rustig geweest en had graag gelezen. Na de scheiding was dat misschien erger geworden, maar nu Marthe zo met zichzelf en zeker met Wijnand in de knoop zat, besteedde ze daar misschien wat te weinig aandacht aan. Ze wist het en voelde zich daar best schuldig over, maar tegelijkertijd voelde ze zich niet bij machte haar dochter te bereiken.

Wijnand was het andere uiterste. Hij puberde met zijn zestien jaren volop, maar de laatste tijd verloor ze haar grip op hem. Vaak was hij weg en dan had ze er geen idee van waar hij uithing. Als ze hem daar bij thuiskomst naar vroeg, kon ze een snauw en een grauw krijgen. Hij was nooit het toonbeeld van netheid geweest, net zijn vader die er ook een handje van had gehad alles te laten slingeren! Maar Wijnand was drukker, onbeleefd was zelfs veel te zwak uitgedrukt als ze zijn houding voor zichzelf probeerde te beschrijven. Hij vloekte tegenwoordig met het grootste gemak, en het was inmiddels zelfs zo erg geworden dat ze er niet eens meer iets van durfde te zeggen uit angst door hem op een onheuse manier te worden afgeblaft. Wijnand was veranderd in een druk en veeleisend kind. Nooit meer was iets goed genoeg. Zijn cijfers waren de afgelopen maanden behoorlijk gekelderd en nog maar een week of twee geleden was ze opgebeld door zijn school en had ze tot haar stomme verbazing vernomen, dat hij tegenwoordig regelmatig spijbelde. Ze had er haar zoon met bonkend hart naar gevraagd, waarom hij niet langer elke dag naar school ging, maar hij had gescholden en niet gezegd waar hij dan wel heen ging. Ze hoorde namen vallen als Niels en Lou, kennelijk nieuwe vrienden van de laatste tijd, van wie de ouders niet zo benepen deden als de jongens ergens naartoe wilden. En hij vroeg elke week om extra geld. Ze had haar kinderen al vanaf hun twaalfde jaar elke maand eigen zakgeld gegeven, waarvan ze rond moesten leren komen, in de vaste overtuiging dat dit de beste manier was om hen goed met geld te leren omgaan. Dat vond ze belangrijk. Ze hield niet van schulden maken en voor jonge kinderen was dat moeilijk, juist in deze tijd die bol stond van de verleidingen, waardoor jongelui aan alle kanten bloot stonden aan reclames en andere verlokkingen. Als ze Wijnand hoorde praten, kreeg iedereen veel meer zakgeld dan hij. Ze wist, dat hij bij zijn vader extra geld aftroggelde. Dat had Agnes haar verteld. Verder werd er weinig over de scheiding gesproken. Ook voor haar kinderen lag het gebeurde van afgelopen zomer kennelijk nog te gevoelig. Het was vooral voor haar zoon schijnbaar moeilijk te aanvaarden, dat ze tegenwoordig rond moesten komen van veel minder geld dan vroeger. Ze gaf hen wat ze maar even kon missen. Natuurlijk betaalde Bert wel alimentatie voor de kinderen, dat was hij wettelijk verplicht, maar dat geld kwam lang niet altijd en het werd ingezet als machtsmiddel. Dat was ze zich bewust, maar daarmee wilde en kon ze het tweetal niet lastig vallen. Zij was volwassen, zij moest maar liever veel in stilte dragen. Agnes en Wijnand waren nog zo kwetsbaar onder de bravoure die vooral haar zoon uitstraalde. Soms dacht ze, dat onder die bravoure misschien een bange, ontredderde jongen school, maar dan ging hij weer zo verbaal tekeer, dat ze zelfs afkeer kon voelen ten opzichte van haar eigen zoon. Ze zuchtte en plofte op de bank. En dan was er vanmorgen de ontdekking geweest, dat ze geld miste uit haar portemonnee. Ze had al eerder gedacht, dat ze meer geld moest hebben dan erin zat, maar vanmorgen wist ze het zeker. Gisteren had ze geld opgenomen, twee briefjes van vijftig euro. Daarna was ze nog naar de supermarkt geweest om een paar kleine dingen te kopen. Die had ze contant betaald met een van die briefjes. Nu ze zuinig moesten zijn, nam ze elke week een afgepast bedrag aan huishoudgeld op, waar ze koste wat het kost mee rond moest komen, want als je veel met een pinpas betaalde, stond je rood voor je er erg in had. Uitgaven liepen immers altijd veel sneller op dan een mens dacht. Als wisselgeld had ze in de supermarkt een briefje van tien en van twintig gekregen, plus nog wat kleingeld. En dat briefje van twintig had er vanmorgen niet meer in gezeten. Ze had haar tas drie keer nagezocht of ze het mogelijk ergens anders had opgeborgen, maar ze wist best dat dit niet het geval was. Ze had niet met Adelheid durven praten over de angstige vermoedens waar ze de hele dag mee rond had gelopen. Nee, Agnes zou zoiets nooit doen. Het moest Wijnand zijn geweest. De jongen was het spoor bijster, dat was waar, maar kon het echt zo zijn dat hij stiekem geld stal uit de portemonnee van zijn moeder? Ze zou het hem moeten vragen en tegelijkertijd stelde ze vertwijfeld vast, dat ze dat niet durfde. Zomaar op de bank, met haar jasje nog aan, bezweek Marthe bijna onder de trieste waarheid van dat moment. Ze vermoedde dat haar zoon zover was losgeslagen, dat hij kennelijk zonder gewetensbezwaar geld uit de portemonnee van zijn moeder haalde. En misschien nog van anderen? Zou hij dat ook bij zijn vader doen? Dat kon ze niet vragen. Zo was de verstandhouding niet. Dat moest natuurlijk op een gegeven moment veranderen, dat wist ze ook wel. Gescheiden mensen die kinderen deelden, bleven onherroepelijk door hen met elkaar verbonden. Er zouden diploma-uitreikingen zijn, in de verre toekomst misschien een huwelijk, kleinkinderen. Er zouden volop gelegenheden zijn, waarop ze Bert niet zou kunnen ontlopen en dan hoopte ze maar dat ze zonder teveel pijn in haar hart toe kon kijken, als hij een arm om de jongere vrouw heensloeg, voor wie zij het veld had moeten ruimen. Nu deed dat allemaal nog teveel pijn en ze wilde ook niet laten blijken dat het niet goed met Wijnand ging. Stel je voor, dat Bert dat ook vond en zou eisen, dat de jongen bij hem zou komen wonen? Dat zou ze nog erger vinden dan te worden uitgescholden door haar zoon!

Ze huiverde en stond op om haar jasje eindelijk uit te trekken, haar schoenen te vervangen door een paar veel lekkerder zittende slippers, de verwarming hoger te zetten omdat het wat kil in huis was en ze moest zelf maar liever een kop koffie nemen. Verdraaid, meer dan een half uur had ze op de bank zitten mijmeren en piekeren en wat was ze daar mee opgeschoten? Niets, helemaal niets! Ze was alleen maar erger van streek geraakt in een poging de werkelijke aard van haar problemen onder ogen te zien. Dat Bert er niet meer was, daar kon ze niets aan veranderen. Dat Agnes zo stil en teruggetrokken was geworden, daar kon ze echter wel degelijk meer aandacht aan besteden. Door meer openhartig met haar dochter om te gaan en niet zo krampachtig haar eigen pijn te willen verbergen. Ze leed onder het verdriet en voelde die pijn, daar moest ze zich maar liever niet langer voor schamen. En Wijnand? Ze wilde maar dat ze het wist. Ze durfde zelfs de huisarts niet om raad te vragen, bang als ze was dat die voortvarend een of andere jeugdzorginstelling op de hoogte zou stellen dat er problemen waren en dat die dan weer Bert zouden waarschuwen, met alle mogelijke gevolgen van dien. Maar zo modderde ze nu al sinds kerstmis aan en opgelost werd er niets. Er moest iets gebeuren. Maar wat?

Hoofdstuk 2

"Ik heb een baan." Marthe keek Adelheid opgetogen aan, toen zij juist de deur uitstapte en Adelheid op bijna hetzelfde moment uit de lift stapte omdat ze net thuis kwam.

"Nee maar, Marthe, gefeliciteerd! Wat is het geworden? Die baan in de supermarkt of in het tehuis?"

"De laatste en voor mij ook de beste optie," glimlachte ze.

"Gelukkig dan maar."

"Het enige is, dat ik na de vakantie een opleiding moet gaan volgen en regelmatig in het weekeinde en ook 's avonds moet gaan werken."

"Ja, op dergelijke tijdstippen is het juist moeilijk om voldoende personeel te vinden, moet je maar denken."

"Ze werken in de weekeinden en vakanties veel met studenten."

"Wat ga je daar doen?"

"Helpen met wassen en aankleden van de bewoners en de maaltijden verzorgen. Ook daar moet tegenwoordig een diploma voor worden gehaald. Ik word dus een soort verzorgende."

"Wel, je hoort niet anders dan dat de vergrijzing zo ongeveer een ramp voor de maatschappij betekent, wat ik natuurlijk grote onzin vind. De huidige ouderen hebben hun leven lang voor hun pensioen gespaard, en daarmee de bedrijven groot gemaakt die er nu zo moeilijk over schijnen te doen dat ze dat eindelijk eens terug moeten gaan betalen! Maar dat terzijde. Fijn voor je! Voor hoeveel uur per week?"

"Veertig." Ze werd een beetje bang van de gedachte alleen al, maar ja, ze had sinds de geboorte van Wijnand nooit meer een betaalde baan gehad, omdat Bert dat niet nodig vond en hij naar eigen zeggen genoeg verdiende om zijn gezin behoorlijk te onderhouden, zoals hij altijd een tikje ouderwets verkondigde. Ze wist overigens, dat hij dat destijds oprecht gemeend had. Toen had ze zich vanzelfsprekend nooit gerealiseerd, dat zij daardoor bij een eventuele scheiding wel heel erg in het nadeel zou komen te verkeren. Maar nu ze daarmee werd geconfronteerd, kon ze dat vanzelfsprekend niet meer terug draaien.

"De verdiensten hellen niet over, maar ik word er wel onafhankelijk door."

"Omdat jij veel minder gaat verdienen dan hij, zal hij je heus nog een tijd alimentatie moeten blijven betalen."

"Er zal wel snel herziening door hem worden aangevraagd, nu ik inkomsten van mezelf ga krijgen."

"Ja Marthe, veel vrouwen realiseren zich niet eens, hoe afhankelijk ze zijn geworden, al hebben de meesten tegenwoordig best een leuke parttime baan. Als het huwelijk echter strandt, en hoe vaak komt dat momenteel niet voor, dan realiseren de vrouwen die dat overkomt zich te laat, hoezeer ze dan in het nadeel zijn komen te verkeren."

"Vrouwen zoals ik dus! Je geeft me het gevoel, dat het dom was, maar ik was er destijds oprecht van overtuigd dat het voor de kinderen het beste was, zo'n mamma te hebben die hen thuis opwachtte met de spreekwoordelijke thee en de koekjes. Als je trouwt, denk je toch allemaal dat jouw huwelijk voor altijd is?"

"Natuurlijk, en dan lijken de genomen beslissingen prima. Totdat....Nu ja, al heb je het nu een stuk minder, het moet toch meer ruimte in je portemonnee geven dan enkel een karige alimentatie waarmee je bovendien behoorlijk wordt gemanipuleerd door te late of te lage betalingen."

Ze knikte. "Ik bouw, als ik ga werken, alsnog een bescheiden pensioentje op. Ook niet onbelangrijk."

"Inderdaad, heel belangrijk," bevestigde Adelheid hartelijk.

"Wanneer ga je beginnen?"

"Volgende week al. Het maakt me een beetje bang, als ik eerlijk ben. Ik werk al zeventien jaar niet meer. En dan ineens zoveel uren."

"Nood breekt wet. Het helpt natuurlijk, dat je vroeger een jaartje leerling-verpleegster bent geweest."

"En mijn opleiding niet heb afgemaakt, omdat ik teveel van streek raakte door zielige gevallen. Ik herinner me een overlijden van een jonge vrouw, nauwelijks ouder dan ik destijds. Ze was vreselijk toegetakeld nadat ze onder een vrachtwagen terecht was gekomen. Ik moest haar verzorgen en kon dat niet aan. De volgende morgen heb ik mijn vertrek aangekondigd en toen nog drie jaar op een kantoor gewerkt voor ik Wijnand kreeg."

"Voor je scheiding werkte je als vrijwilligster in een tehuis, dus je kent de gang van zaken een beetje."

Marthe knikte. "Dat hielp kennelijk. Ze zeiden tenminste, dat ze wisten dat ik een rustig en betrouwbaar medewerkster zou worden."

"Fijn. Dat moet toch een pak van je hart zijn, Marthe."

Ze knikte en Adelheid opende haar deur. "Mijn zwager komt straks eten, dus ik moet opschieten."

Zelf ging Marthe naar beneden om haar fiets te halen. Het tehuis was net als haar appartement in Hellevoetsluis. Nu ze niet langer een autootje had, omdat ze de hoge kosten ervan niet kon betalen, moest ze alles op de fiets doen en als ze haar moeder op ging zoeken in Spijkenisse, moest ze de bus nemen. Ongeveer een maand geleden was eindelijk haar oude huis, dat na de scheiding verkocht had moeten worden, opgeleverd aan de nieuwe eigenaar en had ze kort daarna de helft van de overwinst op haar rekening bijgeschreven gekregen. Twintigduizend euro! Bert had dit bedrag onmiddellijk op de alimentatie willen korten, omdat ze zichzelf daarvan best kon onderhouden tot ze een eigen inkomen had verworven, maar die vlieger was gelukkig niet opgegaan. Als ze na twee maanden werken hopelijk een vast contract kreeg, kon ze mogelijk van een deel van dat geld een leuk autootje kopen, zodat ze weer mobieler was. Ze had spullen uit haar oude huis mee genomen, maar natuurlijk het een en ander aan moeten vullen. Daarvoor had ze een lening af moeten sluiten, die ze met dat geld inmiddels weer had afgelost. In ieder geval had ze niet langer schulden, want daar voelde ze zich knap ongemakkelijk bij. Ze had tot vorig jaar nooit beseft, dat er weinig spaargeld was geweest. Bert hield ervan, om het geld te laten rollen en zolang ze met hem getrouwd was geweest, hadden ze er inderdaad goed van geleefd. Mooie spullen, mooi huis, minstens twee keer per jaar op vakantie, regelmatig uit eten en ze had een leuke auto gehad waar nu die del in reed met wie….

Ho, geen bittere gedachten meer! Haar huwelijk was voorbij. Ze was nog maar begin veertig en ze zette nu een grote stap in het opbouwen van een nieuw en vooral onafhankelijk leven. Een mens schoot niets op met verlangens naar vroeger of naar hoe het zou kunnen zijn, als…. Adelheid hield haar niet voor niets keer op keer voor, dat ze vooruit moest kijken en niet achterom.

De afgelopen maanden waren vreselijk geweest, want ze bleek slecht tegen onzekerheid te kunnen, maar kijk nu eens. Ze woonde inmiddels in een aardige flat in een groene wijk. Het was een leuke wijk en van verpaupering was gelukkig niets te bespeuren. Ze had zelfs een baan gevonden! Haar twee kinderen woonden bij haar, en hun vader moest de komende jaren de kosten van hun opleiding en kleren betalen. Zo langzamerhand verdwenen de onzekerheden van die eerste tijd, en begon haar nieuwe leven vorm te krijgen. Ze had Adelheid leren kennen en die was een goede vriendin van haar geworden. Dat was ook een vorm van rijkdom. Vroeger had ze alleen Coby gehad, maar haar oude vriendin was drie jaar geleden met haar veel oudere en net gepensioneerde man naar de Ardèche verhuisd, en hoewel ze elkaar via de computer keer op keer beloofden elkaar weer eens te treffen, was het daar niet meer van gekomen. Leven was verandering, altijd maar weer! Haar vader was jong overleden. Haar moeder woonde in Spijkenisse en was net zesenzestig geworden en ook nog volop als vrijwilligster actief. Sinds een jaar golfde mam, waar ze veel plezier aan beleefde. Over mam hoefde ze zich geen zorgen te maken. Eindelijk leek haar leven weer in rustiger vaarwater te komen. Binnenkort moest ze toch eens met haar kinderen praten over hun vader, want het was niet goed dat ze hem nauwelijks nog wilden zien, maar ze waren inmiddels te oud om een bezoekregeling te kunnen laten opleggen door de rechter, al had Bert dat wel geprobeerd. Haar grootste zorg was op dit moment eigenlijk alleen haar zoon, die zo veranderde, en dat op een manier die haar grote zorgen baarde.

Ze fietste naar het centrum van het oude vestingstadje, waar ze altijd al graag was komen winkelen toen ze vroeger nog in het dorp op een paar kilometer afstand woonde. Tegenwoordig was winkelen met een lege portemonnee niet bepaald leuk te noemen. Ze moest echter een paar kleine dingen hebben en was blij er even uit te kunnen. De zon scheen. Nog maar een jaar geleden zou ze onbezorgd een uurtje op een terrasje zijn gaan zitten, maar nu spaarde ze zelfs de kosten van gewoon een kopje thee maar liever uit.

Een uurtje later was ze weer thuis. Agnes was er, Wijnand niet. "Alles goed op school?" vroeg ze optimistisch, nadat ze haar dochter had verteld over de baan.

"Ja hoor mam. Maar het is wel ongezellig, als jij er straks in het weekeinde nauwelijks bent."

"Het kan niet anders, lieverd."

"Dat weet ik ook wel. O, ik wou dat pa nooit in de klauwen van die Nicolette terecht gekomen was! Misschien zet ze hem wel weer aan de dijk, mam, en wordt alles weer net als vroeger?"

"Ik denk het niet, meisje. Ik wil tenminste nooit ofte nimmer een man terugnemen, die mij zo schaamteloos bedrogen heeft."

"Nu ja, dat is vanzelfsprekend verstandig van je. Als pa het al zou willen...."

"Dat is niet aan de orde. We wonen hier ook fijn."

"Dat vind ik niet."

"Het nieuwe huis ligt lekker centraal. Jullie konden daardoor op je oude school blijven en wij moesten het oude huis nu eenmaal uit."

"Misschien kun je later weer een huis kopen, als je genoeg verdient," hoopte Agnes.

Marthe moest lachen. "Tegen die tijd staan jullie ongetwijfeld al te springen om op jezelf te gaan wonen."

"Nu ja, we wennen er wel aan, dat je vaak weg bent als wij thuis zijn."

"Wijnand is zelf vaak weg. Zijn nieuwe vrienden, die Niels en Lou, ken jij die eigenlijk?"

"Lou wel, die zit bij hem in de klas. Ze heten Jansen of zoiets. Lou heeft zelfs al tatoeages."

"Nee toch?"

"Ja mam. Wijnand ziet Peter immers nooit meer." Peter was sinds de lagere school zijn beste vriend geweest, maar hij was sinds vorige zomer verhuisd naar Amsterdam. "Mam, je moet Wijnand toch eens vragen waarom hij bijna altijd 's avonds weg is."

Ze wist het best, maar negeerde de indringende vraag van haar dochter welbewust. "Wat is Niels eigenlijk voor iemand?"

"Weet ik niet, mam. Hij hangt altijd op straat rond. Hij schijnt nauwelijks nog naar school te gaan en heeft een grote mond, dat wil je niet weten. Ik blijf maar liever ver uit zijn buurt."

"Dat lijkt me verstandig," mompelde Marthe niet bepaald gerustgesteld door de dingen die haar dochter haar vertelde.

"Je moet er een keer met Wijnand over praten, mam. Het gaat niet goed met hem. Ik hoorde laatst dat hij spijbelt."

"Ja," bevestigde ze. "Dat heb ik ook gehoord, maar Wijnand houdt vol, dat dit maar een enkel keertje is voorgekomen en dat alle jongens dat wel eens doen."

"Ik weet het niet, hoor," weifelde haar dochter.

Marthe stond op. Ze had geheel volgens het boekje thee gedronken met haar dochter, en nu moest ze in de keuken aan de slag. Hoe ze het straks moest gaan regelen als ze met de warme maaltijd nog in het tehuis was, wist ze nog niet. In ieder geval zou er wel sprake zijn van late diensten, maar de meeste handen waren toch in de morgenuren nodig, als de bewoners van het tehuis geholpen moesten worden met opstaan, wassen en aankleden en ook met het eten. Na de warme maaltijd tussen de middag, werd het altijd rustiger omdat de bewoners dan een dutje gingen doen. Dan was het tijd om rapporten en zo bij te werken en voor je het wist was het dan vier uur geworden en tijd om naar huis te gaan. Nee, de dagdiensten zouden geen probleem vormen. Ach, ze moest zich niet zoveel zorgen maken! Het zou zichzelf allemaal wel wijzen.

Net toen ze de aardappelen schilde, ging de telefoon. "Dag mam. O, kom je zaterdag koffie drinken? Nu, leuk, ik kijk er naar uit." Daarna vertelde ze haar moeder opgetogen van haar nieuwe baan.

Pas drie dagen later bleek, dat het voor haar moeder die zaterdag niet enkel een gezellig bezoekje betrof.

"Ik miste geld nadat Wijnand bij me op bezoek was geweest

en weer was vertrokken," begon haar moeder zichtbaar ongemakkelijk en Marthe schrok zich een hoedje. Slechts met de grootste moeite wist ze die schrik voor haar moeder te verbergen.

De twee vrouwen zaten tegenover elkaar en de een deed voor de ander haar best het ongemakkelijke gevoel, dat hen beiden in de greep had gekregen, te verhullen. Tegelijkertijd waren ze zich er beiden van bewust, dat dit een kwestie was die goed moest worden uitgesproken.

"Weet je het heel zeker, mam?" was de eerste vanzelfsprekende en moeilijke vraag, die Marthe geschokt stelde.

"Beslist, heel zeker. Je weet, dat ik altijd heel precies ben met het uitgeven van geld. Vorige week kwam Wijnand langs, onaangekondigd en onverwacht. Op zich keek ik daar best wel van op, want hij deed dat nooit eerder. Ja, hij kwam met jou mee als er iets was, maar zomaar alleen zijn oma opzoeken? Ik was er zo blij mee, dacht te begrijpen dat de jongen het moeilijk had met het vertrek van zijn vader en zo. Ik maakte chocolademelk voor hem en we kletsten gezellig. Hij bleef niet lang, maar het deed me onnoemelijk goed. Een uurtje later kwam de glazenwasser afrekenen. Ik weet het dus zeker. Een briefje van twintig euro om hem te betalen, had ik die morgen bij het boodschappen doen al apart gehouden, nadat ik met een briefje van vijftig euro had betaald in de supermarkt, expres om wisselgeld te hebben voor die glazenwasser. Het briefje zat er niet meer in, Marthe. Hij moet het gepakt hebben, toen ik die chocolademelk maakte, want verder ben ik de kamer niet uit geweest. Ik heb dagenlang lopen dubben, of ik me echt niet vergist kon hebben, maar nee, ik ben er zeker van, en toen moest ik mezelf keer op keer overwinnen om jou te waarschuwen. Volgens mij gaat het niet helemaal goed met Wijnand. Heb jij nooit iets gemerkt?"

Ondertussen had ze een kleur als vuur gekregen en ze opende haar mond om iets te zeggen, al wist ze zelf niet wat, maar ineens leek een dikke prop haar keel wel dicht te schroeven. Het enige dat ze op dat moment kon doen was min of meer hulpeloos haar schouders ophalen.

"Och kind," zuchtte haar moeder meelevend. "Kom, misschien kunnen we elkaar helpen om dit probleem weer in goede banen te leiden, voor het nog verder uit de hand loopt."

Marthe huilde een beetje. Gek genoeg verdween de schaamte over het gedrag van haar zoon even plotseling als die was opgekomen en luchtte het haar enorm op, eindelijk haar zorgen en bange vermoedens met iemand te kunnen delen, wat ze tot vandaag zelfs niet met Adelheid had gekund.

"Het gaat al een tijdje niet goed met hem. Hij spijbelt, hij heeft een verkeerd vriendje gekregen met een oudere broer die om zijn slechte gedrag bekend staat. Als ik er iets van zeg, kan ik een grote mond krijgen. Hij vloekt verschrikkelijk, en als ik hem daarop aanspreek, reageert hij opstandig door te zeggen dat hij die woorden nog van zijn vader heeft geleerd, voor die vertrok. Hij is boos op de hele wereld, op zijn vader in het bijzonder, maar ook op mij, kennelijk omdat ik het heb laten gebeuren of zo. En mam..., onlangs miste ik eveneens geld. Ik weet niet meer wat ik er aan moet doen!"

"Ga ergens praten."

"Mam, als ik met jeugdzorg te maken krijg, komt er een wirwar van mensen over de vloer en stel je voor, dat ze Wijnand dan bij mij weg willen halen?"

"Heb je het er met Bert over gehad?"

"Mam! We praten zelfs niet over normale dingen! Hoe kunnen we het dan over dit soort dingen hebben? Bert zal vanzelfsprekend zeggen, dat het allemaal mijn schuld is."

"Net als met de scheiding? Hij beweerde immers ook, dat het jouw schuld was dat hij zijn geluk elders moest gaan zoeken? Ach, zo zijn mannen. Zo is hij." Haar moeder moest toch ook even haar neus snuiten. "Er moet een oplossing komen, Marthe."

Ze knikte en droogde haar tranen weer. "Ja mam, als ik maar wist hoe."

"Misschien kun je eens gaan praten met je huisarts?"

"Die is niet voor zulke problemen en stuurt me door, ben ik bang. Wijnand ziet me al aankomen, als ik zeg dat hij ergens mee naar toe moet om over zijn problemen te gaan praten. Ik voel me zo schuldig."

"Wel, je moet er wel over nadenken, kindje. Het is niet verstandig om te negeren dat Wijnand begint te ontsporen en natuurlijk zit de scheiding hem dwars. De jongen heeft een gevoelige leeftijd en de verleidingen waardoor jongelui vandaag de dag worden overspoeld, ik denk dat ik daar als oudere eigenlijk geen idee van heb."

"Dat is zo, mam. Dank je dat je gekomen bent."

"Het is goed om er eerlijk over te kunnen zijn. Dat is de eerste stap, denk ik. En Agnes? Lijdt zij onder het gedrag van haar broer?"

Marthe knikte en keek haar moeder hulpeloos aan. "Ze is zo stil geworden."

"Ze was vroeger ook nooit een druktemaker."

"Nu is ze nog veel stiller geworden. Ze zondert zich af, ook al veel meer dan vroeger. Als ze uit school komt, drinkt ze soms nog wel een kopje thee met me, maar meestal gaat ze meteen naar haar kamer. Vriendinnen komen hier niet meer. Die had ze vroeger in het dorp. En op die grote scholen van tegenwoordig, raken kinderen hun oude klasgenootjes al te gemakkelijk kwijt. Ze lijkt een beetje verloren te zijn, daar in de massa, en niet goed aansluiting meer te kunnen vinden. Ja, ze is erg stil, dus ook over Agnes maak ik me zorgen."

Haar moeder stond op. "Ik ga een glaasje wijn voor ons inschenken, als hartversterkertje. De moeilijkste vraag moet ik nu misschien wel stellen. Hoe gaat het eigenlijk met jezelf, kindje?"

Marthe keek haar moeder plotseling glimlachend aan. "Beroerd, maar dat komt vooral vanwege de zorgen om de kinderen. Ik zal heel eerlijk zijn, mam. Misschien duurt het wel járen, om te verwerken dat Bert me op die ontluisterende manier in de steek heeft gelaten, dat hij ineens zo gierig is geworden naar mij toe, en er niet om maalt dat ik nu moet rondkomen van een klein inkomentje en moet wonen in een flat waar ik een jaar geleden nog voor geen goud had willen wonen. Terwijl hij plannen maakt om lange reizen te gaan maken, kan ik nog niet eens een weekje met de kinderen een eenvoudig huisje huren, om ze tenminste nog iets te geven om naar uit te kijken in de komende zomervakantie. En dat is hard, weet je, heel hard. De teleurstelling over dat gedrag is misschien nog wel erger dan het feit, dat hij verliefd werd op een ander. Dat kan gebeuren. Zoveel mannen krijgen ineens genoeg van de vrouw waarmee ze al vele jaren samenzijn en denken te weten dat het gras aan de overkant niet alleen groener lijkt, maar dat ook daadwerkelijk is."

"Je hebt altijd gehoor gegeven aan zijn wens dat je thuis zou blijven om voor hem en de kinderen te zorgen."

"Ja. Dat deed ik overigens met liefde, maar dat moet ik nu dus bezuren."

"De meeste jonge vrouwen denken dat hun relatie er een voor altijd is. Gezond verstand wordt naar de achtergrond gedrongen. Tot het te laat is."

"Als dit niet was gebeurd, zou ik nog steeds tevreden zijn, mam.

Ik hoef niet zo nodig een carrière buiten de deur, al wordt daar vandaag de dag nog zo op aangedrongen. Ik was er tevreden mee, mijn voldoening te halen uit vrijwilligerswerk, waar ik dus geen tijd meer voor heb als ik straks werk, waar ik ook geen geld meer voor heb. Ik nam een oude dame eens in de week mee om ergens koffie te gaan drinken, dat weet je. Daar keek ze de hele week naar uit. Nu heb ik geen auto meer om haar op te halen, geen geld meer om ergens koffie te gaan drinken en er ook nog eens iets lekkers te bestellen. En zij zit alle dagen alleen thuis. Dat doet me zoveel pijn. Gek genoeg laten de veranderingen zich juist in dat soort kleine en schijnbaar onbeduidende details, soms het heftigste voelen."

De oudere vrouw knikte. "In ieder geval is het prettig dat je zo snel aan de slag kunt gaan."

"Ja mam. Het zal ook helpen om mijn gedachten af te leiden van alles hier dat me zo dwars zit. Misschien dat Wijnand rustiger wordt, als ik zelf meer ontspannen ben. En misschien hoeft hij ook geen geld meer te stelen als ik hem meer zakgeld kan geven."

"Geld stelen is hoe dan ook verkeerd en dat moet je hem duidelijk maken. Als hij werkelijk ergens geld voor tekort kwam, had hij dat kunnen zeggen en dan had ik hem dat gewoon kunnen geven."

Marthe wist dat haar moeder maar al te zeer gelijk had.

Hoofdstuk 3

"Je meent het." Adelheid keek haar buurvrouw de volgende middag in opperste verbazing aan.

"Ik weet niet meer wat ik met mijn zoon moet beginnen, Adelheid. Ik durfde er eerst niet over te praten, want ik schaamde me zo, maar gistermiddag kwam mijn moeder langs en die vertelde me dat hij ook geld uit haar portemonnee had gehaald. Nu kan ik het dus niet langer negeren en net doen of het niet gebeurd is. Mijn moeder moet rondkomen van haar weduwenpensioen. Mijn zoon mag zijn eigen oma toch niet bestelen?"

"Nee, daarmee gaat hij inderdaad te ver. Ik zag hem laatst beneden bij de voordeur hangen met twee andere jongens. Met tatoeages. Ken je die?"

"Niet persoonlijk, maar hij trekt op school op met een jongen die Lou heet en die heeft een oudere broer, Niels, die volgens mij niet veel uitvoert. Misschien zit hij nog op school, althans op papier, maar soms heb ik de indruk dat Niels meestal op straat rondhangt. Ik maak me ongerust."

"Grote monden geven, ach, dat zullen de meeste puberende jongens wel eens doen. Ik heb er natuurlijk geen verstand van, maar je hoort zoveel. Geld wegnemen gaat echter te ver."

"Wat kan ik er tegen doen? Ik ben bang voor de gevolgen."

"Schrijf hun vader een brief, als je niet zelf met hem kunt praten."

"Ze zoeken hem slechts zo heel nu en dan op, alleen omdat hij de kinderen dan mee uit eten neemt. Ze willen zijn vriendin niet ontmoeten. Daar is Bert dan weer boos over, en dat is dan vanzelfsprekend weer mijn schuld."

"Een brief is in dat geval het beste. Hij moet toch weten, dat zijn kinderen slecht op de scheiding reageren. Ook al zien jullie elkaar niet, jullie blijven wel samen ouders."

"Ja, helaas."

"Het is zo. Als ze het idee krijgen dat jij hun contacten belemmert, kunnen ze je dat ooit in de verre toekomst, als ze volwassen zijn en alles is verwerkt, ook bij jou, misschien verwijten. Laat dat niet gebeuren. Stijg er boven uit. Dat is niet de minste zijn, zoals veel mensen dan zeggen, het is juist het meest waardig zijn van beiden."

"Mijn zoon zal mij verwijten dat ik klik, als hij het hoort. Hij ontkent alles."

"Goed dan. Bericht hun vader als het nog een keer gebeurt, maar ga dan nu met de dokter praten. Vertel hem, dat je bang bent voor de bemoeienis van jeugdzorg, omdat je daar zo vaak nare verhalen over hoort. Je kunt dit niet alleen doen, Marthe."

"Misschien overdrijf ik? Misschien zijn het alleen maar kleine problemen en gaat het vanzelf weer over?"

"Logisch dat je daarop hoopt, maar hij steelt ook van je moeder en als het blijft voortduren, moet je die drempel toch over. Ondertussen kun je misschien andere dingen doen. Verzamel informatie, bijvoorbeeld."

"Waarover?"

"Ontsporende jongeren. Kijk eens op internet, daar kun je veel wijzer van worden."

"Ja, misschien is dat een goed idee," weifelde Marthe nog steeds.

"Wat zijn de ouders van die twee jongens eigenlijk voor mensen? Waar wonen ze? Kun je mogelijk met hen gaan praten, over je zorgen over de jongens? Misschien zitten zij er net zo mee in hun maag als jij? Kun je dat uitzoeken? Misschien via school? Ga bijvoorbeeld daar eens praten over dat spijbelen. Spreek dan bijvoorbeeld af, dat ze jou iedere keer bellen als Wijnand niet op school is en beloof hen, dat je hem zelf afmeldt als hij ziek is of zo."

"Ja, dat vind ik een heel goed idee," reageerde Marthe op dat laatste. "Dan kan ik tenminste iets doen, zonder dat het voor mij meteen bedreigend voelt."

"Goed dan," glimlachte Adelheid. "Begin op school."

Zodra ze terug was in haar eigen huis, ging Marthe achter de computer zitten om een brief te typen aan Bert. Nee, niet aarzelen en er teveel over nadenken, dan zou ze die brief weer laten liggen. Kort houden. Zakelijke toon. Gewoon vertellen dat Wijnand momenteel problemen heeft op school, dat ze had vernomen dat hij soms spijbelde en met jongens omging die kennelijk een slechte invloed op hem hebben. Dat ze een afspraak ging maken om op school over de situatie te praten en dat hij daar, als vader, desgewenst bij zou kunnen zijn. Zo ja, dan moest hij haar een e-mail sturen om dat te laten weten. Als hij niet reageerde, ging ze alleen. Als hij dat wel deed, zou ze hem de tijd laten weten. Geen verwijten. Geen persoonlijke opmerkingen over hem of haarzelf.

Zodra ze de brief klaar was, printte ze die uit, deed hem in de enveloppe en binnen een kwartier gleed de brief in de brievenbus, zodat ze zich niet alsnog weer kon bedenken omdat ze begon te aarzelen of ze het wel goed aanpakte. Nu deed ze tenminste iets, en dat was beter dan niets.

Ondanks dat ze gespannen was voor haar nieuwe baan, sliep ze die nacht beter dan in lange tijd het geval was geweest.

De volgende morgen was ze eerder nieuwsgierig naar wat haar te wachten stond, dan nerveus voor haar eerste werkdag in een betaalde baan.

Het bleek, dat ze in eerste instantie zou gaan werken op een gesloten afdeling voor licht dementerende bejaarden. Daar was haar hulp het hardst nodig. Daarvoor waren moeilijk mensen te krijgen. Veel van de bewoners van die afdeling moesten uit bed worden gehaald omdat ze lang bleven slapen door het verlies van tijdsbesef. Een groot deel van die bewoners droegen luiers, omdat ze min of meer incontinent waren geworden. Verwarde mensen, hulpeloos, afhankelijk, soms boos en opstandig en een enkeling vooral verdrietig, als die in een vlaag van helderheid besefte wat bezig was hem, maar meestal haar, te overkomen. Dat kon Marthe maar al te goed begrijpen. Veel ouder wordende mensen vonden dement worden een van de ergste dingen die hen konden overkomen.

Ze liep die morgen samen met een ervaren kracht mee, die haar vertelde wat ze moest doen en waar ze bij de verschillende bewoners op moest letten. "Er wonen hier op dit moment twaalf vrouwen," werd haar verteld. "Vorige maand is de enige man die hier woonde, onverwacht na een hersenbloeding overleden en zoals dat gaat, de dag na de begrafenis moest de inmiddels vrijgekomen kamer al leeg worden opgeleverd, omdat er nieuwe dringende gevallen op de wachtlijst stonden. Dat gaat altijd zo." Soms was er een schrijnende tijd vooraf gegaan aan de periode dat moest worden gewacht om een vrijgekomen plekje. Er was altijd plaatsgebrek, zeker op deze afdeling.

Alle bewoners hadden een eigen kamer en er was een gezamenlijke ruim opgezette huiskamer, waar gemakkelijke stoelen en banken stonden, maar ook eettafels en een hoek waar activiteiten konden worden gedaan. Ja, ook allerlei bezigheidsactiviteiten, zo nuttig voor deze mensen, waren vrijwilligerswerk. De enige beroepskracht was iemand die beweging kwam geven, met ballen, ballonnen of wat dan ook. De dominee kwam elke week om een stuk voor te lezen uit de Bijbel, met de mensen samen te bidden, ook al waren ze dat drie minuten later weer vergeten, en om met elkaar psalmen en gezangen te zingen. Ja, die kenden de bewoners nog goed! Ze zongen graag. Ook kinderversjes zingen gebeurde regelmatig en de meesten deden dan uit volle borst mee. Op een van de bewoners moest extra gelet worden. Ze haalde spullen uit de kamers van de anderen. Dan stonden haar schoenen bij iemand anders of hing ze kleren van andere bewoners in haar eigen kast. De deuren van de kamers zaten zoveel mogelijk op slot, om dat waar mogelijk tegen te gaan.

Toen ze om één uur eindelijk tijd had om haar brood op te eten, gezeten in het bij de afdeling horende afgesloten deel in de tuin, merkte ze dat ze erg moe was.

"Valt niet mee, hè?" vroeg de collega waar ze de hele morgen mee had samengewerkt.

"Ik heb zoveel indrukken gekregen."

"Over een paar weken weet je precies waar je bij de verschillende bewoners op moet letten en hoe je het beste met ze om kunt gaan. Aan het wassen wen je. Aan de vieze luiers en de achterdocht van sommigen ook. Ergens verhard je van binnen, dat wel, maar dat is zelfbescherming, moet je maar denken."

"Het heeft ook iets vertederends, moet ik zeggen."

"Dat is zo. Dit werk houdt je op lange termijn alleen vol, als je het met liefde doet. Vroeger werd er gesproken over roeping, maar dat is zo ouderwets geworden, dat een modern mens het woord niet goed meer in de mond durft te nemen. Maar voor mezelf denk ik wel, dat het een goede uitdrukking is. Als je enkel voor het geld werkt, moet je maar liever niet in de zorg gaan werken, in welke tak van zorg dan ook."

De oudjes deden een dutje. Sommigen lagen in bed, anderen soesden wat in hun stoelen. De meesten wisten wel, dat ze een eigen plekje hadden waar ze steeds weer gingen zitten. Na het wassen en medicijnen geven was er door de bewoners ontbeten en daarbij moest ook geholpen worden. De ziekenverzorgster was de enige die gediplomeerd was om medicijnen te geven en verzorgende taken te verrichten als verbanden verwisselen en dergelijke. Na het ontbijt was het eigenlijk al ruimschoots tijd voor de koffie en het liep wel een beetje door elkaar heen. De allerlaatste bewoner was pas tegen elf uur schoon en aangekleed in de huiskamer verschenen. Het was belangrijk de mensen in hun waarde te laten, dus om ze vaak schone kleren te geven, om ze de sieraden te laten dragen als ze dat wilden. Enkele vrouwen breiden graag. Eenvoudige sjaals, enkel gebreide ribbels, of kleine lapjes waar dan dekens van gemaakt konden worden voor de zending. Een vrouw zat de hele dag te moederen over een pop, tot die werd weggehaald met de mededeling dat het kindje moest gaan slapen omdat het anders ziek zou worden. Dan werd de pop in een kinderwagentje gelegd op de kamer van de bewoonster, anders wilde ze niet eten omdat ze de pop vast wilde blijven houden. Er werd tussen de middag warm gegeten. Mensen die op hoge leeftijd waren gekomen, waren dat vroeger meestal gewend, en vonden dat niet erg. Sommigen moesten gevoerd worden met een slab om, dat was een beeld dat Marthe zich erg aantrok.

Na het eten moesten er rapporten worden bijgewerkt en toen de bewoners weer in de huiskamer zaten, was het tijd voor koffie en thee. Dit was de dagelijkse gang van zaken. Om half vier was een vrijwilligster gekomen, die op de oude piano speelde en vol overgave 'Waar de blanke top der duinen' met de bewoners zong, toen Marthe's eerste werkdag er om vier uur op zat.

Heel erg moe, maar tot haar verrassing ook met een groot gevoel van voldoening, fietste ze op die regenachtige maandag in de eerste dagen van mei, terug naar huis. Een nieuwe fase in haar leven was begonnen! Nu was ze een alleenstaande, werkende vrouw.

Ze vond het nog steeds een vreemde gedachte.

"Weet jij waar Lou en Niels eigenlijk wonen?"
Schijnbaar langs haar neus weg, terwijl ze in de keuken een kopje thee voor hen beiden inschonk, stelde Marthe deze prangende vraag aan haar dochter.

"O ja, mam." Het meisje noemde nietsvermoedend de wijk. "Annelies de Groot woont er ook en je weet dat wij wel eens samen huiswerk maken. "Het gezin woont hij hen om de hoek."

"O. Ik weet de naam niet meer, Wijnand heeft het wel gezegd."
Ook die noemde Agnes argeloos. "Jansen. Het is er altijd een bende voor de deur. Motorjongens en zo, die op straat sleutelen aan oude motoren, ze weer proberen aan de praat te krijgen en ze dan te verkopen om wat extra's te verdienen."

"Ik wist niet dat Niels zo handig was. Voor zover ik weet, zit hij gewoon nog bij jullie op school."

"Hij is eraf getrapt, zegt Annelies, omdat hij geld had gestolen. Hij gokt."

Een ijskoude hand legde zich om Marthes hart. "Gokken? In het casino, bedoel je? Mag hij daarin dan? Volgens mij is hij nog maar net achttien."

"Ze zeggen dat hij doorlopend op automaten speelt. Je weet wel, in van die hallen. Stom spel. Wijnand doet het ook wel eens, zei hij laatst. Hij vindt het spannend, maar ik vind er echt niets aan."

"Nu, volgens mij is er hier in de buurt weinig gelegenheid voor dergelijke spelletjes."

"Volgens mij ook, mam. Wanneer moet je op school gaan praten over ons?"

"Volgende week." Ze had oppervlakkig iets verteld, want achterdocht en leugens moest ze wat haar kinderen betreft maar liever zoveel mogelijk vermijden, meende ze, al was de situatie nog zo delicaat. "Ik heb je vader een brief gestuurd, zodat hij erbij kan zijn als hij daar prijs op stelt."

"Pa interesseert zich niet erg voor ons."

"En dat doet pijn, hè kindje?"

"Weet je, mam, soms denk ik echt, dat hij beter dood had kunnen gaan. Dan had ik tenminste nog mijn mooie herinneringen aan hem gehad! Die zijn allemaal stuk gemaakt."

"Lieverd, vergeet alsjeblieft nooit, dat je een mooie jeugd heb gehad, en als we een poosje verder zijn komen ook de goede herinneringen daaraan wel weer terug."

"Ik hoop het maar. Als hij nu eens op een gewone manier met ons omging, zei dat hij ons miste of zo, en niet zo met Nicolette wilde pronken, dan zou ik het allemaal veel gemakkelijker vinden, weet je dat?"

"Ik kan erin komen. Hij heeft ons allemaal pijn gedaan, mij ook, maar toch wil ik jullie voor blijven houden, niet te bitter te worden en altijd te blijven bedenken dat hij vroeger een lieve en zorgzame vader voor jullie is geweest."

"Ik doe mijn best," verzuchtte het meisje voor ze haar theeglas oppakte. "Ik ga naar boven, mam. Ik moet een moeilijk werkstuk maken. Vind je dat niet erg?"

"Natuurlijk niet."

"Ga je erover praten dat Wijnand spijbelt?"

Ze schokschouderde en wilde juist over haar zorgen over haar zoon niet teveel onrust wekken bij haar dochter. O, wat was dit soms moeilijk, werkelijk spitsroeden lopen! "Zijn cijfers zijn gekelderd. Natuurlijk is dat een reactie op de dingen die in ons gezin zijn gebeurd, maar het belangrijkste is te proberen te voorkomen dat hij een jaar over moet doen."

"Ja, dat begrijp ik. Nu, het zal me benieuwen wat pa doet."

Mij ook, dacht ze, maar dat zei ze natuurlijk niet.

De volgende middag fietste ze meteen toen ze om vier uur uit het tehuis kwam, naar de wijk die Agnes had genoemd. Ze had geluk gehad, dat de familie Jansen gewoon in het telefoonboek vermeld stond. Er waren er meer die dezelfde achternaam hadden, maar ze wist in welke straat Annelies woonde, en er woonde er maar een met die achternaam daar in de buurt.

Ze schrok van de rommel daar voor de deur. Er hingen twee jongens om een gewoon op straat uit elkaar gehaalde motor. Uit het huis denderde drukke muziek. Kennelijk hadden ze lak aan de overlast die de buurt daardoor had. Een kijvende vrouwenstem klonk door de openstaande voordeur. "Aad, moet je nog bier?"

Met een zwaar hart kwam Marthe weer thuis. Toen ze haar computer opstartte om haar e-mails te bekijken, was er geen reactie van Bert.

Ineens voelde ze zich aangeslagen. Ze ging zitten. Agnes was met Annelies mee, stond in een sms'je in haar telefoon. Wijnand was evenmin thuis en had niet laten weten waar hij was. Ze ging verslagen zitten.

Niels gokte en was van school verwijderd. Zou dat kunnen betekenen, dat hij het slechte voorbeeld gaf aan zijn jongere broertje en diens schoolkameraadje? Het zou toch niet waar zijn, dat hij beide jongens wel eens meenam? Dat hij mogelijk zelfs opschepte, altijd aan geld te kunnen komen door te gokken? Dat hij ze had opgestookt, ook dingen te doen die…? Ze durfde nauwelijks verder te denken. Wat wist ze van gokken? Niets, helemaal niets. Kijk, aan alcohol of pillen verslaafd zijn, daar kon ze nog enigszins iets van begrijpen, omdat het lichaam van mensen na jarenlang misbruik van de verslavende stoffen afhankelijk kon zijn geworden. Maar gokken? Dat zat toch alleen in je hoofd? Niettemin had Adelheid wel eens verteld, dat een buurvrouw beneden in de flat verslaafd was aan kopen, en dat had evenmin iets met lichamelijke afhankelijkheid te maken.

Alles wat ze in de afgelopen twee dagen te weten was gekomen, stelde haar bepaald niet gerust.

Juist toen ze overeind wilde komen om de aardappelen te gaan schillen, ging de bel. Adelheid stapte binnen met een fraaie glanzende enveloppe. "De uitnodiging," lachte ze breed.

"Voor je vijftigste verjaardag?"

De ander knikte lachend. "Ik maak nooit veel drukte van mijn verjaardag, maar Alwin beweert, dat vijftig worden iets heel bijzonders is, en dat ik dat beslist niet ongemerkt voorbij mag laten gaan."

"Is Alwin niet de broer van je overleden man?"

"Precies. Hij komt ook, al vindt hij een high tea wel een vrouwenaangelegenheid. Ik heb hem dus tot fotograaf gebombardeerd en hij heeft zelfs beloofd zijn eigen filmcamera mee te nemen en een mooie film van die dag te maken."

Marthe kon eindelijk lachen. "Leuk. Ik verheug me erop."

"Je ziet toch bleekjes. Is er weer wat aan de hand?"

Ze kon de tranen, die tegenwoordig zoveel gemakkelijker kwamen dan ooit eerder in haar leven, niet meer tegenhouden en in korte bewoordingen vertelde ze haar buurvrouw, die intussen was uitgegroeid tot een vriendin en vertrouwenspersoon, wat ze de afgelopen dagen had ontdekt.

Hoofdstuk 4

Voor de school stond de man te wachten, met wie ze zoveel dierbare als tegenwoordig ook bittere herinneringen deelde. Marthe moest even dapper slikken, voor ze met haar gezicht in de plooi op hem af kon stappen om hem de hand te schudden alsof hij slechts een willekeurige vreemde voor haar was. "Dag Bert." Ze hoopte maar, dat haar stem neutraal, misschien zelfs bijna onverschillig klonk, maar ze wist zelf heel goed dat dit niet het geval was. Niettemin rechtte ze dapper haar schouders en zenuwachtig keek ze de man aan met wie ze het grootste deel van haar leven had gedacht er in liefde en harmonie samen mee oud te zullen worden. "Ik stel het op prijs dat je gekomen bent." De eerste aarzeling had ze overwonnen.

Hij haalde met een nonchalant gebaar zijn schouders op. "Het is logisch dat de jongen problemen vertoont, nu hij alleen moet worden opgevoed door een floddermoeder als jij bent. Ik zal de kinderen binnenkort zeggen dat ze veel beter bij mij kunnen komen wonen."

Ze schrok in eerste instantie enorm en bedacht pas een paar tellen later, dat dit niet minder was, dan een intens gemene en frontale aanval van een man die alle schuld van de gebeurtenissen rond de scheiding op haar wilde afschuiven en zijn eigen stiekeme verhouding daardoor kennelijk goed dacht te kunnen praten. Even had ze de neiging om als vanouds in haar schulp te kruipen en zich vernederd en schuldig te voelen, maar bijna meteen rechtte ze haar rug. Nee, de tijd moest zo langzamerhand maar eens voorbij zijn, dat Bert de macht had dat te kunnen doen. "Als je hier gekomen bent om mij een hak te zetten, heb ik liever dat je meteen weer weg gaat. Ik dacht, dat het in het belang van

Wijnand zou zijn, als wij met elkaar probeerden zijn gedrag in zo goed mogelijke banen te willen leiden."

"Het is jouw schuld, Marthe. Van wie anders?"

Het zou een lastig half uurtje worden, dat voor haar lag, begreep ze. Maar ergens binnen in haar stond een kracht op, waarvan ze zich nooit eerder bewust was geweest. Ze keek de man die haar ooit zo na had gestaan slechts met een nieuw gevoel van afkeer aan, en liep toen zwijgend en zonder zich nog verder iets van hem aan te trekken de school binnen, het aan hem over latend of hij haar al dan niet zou volgen.

Ze werden even later welkom geheten door een leraar van middelbare leeftijd, die zich voorstelde als Van Dijk. "Wij maken ons net als u zorgen om Wijnand, mevrouw Kruithof. We stellen het op prijs dat u zelf aan de bel hebt getrokken," knikte de man vriendelijk.

"Ik heet tegenwoordig Van Diepen. Wij zijn nog niet zo lang geleden gescheiden, maar de vader van Wijnand is wel mee gekomen." Haar stem klonk nu vaster dan daarnet en ze merkte dat ze de kracht had om boven zichzelf, haar angsten en onzekerheden uit te stijgen. Ze was een moeder! Alles moest op een moment als dit wijken voor de belangen van haar kind! Het ging niet goed met haar zoon. Ze moest voor hem knokken, en zichzelf vergeten kon ze eindelijk, nu het belang van Wijnand groter was dan dat van haarzelf. Tjonge, ze had nooit geweten dat moederliefde dat allemaal kon!

"Dat stel ik eveneens op prijs, mijnheer Kruithof. Wel, mevrouw Van Diepen, u bent er inmiddels van op de hoogte dat Wijnand regelmatig is gaan spijbelen en dat zijn cijfers nogal achteruit zijn gegaan."

"Inderdaad, en daar maak ik me grote zorgen over."

"U moet weten dat mijn vrouw, nu ja, ex-vrouw, nog nooit in haar leven iets heeft kunnen bereiken, dus het verbaast me niets dat de jongen zo slecht presteert nu ik niet meer bij hen woon," begon Bert tot Marthe's schrik. Ze keek Bert met onverholen afkeer aan. Zo gemeen kende ze hem toch niet. Wat was hij veranderd! Of vielen haar nu pas de schellen van de ogen?

Nee, Bert was tot hij in de ban van Nicolette raakte, nooit zo gemeen tegen haar geweest als momenteel het geval was en erger nog, hij scheen te menen wat hij zei! "Ik stel voor, dat ik medewerking van school krijg om de kinderen voortaan bij mij en mijn vriendin te laten wonen."

De leraar keek vorsend van de een naar de ander en kreeg een frons tussen zijn wenkbrauwen nu hij kennelijk besefte, dat hij waarschijnlijk op het punt stond, zich in een wespennest te steken.

"Mevrouw, sinds wanneer merkte u de verandering? Zou dat eventueel door de scheiding kunnen komen?"

"Mijn man is vorige zomer samen gaan wonen met een veel jongere vriendin en sinds die tijd willen zowel mijn dochter als mijn zoon, hem nauwelijks nog zien. Hij verleidt ze hem toch te ontmoeten met etentjes of uitstapjes. Dan gaan ze, maar de vriendin in kwestie willen ze daarbij niet ontmoeten. Natuurlijk gaan dergelijke gebeurtenissen niet ongemerkt aan hen voorbij."

"Ze houdt de kinderen moedwillig bij me weg, omdat mijn vriendin veel knapper is dan zij," klonk het zelfs en het werd Marthe op dat moment ijskoud om het hart. Als ze mogelijk nog restanten gevoel voor deze man gehad had, waren die nu wel in de grond geboord! In een flits besefte ze, dat het tijd was geworden veel meer voor zichzelf op te komen!

Ze keek recht in de ogen van Van Dijk en zag er begrip in, sterker nog, verbazing over het onhebbelijke gedrag van de man die hij daarna vorsend aankeek. "Los van het feit dat Wijnand en Agnes oud genoeg zijn om zich zonder inmenging van buitenaf een mening te vormen over de dingen die vorige zomer zijn gebeurd, was er in het begin weinig verandering te merken," probeerde Marthe zo rustig mogelijk toe te lichten. "Agnes werd ongemerkt wat stiller, Wijnand juist drukker, maar ze hebben alle ruimte gekregen om de gebeurtenissen te verwerken."

Van Dijk knikte welwillend naar Marthe en richtte zijn blik daarna op Bert. "Als hun vader meer achting voor hun moeder opbrengt, komt er vanzelf op een gegeven moment meer ruimte voor een beter contact met uw kinderen."

"Het zijn kinderen. Ze hebben niets te willen in dezen. Ze zijn nog niet oud en wijs genoeg."

"Wettelijk gezien kunnen kinderen van hun leeftijd zelf kiezen en tot niets meer worden verplicht," antwoordde Van Dijk rustig en het was van zijn gezicht af te lezen wat hij van Bert dacht, al zei hij dat vanzelfsprekend niet.

"Maar ik mag wel krom voor hen liggen, is het niet? Rechten ho maar, als vader, maar plichten!!!"

"Ik denk dat onze problemen inmiddels duidelijk genoeg zijn, mijnheer Van Dijk," ging Marthe zo rustig mogelijk verder, want ze zaten hier voor Wijnand en niet om hun eigen sores nog eens door te nemen met iemand die er niets mee had uit te staan. "Maar volgens mij zijn ze ondergeschikt aan iets anders. Wijnand is erg veranderd sinds hij andere vriendschappen heeft gesloten. Vooral Lou Jansen en misschien nog meer diens ouders broer Niels, hebben de laatste tijd een slechte invloed op hem."

"Wie zijn dat?" Maar Bert werd genegeerd, nu zelfs door de leraar.

"Wij hebben dat ook al vastgesteld, mevrouw Van Diepen. Niels is al meermalen van school gestuurd."

"Ik heb uitgezocht waar het gezin woont en ben daar in de buurt wezen kijken. Ik meen te mogen vaststellen dat eh… zonder te willen oordelen over anderen, ze een minder gunstige indruk maken en ook in de buurt regelmatig problemen veroorzaken."

"Zie je wel, dat jij niets voorstelt, als Wijnand kennelijk omgaat met tuig." Berts stem klonk opgewonden en zelfs boos.

"Mijnheer, ik stel vast, dat uw bijdrage aan dit gesprek tot niets leidt en dat ik de kwestie beter samen met uw vrouw kan bespreken."

"Nu ja, nog mooier! Zie je dan niet, dat ze de jongen totaal verkeerd aanpakt?"

De leraar stond op. "Ik beschouw dit gesprek als zinloos en beëindig het liever. Mevrouw, ik zeg u toe dat de kwestie onze aandacht heeft, en u hoort deze week nog van ons."

Er werd haar een hand toegestoken waar ze de hare inlegde. "Ik begrijp het. Wijnand weet overigens, dat wij vanavond hier zijn."

Van Dijk knikte. "Laat er maar niet teveel over los. Het zou verstandig zijn, als hij minder met Lou optrok."

"Ja, dat heb ik ook al vastgesteld."

Ze liepen enkele tellen later zwijgend de school uit. "Ik ga er werk van maken," blafte Bert nog achter haar rug.

"Je doet maar," antwoordde ze waardig en schijnbaar kalm. Ze liep naar haar fiets zonder hem nog een blik waardig te keuren.

Nee, ze reed niet meteen naar huis. Ze moest eerst broodnodig tot zichzelf komen. Even later stond ze langs het brede water van het Hollands Diep en snoof de frisse lucht op. Wat had Bert zich misdragen! Hoe erg vond ze dat! Ze had maandenlang alles geprobeerd om de kinderen zo min mogelijk te laten lijden onder dat wat er tussen hun ouders gebeurde, maar het leek wel alsof Bert alle realiteit uit het oog verloren had. Wat een desillusie!

En ook, en dat was voor het eerst, wat een opluchting, dat de scheiding inmiddels een feit was, dat het huis verkocht was en dat de afronding van de financiële nasleep van de scheiding inmiddels had plaatsgevonden en dat Bert haar daarmee niet langer kon manipuleren.

Gesterkt door de rust van de natuur kwam ze even later thuis. Wijnand was er niet.

"Mam, er is een kwartiertje geleden van school gebeld, maar ik dacht dat jij daar was," vertelde Agnes, die uit kaar kamer kwam toen ze Marthe thuis hoorde komen. "Of je even terug wilt bellen."

"Doe ik."

"Is het goed gegaan? Was pa blij je weer te zien?"

"Niet bepaald, schat. Maar we moeten het er mee doen. Is je huiswerk klaar?"

"Bijna."

"Maak het maar af, dan bel ik de school terug en daarna breng ik thee bij je."

"Goed, mam. Gaan we daarna samen op de bank naar de soap kijken?"

"Beloofd."

Toen de deur weer dicht was, drukte ze op de herhaaltoets van de telefoon. Het was dezelfde Van Dijk die opnam. "Ik ben nog op school en was erg geschokt door het gedrag van uw man, eh, ex-man, mevrouw Van Diepen."

"Ik ook," bekende ze bijna tegen wil en dank. "Als ik dat enigszins had kunnen vermoeden, was ik wel alleen gekomen. Ik dacht echter, dat het belangrijk was om de vader zoveel mogelijk bij de kinderen te betrekken."

"Gewoonlijk is dat ook zo. Vanaf nu kunt u het echter beter als een gepasseerd station beschouwen. Om nog even terug te komen op de kern van het probleem. U denkt, dat de invloed van Lou en Niels negatiever is dan die van hun vader?"

"Die zien ze slechts eens in de zeven, acht weken, meer niet. Dat willen ze niet, alhoewel ik hen maandenlang heb voorgehouden, dat elk mens dingen fout doet in zijn leven en dat hij ondanks de gebeurtenissen toch hun vader blijft, die vroeger veel van hen heeft gehouden."

"Wel, dat vind ik dapper. Maar dat zeg ik als mens, en niet als leraar van uw zoon."

"Ik maak me vooral zorgen over het feit dat Wijnand geld uit mijn portemonnee heeft gehaald en dat ook bij zijn oma heeft gedaan. Mijn zorg nam toe, toen ik via omwegen vernam, dat Niels schijnt te gokken. Dat was de directe aanleiding om contact met u op te nemen. Is u daar iets over bekend?"

"Wij kunnen natuurlijk niet zomaar mededelingen doen over de problemen van andere leerlingen, maar ik kan wel bevestigen dat u er beter zoveel mogelijk aan kunt doen, de vriendschap tussen uw zoon en die twee jongens te ontmoedigen."

"Dat is het lastige bij tieners. Als ik zeg dat hij niet meer met ze om mag gaan, drijf ik hem regelrecht naar hen toe."

"Daar kon u wel eens gelijk in hebben. Wel, over Niels is hier binnenskamers het een en ander gaande en de kans is groot, maar dit is een vertrouwelijke mededeling, dat die binnenkort uit huis wordt geplaatst, want de jongeman is al herhaaldelijk in aanraking gekomen met de politie. Wat Lou betreft, de jongens zitten bij elkaar in de klas, maar Lou lijkt gemakkelijk te beïnvloeden door zijn oudere broer. We doen eraan wat we kunnen en ik zal zelf een waarschuwend gesprek met Wijnand aangaan, dat is het enige dat ik momenteel voor u kan doen."

"Ik begrijp het. Bedankt voor dit vervolg van het gesprek, mijnheer Van Dijk."

"Graag gedaan. Ik hoop dat u door dit telefoongesprek toch het gevoel hebt gekregen, dat u niet voor niets naar school bent gekomen."

"Dat ben ik zeker niet. Dank u wel dat u de moeite heeft genomen mij te bellen."

"Ik werk graag met jongeren, zeker als ze talenten hebben zoals Wijnand. Hij was altijd een uitstekend leerling, we zouden graag zien dat hij dat opnieuw werd. De meeste kans daarop is, als de school en de verantwoordelijke ouder daarin samenwerken."

Dat was netjes gezegd, besefte ze. "Dank u voor het vertrouwen," besloot ze.

Even later bracht ze thee bij Agnes. "Hoe vond je het, mam, om pap weer te zien?"

Even stond ze met haar mond vol tanden. "Vervelend. En dat is jammer."

"Is hij nog steeds samen met die Nicolette?"

"Dat is niet ter sprake geweest. Ik vond hem zo anders als vroeger. Maar met mijnheer Van Dijk had ik een goed contact."

Agnes begreep de hint. "Dat is mooi, mam. Ik mag hem ook wel. Het komt door Lou, mam. Wijnand is een meeloper. Hij is niet slecht. Hij laat zich gemakkelijk beïnvloeden voor dat stoere gedrag van Lou en Niels. Dat is het, meer niet."

"Zeker net een werkstuk psychologie gemaakt?" lachte Marthe uiterlijk veel vrolijker dan ze zich van binnen voelde.

Het was een zonnige meimiddag, tamelijk warm zelfs. Met een thermometer die was opgelopen tot rond de vijfentwintig graden, was de feestelijke high tea voor de verjaardag van Adelheid, verplaatst van binnen naar het grote terras van het gekozen restaurant dat aan het water lag. Hier stond een licht briesje en grote parasols zorgden voor schaduw zodat de beloofde lekkernijen niet in een mum van tijd in de warmte konden verpieteren. Adelheid was vandaag het stralende middelpunt, al besefte Marthe dat de lege plaats naast haar, die middag voelbaarder was dan ooit.

Ze had een stuk of twintig mensen uitgenodigd. Ongeveer de helft daarvan was familie. De anderen waren vriendinnen en kennissen. Eerst omhelsde Adelheid haar buurvrouw, die in de afgelopen maanden was uitgegroeid tot haar beste vriendin. Marthe had een boek gekocht, waarvan Adelheid laatst had gezegd dat ze van plan was dat te kopen, maar ze had het nu ook weer niet zó breed, dat ze dan ook meteen naar de winkel rende. Het was geen goedkoop boek, voor Marthe zelf was het bijna een onverantwoordelijke uitgave geweest, maar ze wist geen betere manier te bedenken om Adelheid te laten blijken, hoeveel hun vriendschap voor haar was gaan betekenen in deze moeilijke tijd.

Daarna gaf ze de familie een hand. De zus van Adelheid had ze laatst al eens ontmoet. De broer van Bram schudde ze voor het eerst de hand. "Ik heb al veel over je gehoord," klonk zijn prettige stem. Een paar vriendelijke bruine ogen lachten haar toe. "Ik ook over jou," antwoordde ze rustig. "Adelheid geeft altijd hoog over haar familie op. Ze herkende een andere vrouw uit de flat, al snel stond ze met een glaasje wijn in haar hand met haar te praten. Ze heette Tinie, vertelde ze. Ze woonde beneden Adelheid en die liet haar hondje wel eens uit als ze een dagje op stap ging met haar bejaarde ouders, om die een pleziertje te gunnen. Een half uurtje later was zelfs de laatste notoire laatkomer gearriveerd en schoof het gezelschap aan een lange gereedstaande tafel waarop in de afgelopen minuten een hele reeks heerlijkheden was uitgestald. Adelheid gebaarde naar Marthe. "Kom jij naast Alwin zitten," stelde ze voor. Alwin zat al op de plaats die eigenlijk, als het leven beter voor Adelheid geweest was, bezet had moeten worden door zijn overleden broer Bram. Het was vier uur in de middag en het leek wel een complete maaltijd, besefte Marthe. Er stonden vooral zoetigheden uitgestald, maar er waren ook sandwiches zonder korstjes, kleine dunne boterhammetjes met zalm of komkommer. Een van de dames van het restaurant legde uit wat de heerlijkheden allemaal inhielden en vertelde ook over de verschillende soorten thee die geschonken zouden worden. Marthe keek voorzichtig opzij en zag hoe Alwin met een stalen gezicht van zijn thee nipte. "Je kijkt alsof je liever een stevige borrel had genoten," grinnikte ze toen het gekwebbel losbarstte na de uitleg over de high tea.

"Koffie was nog beter. Ik hou evenmin van jenever als van thee."

Adelheid hoorde dat. Ze lachte haar zwager kalm uit. "Ouwe mopperkont, je hebt in geen tien jaar een kop thee gedronken, zei je. De laatste keer was tijdens een griep waarbij je niets binnen kon houden dan slappe thee en een beschuitje."

"Nu heb ik geen griep."

"Nee, je liefste schoonzus ziet Sara. Dat is bijna even erg."

Marthe begon te grinniken over dat gemoedelijke wederzijdse geplaag.

Alwin keek onderzoekend naar Marthe. "Jij bent nog lang niet zo ver."

"Nog een kleine zeven jaar te gaan," lachte ze terug. Hij had aardige ogen, stelde ze ondertussen vast. Ze wist van Adelheid, dat Alwin een drukke baan had bij een groot internationaal werkend bedrijf. Daardoor moest hij nogal eens op reis. "Maar volgens mij ben jij de drempel wel genaderd."

"Al een jaartje geleden gepasseerd zelfs," verzuchtte hij gemaakt verdrietig. "Ik maakte er geen drukte van, waarom zou ik ook, maar op de zaak hadden ze een bebaarde grijsaard met wandelstok neergezet in een oude leunstoel, aan de straatkant nog wel, zodat iedereen meteen van mijn vorderende leeftijd op de hoogte werd gesteld, want een groot beschilderd laken met 'Alwin ziet Abraham' ontbrak evenmin, al scheen dat opgehangen te zijn door mijn kinderen."

"Heb je die?" Ze wist dat Alwin vroeger getrouwd was geweest en dat zijn vrouw na een jarenlange opname in een inrichting uiteindelijk voor de trein gesprongen was. Hij moest toen een afschuwelijke tijd hebben doorgemaakt, maar daar had ze Adelheid nooit naar durven vragen. Soms had ze zich wel eens afgevraagd of Adelheid misschien de gevoelens voor haar overleden man op een gegeven moment over zou gaan dragen op diens broer, die volgens haar zeggen erg op Bram leek, maar toch had ze daar nooit echt iets van kunnen opmaken uit de verhalen van Adelheid. En misschien was het gewoon zo, dat ze elkaar graag mochten en met elkaar om bleven gaan als broer en zus.

Hij glimlachte. "Ik heb twee zoons, een tweeling van zesentwintig. De ene is fysiotherapeut en woont in de buurt van zijn schoonfamilie in Brabant, de ander woont in Spijkenisse en werkt in hetzelfde bedrijf als ik, maar in een heel andere sector. Ik zit in het management, mijn zoon is meer bij de productie betrokken."

"Ik begreep van Adelheid, dat je in de vesting woont."

Hij knikte. "Ik heb een pand in het centrum hier. Dat bevalt me erg goed. Ik heb mijn kinderen wegens omstandigheden zo goed als alleen op moeten voeden, maar daar heb je waarschijnlijk wel het nodige over gehoord."

"Adelheid heeft verteld, dat haar schoonzus aan ernstige depressies heeft geleden, dat ze daarvoor jarenlang meerdere keren opgenomen is geweest en dat ze tenslotte, nu ja, ik ken het verhaal."

"Goed." Zijn gezicht was ernstig geworden. "Na het overlijden van Greet ben ik verhuisd van Spijkenisse naar Hellevoetsluis, wel in de buurt, toch andere omgeving en heb ik mijn huidige huis gekocht. De jongens hadden toen een moeilijke tijd."

"Jij vast ook."

Hij schokschouderde. "Het is frustrerend, als je niets liever wilt dan iemand helpen, maar tegelijkertijd beseft machteloos te staan om dat te kunnen doen. Greet kon niet geholpen worden, niet door mij en evenmin door de hele reeks doktoren en psychiaters die zich in de loop der jaren met haar hebben beziggehouden. We dragen allemaal onze eigen last mee, Marthe."

"Ja," knikte ze. "Als ik eerlijk ben, had ik tot voor een jaar geleden een behoorlijk zorgeloos leven."

"Ik weet het. Vanzelfsprekend heeft mijn schoonzus mij ook over jou verteld. Maar goed, we vieren het feestje van Adelheid en dus is dit niet de tijd en de plaats om uit te wijden over de verdrietigheden die het leven heeft gebracht. Hier, neem een aardbei met chocola. Ik moet weer filmen en foto's maken."

"Ik moet na dit alles vast de rest van de week op dieet," verzuchtte ze, wat direct opgepakt werd door twee, veel meer uitgedijde, dames aan de overkant van de lange tafel.

"Op een gegeven moment heb ik het maar opgegeven, om altijd maar aan calorieën te denken en sindsdien eet ik onbekommerd wat ik lekker vind," liet de slankste van beiden weten. "Het gekke is, dat ik sindsdien niet meer aangekomen ben, omdat ik er niet meer zo gefrustreerd meer mee bezig ben."

"Jij wel," meesmuilde de ander. "Ik hoef maar naar een cakeje te kijken of het zit er al aan."

"Neem een scone," adviseerde Alwin gemoedelijk, terwijl hij

Marthe op de foto zette, samen met Adelheid. Er waren maar vier mannen in het gezelschap van verder vrouwen, maar het scheen hem niet te storen en evenmin leek hij er zich ongemakkelijk bij te voelen.

Het was bijna half zeven toen Marthe eindelijk goedgemutst de sleutel in het slot stak en thuiskwam. Wat voelde ze zich vol, al die zoetigheid! Gek genoeg had ze enorm veel trek gekregen in iets hartigs. Ze zou dus maar een blik soep open trekken en dan moesten Agnes en Wijnand maar voor een keer iets halen in de snackbar. Wel, daar zouden ze geen bezwaar tegen hebben, want dat gebeurde tegenwoordig maar zelden meer. Ze zuchtte in stilte toen ze dacht aan de schade in haar portemonnee.

Ze pakte die en riep naar Agnes. "Halen jullie maar patat," lachte ze. "Is Wijnand er niet?"

"Hij is net weg, mam. Hij ging bij Lou eten, vertelde hij."

"O," reageerde ze beduusd. "Ik haal even wat geld uit de slaapkamer." Ze had altijd afgepast geld voor een week in haar portemonnee en die had ze tegenwoordig altijd bij zich, waar ze ook ging, omdat het niet langer vertrouwd was die ergens te laten liggen waar Wijnand er bij kon. In de slaapkamer bewaarde ze echter een doosje in haar sieradenkistje, waarin ze altijd een briefje van vijftig euro had voor onverwachte uitgaven. "Ik kom zo."

Ze keek tussen haar sieraden, maar het envelopje was weg. Hoe kon dat nu? Nog eens kijken, het moest er zijn, Wijnand wist hier niets van, flitste het door haar hoofd.

Ineens werd het ijskoud om haar hart.

Het was weg en het bleef weg. En ze besefte ineens, dat Wijnand het toch gevonden moest hebben. Erger nog, want dus moest ze vrezen, dat hij welbewust tussen haar spullen had gezocht om geld te vinden!

Hoofdstuk 5

"Hoe laat zou Wijnand terugkomen?" vroeg ze even later met grote zelfbeheersing.

"Dat heeft hij niet gezegd, mam. Is er iets? Ben je soms misselijk geworden van al die zoete dingen?" wilde Agnes plagerig weten.

Moedeloos zonk Marthe op de bank. "Ik ben geld kwijt en Wijnand heeft al eerder stiekem geld uit mijn portemonnee gehaald en dat ook bij oma gedaan. Nu is mijn reservegeld uit mijn sieradenkistje verdwenen." Op dat moment voelde ze zich totaal verslagen.

Agnes reageerde geschrokken. "Hij is naar Lou en ze zouden met Niels meegaan, mam…. Zouden ze weer gaan gokken, denk je?"

"Weer…?"

"Nu ja, hij vertelde laatst immers, dat hij het ongekend spannend vindt."

"Ik dacht eigenlijk dat je iets bedoelde met onschuldige flipperkasten, waar jullie als kind ook wel een enkele keer plezier in hadden."

"Mam! Ja, inderdaad, pa nam ons wel eens mee naar een hal vol herrie en dat was eigenlijk heel onschuldig. Maar een glaasje wijn is ook onschuldig en een hele fles leegdrinken niet. Het is een kwestie van maat houden, denk ik. Net als Aline bij mij in de klas. Die krijgt een borstvergroting van haar vader als ze achttien wordt, terwijl ze heus al minstens een c-cup heeft."

Marthe keek haar dochter geschokt aan. "Dat meen je niet! Ze is zo'n leuk meisje. Je laat toch niet snijden in een lichaam dat mooi en gezond is?"

"Dat bedoel ik nu te zeggen, mam. Mensen maken elkaar soms gek en de media doen er graag een schepje bovenop. Veel meisjes bij mij in de klas zijn geobsedeerd door hun uiterlijk, en dat is iets anders dan er graag goed uit willen zien en tegelijkertijd beseffen, dat niemand volmaakt is."

Marthe was opnieuw geschokt, maar nu een tikje aangenaam door de nuchterheid van haar veertienjarige dochter. "Als jij je niet gek laat maken door bladen en gemanipuleerde foto's daarin, vind ik dat klasse."

Agnes lachte en stond op. "Ik ben een veel te brave meid," spotte ze met zichzelf. "Ik ben tevreden met mijn uiterlijk en maak netjes mijn huiswerk."

"Je bent een modeldochter en ik hou van je."

Agnes kreeg er een kleur van. "Nu hoor ik als tiener natuurlijk te snauwen, dat je niet zo gek moet doen, maar het is af en toe best prettig om te horen dat iemand veel van je houdt, mam."

"Dat weet ik. Ik meen het, meisje. Ik maak me inmiddels grote zorgen om Wijnand en ben erg blij dat jij geen grote problemen hebt."

"Ik wil iets bereiken, later. Dat weet je."

"Ja, je wilt dierenarts worden."

"Dat wil ik immers al zo lang als ik me dat kan herinneren. Er is maar een manier om dat te bereiken: dan moet ik over een paar jaar toegelaten worden op de universiteit en om daar te komen moet ik nu investeren in een goede vooropleiding. Vanzelf komt er niets in het leven. Wie zegt dat toch altijd weer?"

"Ik," ze schoot blozend in de lach en er nam een stille verwondering bezit van haar. Wat was Agnes ineens volwassen geworden, als ze dergelijke dingen zei!

"Mijn enige zorg is, dat we het straks misschien niet meer kunnen betalen," weifelde haar dochter toen ze al in de kamerdeur stond om naar boven te gaan.

"Natuurlijk kunnen we een universitaire opleiding betalen. Ik werk nu en al moet ik elke week overuren draaien, jij kunt naar de universiteit als je dat wilt. Tenslotte bestaan er ook nog studiebeurzen."

"Ja mam, maar die stellen niet veel meer voor. Veel studenten moeten lenen en kampen na hun afstuderen nog jarenlang met grote schulden, als hun studie niet door hun ouders betaald kan worden. De beurzen die de overheid verstrekt zijn inmiddels compleet uitgekleed, en als je ouders niet bijspringen, kun je niet anders dan bij je studie werken, wat in bijna alle gevallen ten koste van de resultaten gaat, of veel geld lenen."

"Je vader zal best aan je studie willen bijdragen en je moet waarschijnlijk, net als de meeste moderne studenten, toch een bijbaantje nemen."

"Dat laatste is zeker waar. Maar denk je werkelijk dat pa zonder protesten zijn portemonnee zal trekken? Nicolette is een levensgenietster, hoor. Die geeft pa zijn geld veel liever zelf uit, dan dat het naar een dochter van hem gaat die zo graag dierenarts wil worden."

Ze was er ook bang voor, maar was de laatste om dat tegen Agnes te zeggen. "Luister kindje, geen zorgen voor de tijd, zullen we dat afspreken? Jij werkt hard en het kan toch niet zo zijn, dat in het Nederland van tegenwoordig een getalenteerde jonge vrouw niet naar de universiteit kan gaan omdat daar geen geld voor is? Ik beloof je, dat ik de onderste steen boven zal keren om jou te helpen je droom te verwezenlijken."

"Dank je, mam."

"Waarvoor?"

"Dat je me steunt."

"Dat is toch vanzelfsprekend? Zoals jij mij op jouw beurt ook steunt, gewoon door geen problemen te veroorzaken en het goed te doen op school."

"Rare."

"Niets rare. Ik maak me zorgen om je broer en dat weet je. En jij bent ineens zo volwassen dat ik er even geen raad mee weet."

Agnes lachte en was zo goedig, gewoon een boterham te smeren in plaats van patat te gaan halen. Ze moest het zelf ook beseffen, dacht Marthe een beetje van haar stuk gebracht.

Maar al snel voerden de zorgen over haar andere kind weer de boventoon. Naarmate het later werd en Wijnand niet boven water kwam, nam haar ongerustheid verder toe. Toen het tien uur was geworden, belde ze hem op zijn mobiel, maar er werd niet opgenomen. Ze kon haar gedachten nergens bij houden, niet bij een programma op de televisie waar ze anders graag naar keek, niet bij een tijdschrift dat ze probeerde te lezen. Ze besefte op dat moment ook, dat het tijd werd voor een zeer openhartig gesprek met haar zoon. Een gesprek dat, zeker en wel, veel minder aangenaam zou gaan verlopen als het bijzondere gesprek met Agnes aan het begin van de avond.

De minuten begonnen traag voorbij te kruipen toen ze in gedachten besloten had, dat de tijd was gekomen om haar zoon openhartig te confronteren met haar zorgen en verdenkingen en omdat ze helemaal niet wist hoe hij daarop zou gaan reageren, werd ze steeds nerveuzer. Ze schonk een glaasje wijn in en nipte er aan, maar tegelijkertijd besefte ze dat ze helder moest zijn als hij thuiskwam. Dus goot ze de wijn even later weg door de gootsteen en schonk ze in plaats daarvan een glaasje sap in. Ze voelde zich flauw worden na alle zoetigheid van die middag en alleen een kopje soep later, dus keek ze eens inspecterend in de koelkast en maakte ze uiteindelijk een ham-kaastosti, lekker warm en hartig, om dat knagende gevoel van leegte weer te laten verdwijnen. Maar al na twee happen zat ze ineens tegen heug en meug te kauwen. Ze was zenuwachtig, besefte ze, heel erg zenuwachtig. Ze zag er huizenhoog tegen op wat onvermijdelijk komen moest, en wist tegelijkertijd, dat ze het probleem van Wijnand lang genoeg omzeild had en uit de weg was gegaan.

Hij had nu voor de derde keer geld gestolen. In ieder geval besefte ze voor de derde keer dat hij dat had gedaan, maar misschien had hij het veel vaker gedaan zonder dat ze het wist. Haar zoon moest bijgestuurd worden, voor hij helemaal van het rechte pad af zou raken en misschien, ze huiverde plotseling, uiteindelijk zelfs met de politie in aanraking zou komen. Ze herinnerde zich ineens weer, wat Agnes gezegd had over een verslaving. Haar dochter had gelijk gehad, besefte ze, al was het voor mensen zonder dergelijke problemen bijna niet te bevatten. Sommige mensen raakten verslaafd aan zaken die niets te maken hadden met een lichamelijke afhankelijkheid. Er waren vrouwen, die verslaafd waren aan winkelen en die allerlei onnodige zaken moesten kopen, ook al belandden ze daardoor diep in de schulden. Er waren mannen die verslaafd waren geraakt aan gokken, of aan internet, of zelfs aan porno daarop bekijken. Dergelijke verslavingen zaten in hun hoofden en al wilden ze het niet, ze deden dat toch telkens weer, ook al verloren ze er keer op keer door, geld, gezin, wat dan ook. Dat was inderdaad een verslaving. Ergens van afhankelijk zijn geworden, iets dat kennelijk sterker was geworden dan hun wil. Nee, ze kon het niet goed begrijpen, maar ze kon er niet langer haar ogen voor sluiten dat er zaken speelden in het leven van haar zoon, waar ze zich grote zorgen om maakte.

Ze zuchtte en probeerde hoe dan ook haar gedachten af te leiden. Het was angst, besefte ze weer even later. Angst voor de dingen die op haar af kwamen en waar ze alleen, helemaal alleen voor stond. Was er ooit eerder in haar leven een moment geweest, dat ze die eenzaamheid zo diep had gevoeld? Uiteindelijk pakte ze haar Bijbel om een stukje in te lezen en vooral om er kracht en troost uit te putten. Maar zelfs dat lukte vanavond voor geen meter.

Het was halfeen geweest, toen ze eindelijk de sleutel in het slot hoorde.

In het afgelopen uur had ze in het donker op de bank gezeten zonder nog iets te doen. Soms was ze vooral boos op Wijnand, omdat het gewoon op een doordeweekse avond zo gruwelijk laat werd, terwijl hij toch de volgende dag weer naar school moest. Dan weer probeerde ze op de bank te gaan liggen en een beetje te slapen, maar dat duurde niet lang. Haar hart bonkte onrustig. Ze was bang. Bang voor wat er aan de hand was, bang voor wat er op haar af zou komen. Ze voelde zich eenzamer dan ze ooit in haar leven geweest was. Het ging niet goed met haar kind en ze wist niet of ze hem helpen kon, en Bert zou haar niet steunen. Nee, die zou slechts roepen dat het allemaal haar schuld was! Hij keek zo op haar neer, sinds hij gevallen was voor de charmes van die andere vrouw. Ze huilde zelfs een beetje toen ook de Bijbel geen troost had kunnen bieden, maar toen Wijnand eindelijk thuis kwam, waren die tranen toch weer gedroogd.

Ineens werd ze rustig. Vreemd, hoe een mens soms onverwacht kracht ontving. Ze knipte de schemerlamp naast de bank aan en stond op. 'Help me, Heer,' deed ze een kort maar diep gemeend schietgebedje. 'Ik kan dit niet alleen. Geef me de juiste woorden in de mond, als dat mag. Geef me de wijsheid, mijn kind te kunnen helpen!'

Dan opende ze de deur. Wijnand stond al in zijn kamer en wilde de deur ervan net achter zich dicht doen. Hij schrok betrapt op.

"Kom even in de kamer, Wijnand. We moeten praten."

"Mam! Wat doe jij hier?"

"Ik kon niet slapen. Kom zitten."

Overvallen en betrapt als de jongen was, keek hij haar schichtig aan terwijl hij met zichtbare wrevel weer uit zijn kamer kwam.

"Wat een flauwekul. Ik ben geen klein kind meer, hoor."

"Nee, je bent zestien, maar dat is nog jong genoeg, zodat ik wil weten waar je de hele avond geweest bent en wat je hebt gedaan."

"Gewoon, ik was bij Lou."

"En Niels?"

"Ja, Niels was er ook bij."

"Ben je de hele avond bij die mensen thuis geweest?"

Hij draaide weg met een weerbarstige uitdrukking op zijn gezicht.

"Ben je vanavond wezen gokken, Wijnand?" gaf ze toen pardoes een schot voor de boeg.

"Hoe kom je daar nu bij?" wilde haar zoon weten, maar ze zag een schuldige blik in zijn ogen komen en gek genoeg was het tegelijkertijd een schrik, dat haar vermoeden werd bevestigd, zowel als een opluchting dat hij kennelijk best besefte, dat het niet deugde om te gokken.

"Ik weet niet, wanneer je het geld uit mijn juwelenkistje hebt gestolen, maar ik kwam er pas vanavond achter," zei ze bedrieglijk kalm, al klopte haar hart inmiddels in haar keel. "En het is niet de eerste keer, dat je geld hebt gestolen om ermee te kunnen gokken. Ik miste al eerder geld. Oma ook. Je moet niet denken, dat we dat niet gemerkt hebben. Maar dat is afgelopen. Voortaan gaat al het geld hier in huis zorgvuldig achter slot en grendel, als je dat maar weet."

"Mam!"

Ze zag de schuldige blik in zijn ogen, maar dapper hield ze vol. "Waarom, Wijnand? Waarom trek je zo graag op met die jongens, die duidelijk een slechte invloed op je hebben? Je verzuimt van school, je cijfers kelderen naar beneden. Ik heb al een keer met mijnheer Van Dijk gesproken. Ik heb geprobeerd, dat ook met je vader te doen. Ik wil je zo graag helpen…."

"Doe niet zo overdreven, mam. Ik trap gewoon een beetje lol." Hij stond op en dat deed ze dus ook maar. "Loop er nu niet voor weg. Ik probeer het in ieder geval te begrijpen. Niels en Lou zijn anders dan wij. Ik wil niet over hen oordelen, voor hen is een goede opleiding misschien niet zo belangrijk, maar voor ons is dat wel zo, Wijnand. Zonder een opleiding krijg je later geen goede baan en…"

"Mam, hou op met dat gezeur. Het is hier altijd ellende." Zijn gezicht was vlakbij, toen ze hem aan zijn mouw probeerde tegen te houden. Ze kreeg opnieuw een geschokte uitdrukking op haar gezicht, toen ze zijn adem rook. "Wat heb je gedronken?"

"Een paar biertjes, meer niet. Mam, hou op met zeuren. Ik doe toch wat ik zelf wil."

"Was je in een gokhal of een casino, of wat dan ook? Ik heb geen verstand van die dingen."

"Er is te weinig geld, mam. Straks win ik een grote klap en dan kan ik een brommer kopen en een nieuwe computer en…"

"Mensen verliezen geld met gokken, Wijnand."

"Ik niet. Ik ga winnen. Dat zegt Niels ook."

"Toe, vertel me eens eerlijk, nam je dat geld weg om mee te kunnen doen met Lou en Niels? Gokken zij ook?"

"Hou op met dat gezeur, mens. Toe, laat me los." Hij probeerde zijn mouw los te trekken en zij greep die juist steviger vast. "Ik wil een antwoord, Wijnand. Als we er niet over praten, kan ik je niet helpen om een oplossing te vinden."

"Er hoeft helemaal niets opgelost te worden. Laat me los."

Er kwam een kletsende hand tegen haar wang en even later viel de kamerdeur achter hem dicht. Verbijsterd voelde Marthe aan haar gloeiende wang. Ze was geslagen! Ze was door haar eigen zoon in het gezicht geslagen!

Hoofdstuk 6

Ze was weer op de bank gezakt en was zo geschokt, dat ze niet eens kon huilen. Pas meer dan een half uur later was ze weer zover tot zichzelf gekomen, dat ze een kopje thee ging maken. Nippend aan het hete vocht probeerde ze even later zo nuchter mogelijk alle gebeurtenissen van de afgelopen tijd op een rijtje te zetten.

Tot vorige zomer waren ze gewoon een gelukkig gezin geweest. Voor zover ze dat besefte, in ieder geval. Misschien dat Wijnand tijdens hun laatste vakantie vorig jaar augustus in Schotland wat nukkig was geweest, maar toen had ze gedacht, dat het kwam omdat zijn vriend Peter net was verhuisd en dat Wijnand hem miste. Hij had veel gelezen in die vakantie en computerspelletjes gedaan, maar ach, hij puberde en verder leek er geen vuiltje aan de lucht te zijn. Binnen een maand na die verder zo onbezorgde vakantie kwam Bert op de proppen met de mededeling dat hij niet meer van haar hield, maar wel van een andere vrouw, en dat hij zijn gezin ging verlaten om met die ander verder te gaan. Niet alleen bij haar was dat ingeslagen als een bom, ook de kinderen hadden dat totaal niet aan zien komen. Zelfs in de slaapkamer gedroeg Bert zich tot de dag van die mededeling net als altijd, had ze geschokt vastgesteld, terwijl hij toen toch ook al met die andere vrouw.... Nee, ze had werkelijk niets, helemaal niets aan zien komen, behalve dan dat Bert, toen ze terugkeek, in die zomer veel zakelijke besprekingen in de avonduren had gehad. Ja, ja! Maar dat besef kwam pas achteraf.

Na een week die bol stond van de spanningen, was haar man al vertrokken. Een week van doorlopende verwijten en geruzie zijnerzijds, over allerlei spullen die hij mee wilde nemen, want hij had tenslotte altijd gewerkt en dus had hij ook alles betaald. Twee dagen later was ze daarom al naar een advocaat gestapt, die haar nuchter had geadviseerd, de cilinders in de sloten van haar woning te laten veranderen, zodat Bert niet langer naar believen in en uit kon lopen om allerhande zaken mee te nemen, die volgens zijn zeggen toch van hem waren. Ze moest toen ook een nauwkeurige lijst maken van wat hij al meegenomen had. Op de een of andere manier was er wel een knop omgezet, toen er al een dag later iemand was gekomen om de sloten te veranderen en niet veel later had Bert een afschuwelijke woedeaanval gekregen, toen hij ontdekte niet opnieuw 'zijn' huis in de kunnen, om nog meer van 'zijn' spullen weg te halen. Ze had hem, toen hij verontwaardigd opbelde dat ze hem meteen en zonder belemmering toegang moest verlenen tot zijn eigen huis, met verstikte stem verteld dat alles voortaan via haar advocaat zou lopen, zodat het op een eerlijke verdeling van hun eigendommen uit zou draaien, omdat zij toch ook nog wel een paar rechten had. Op dat moment was ze zo kapot geweest dat ze, achteraf gezien, er onvoldoende voor haar beide kinderen was geweest. Toen was Agnes gaandeweg steeds stiller geworden, en Wijnand bleef steeds vaker van huis weg zonder te zeggen waar hij geweest was. Inmiddels was hij immers bij Lou in de klas gekomen, en al snel trok hij met Lou en Niels op en begon hij zijn lessen te verwaarlozen.

Ze zuchtte. Als ze minder met zichzelf bezig was geweest, had ze het misschien eerder in de gaten gehad, dat het de verkeerde kant opging met Wijnand. Ze had vanzelfsprekend ook meer aandacht aan Agnes moeten geven, want als een jong kind zo stil was geworden, behoefde het evenzeer aandacht als kinderen die door drukte te maken de aandacht als vanzelf naar zich toe leken te trekken. Ja, misschien kon haar dat verweten worden, maar aan de andere kant: ze was toch ook maar een mens, een vrouw die door de schokkendste periode van haar leven heen ging. Het was allemaal zo onverwacht gekomen. Ja, toen ze achteraf ging piekeren, ontdekte ze signalen die ze misschien met meer wantrouwen had moeten bekijken, maar zo was ze nu eenmaal van nature niet.

Het afgelopen najaar had ze echter te maken gekregen met de ene desillusie na de andere. Haar man, die manipuleerde met geld, zijn enig overgebleven machtsmiddel tegenover haar. Zijn keiharde opstelling naar zijn achtergelaten gezin toe. Zijn luidruchtige verwijten, dat hem geen enkele blaam trof, maar dat alles haar schuld was, enkel en alleen die van haar. Het was niet fair, niet eerlijk, ze wist het met haar verstand, maar in haar gevoel kwetste elke opmerking haar ongekend diep. Pas rond kerstmis was er een punt gekomen dat ze besefte, dat het heus niet verkeerd was als ze wat meer voor zichzelf opkwam!

De laatste kerstdagen in het huis waar ze ooit zo gelukkig met elkaar waren geweest, hadden haar een bitter en leeg gevoel gegeven. Toen ging het al niet goed met Wijnand, besefte ze achteraf, maar inmiddels kreeg ze op de tweede januari de sleutel van deze flat en moest er geschilderd, behangen en verhuisd worden. Vier weken later waren ze hier komen wonen en gelukkig had ze vanaf het begin een geweldig contact met Adelheid. Ze liet het dorp achter, waar ze zo plezierig had gewoond en dat ze zo goed kende. Hemelsbreed was Hellevoetsluis daar niet ver vandaan en ze was er al jarenlang gekomen om boodschappen te doen en te winkelen, maar er wonen was toch iets heel anders. Ach, als ze heel eerlijk was, moest ze toegeven dat ze zich domweg kranig had gehouden in die turbulente tijd. Ze had inmiddels werk gevonden, het oude huis was verkocht en opgeleverd, het geld dat ze daaraan hadden overgehouden was verdeeld en de helft ervan stond inmiddels op haar rekening bijgeschreven. Ze zou

61

zelfs een bescheiden tweedehands autootje kunnen kopen, zodat ze weer vrij was om te gaan en staan waar ze wilde. Ook een paar hiaten in huis waren met een deel van dat geld aangevuld, doordat Bert zijn helft van de spullen mee had genomen. Het autootje was er nog niet gekomen, want ze voelde aarzeling om het geld te besteden aan dingen die misschien niet helemaal noodzakelijk waren. Het geldgebrek van de afgelopen winter had een nieuw soort onzekerheid bij haar in het leven geroepen. Ze had voor het eerst van haar leven beseft, dat mensen soms in de zorgen konden komen, zonder dat ze daar zelf schuld aan hadden. Dat schulden dan gemakkelijk werden gemaakt, maar ze wilde geen schulden. Noodzakelijke aankopen omdat Bert dingen had meegenomen die ze niet kon missen, ja, die had ze wel gedaan, maar het resterende geld op de bank gaf haar een zekerheid die ze meer was gaan waarderen na de gebeurtenissen van het afgelopen jaar dan daarvoor. De rest van het geld hield ze voorlopig toch maar liever veilig achter de hand als reserve!

Haar leven was grondig veranderd, maar ze had er weer vat op gekregen. Ze had een huis en een baan en geen schulden, ze waren alledrie gezond en Bert zijn verwijten kon ze voortaan maar beter als kinderachtig naast zich neerleggen. Met Agnes had ze immers nog maar een paar uur geleden een heel fijn gesprek gehad. Als ze Wijnand weer op het rechte spoor zou kunnen krijgen, was ze een heel nare periode eigenlijk prima doorgekomen.

Nee, zelf zou ze nooit voor de scheiding gekozen hebben. Ze hield van haar man, met al zijn goede eigenschappen en ook met zijn minpunten. Ze had altijd beseft dat niemand volmaakt was, zij niet, en hij evenmin. Nu waren er kanten aan hem naar voren gekomen, waar ze vroeger geen notie van had gehad, maar die hij toch in zich gehad moest hebben, al had zij dat nooit gezien. Ze schonk een tweede kopje thee in. Ze was koud geworden, maar voelde dat niet. Wat moest ze nu met Wijnand beginnen? Hoe pijnlijk het ook was, ze moest maar eerlijk toegeven, dat ze aan Bert geen enkele steun zou hebben. Haar angst voor de jeugdzorg zat heel diep. Wat hoorde je niet allemaal op televisie of las je in de krant, over hordes hulpverleners die standaard langs elkaar heen leken te werken en de meest onbegrijpelijke beslissingen namen, die zeker niet in het belang van een kind waren, al beweerden de hulpverleners zelf van wel. Trouwens, Wijnand was al zestien. Hij was misschien al te oud om een of andere begeleider toegewezen te krijgen. Het beste, besloot ze toen het al midden in de nacht was en ze huiverend opstond, was morgen opnieuw een gesprek aan vragen met die aardige leraar mijnheer Van Dijk, en daarin zo eerlijk mogelijk zijn over haar zorgen.

Met een zucht stond ze op en ging naar bed. Tegen de ochtend moest ze toch even weggezakt zijn, om uit die sluimer met een kloppend hoofd wakker te worden. Ze voelde zich afgemat en nog steeds flink van streek, maar ze slikte een tabletje paracetamol en was vast van plan gewoon naar het tehuis te gaan.

"Wat zie je bleek, mam."

Ze keek haar dochter over de ontbijttafel recht aan. "Ik heb niet veel geslapen. Wijnand was pas heel laat thuis en toen ik met hem probeerde te praten over waar hij was geweest en dat hij geld heeft weggenomen, heeft hij me een klap gegeven. Ik ga vanmorgen in mijn koffiepauze de school bellen. Er moet iets gebeuren."

Agnes bloosde en wist er duidelijk geen raad me. Net op dat moment kwam Wijnand de kamer binnen, een deuntje fluitend als of er nooit enig misverstand was geweest.

"Je hebt mam geslagen," viel Agnes hem meteen aan.

Marthe zag de schuldige blik in de ogen van haar zoon. "Dat

had ik niet mogen doen en het spijt me, mam," mompelde hij binnensmonds. Maar hij keek haar niet in de ogen, hij keek van haar weg. Het was zijn opvoeding, die hem dat liet zeggen, wist Marthe, niet zijn hart.

"Ik hoop dat je dat meent, en ik hoop ook, dat je het spelen op gokautomaten voortaan laat. Dan hoef je ook geen geld te stelen om te gokken."

"Ik gok niet, zoals jij dat noemt! We spelen alleen een beetje op fruitautomaten, gewoon om het leuk te hebben. Mam, ik heb geen honger."

Hij griste een krentenbol naar zich toe en was naar buiten voor ze van haar schrik bekomen was. Ze wilde al opstaan, maar Agnes zei, dat ze hem maar even met rust moest laten. Toen ze een kwartiertje later alleen aan tafel zat, maakte ze een beker koffie en smeerde ze een boterham, die ze tegen heug en meug naar binnen werkte.

Pas halverwege de morgen, zonderde ze zich even af om een nieuwe afspraak te maken met mijnheer Van Dijk.

Die avond keek Adelheid haar bezorgd aan. Ze hadden gegeten als of er niets aan de hand was en Wijnand was daarna naar zijn kamer gegaan. Wat hij daar deed, wist ze niet en ze durfde het hem al evenmin te vragen, maar het betekende wel dat hij tenminste niet opnieuw op pad was gegaan met die twee jongens die ze inmiddels zo verafschuwde. "Heeft hij je geslagen?" vroeg de ander haar ontsteld.

Marthe knikte mat. "Ik heb al de hele dag hoofdpijn en ben zo moe. Ik kruip straks meteen in bed, maar ik ben bang dat het weer gaat malen zodra ik mijn ogen dicht doe. Ik weet niet meer wat ik met mijn zoon moet aanvangen, Adelheid."

"Er moet een of andere instantie zijn die je kan helpen."

"Ik ben daar bang voor. Je hoort van die nare verhalen over hulpverlening aan ontsporende jongeren."

"Ja, dat begrijp ik wel, maar…"

De vertrouwelijkheid werd verstoord door de bel.

"Misschien een of andere collectant," zei Adelheid. "Ik verwacht niemand."

Het was echter haar zwager Alwin, die even later binnenstapte. "Ik heb de film van je verjaardag klaar."

Toen zag hij Marthe op de bank zitten, die net een klam geworden zakdoekje wegstopte in de zak van haar lange broek, maar haar rood opgezette ogen spraken niettemin hun eigen taal. "Nee maar, ik stoor," stelde hij dan ook plompverloren vast. "Zal ik een andere keer terugkomen?"

"Blijf maar, ik heb mijn hart al uitgestort." Marthe kwam net een tikje te haastig overeind.

"Je ziet er uit als een geest. Blijf zitten. Ik kan uitstekend luisteren. Misschien kan de mening van een buitenstaander helpen bij het krijgen van inzicht in je probleem, wat het dan ook is," merkte hij rustig op. "Het is aan jou om te beslissen of je je hart uit wilt storten bij een vreemde, maar Adelheid kan er haar handen voor in het vuur steken, dat ik betrouwbaar ben."

Zijn schoonzuster moest lachen. "Dat is waar. Bovendien, Marthe, ik heb geen kinderen, maar Alwin is vader. Het zou misschien goed zijn, de nuchtere mening van een man en vader aan te horen. Uiteindelijk is je schaamte ongegrond, en moet je alles aangrijpen om de kwestie op te lossen."

Ze aarzelde. "Ik heb problemen met mijn zoon, maar als ik er met een vreemde over praat, is het net alsof ik de vuile was buiten de deur ga hangen."

"Een vreemde kijkt wel zonder vooroordeel tegen een situatie aan. Dat kan soms helpen."

"Daar heb je wel gelijk in, maar toch...." Ze aarzelde en het was Adelheid die in het midden bracht, dat ze haar zwager kon vertrouwen en dat ze uit eigen ervaring wist, dat hij inderdaad als gezegd heel goed kon luisteren.

"Goed dan, want ik weet werkelijk niet hoe ik Wijnand het beste kan aanpakken en de kans zit er dik in, dat als ik niets doe, de zaken nog veel verder uit de hand gaan lopen. Het gaat om Wijnand, mijn zoon. Hij is zestien en door alle gebeurtenissen na de scheiding ben ik bang, dat hij het verkeerde pad opgaat." Ze keek Alwin onderzoekend aan, maar hij knikte slechts ter bemoediging. Dus vatte ze moed om verder te gaan. "De jongen kan er natuurlijk niets aan doen, dat zijn leven overhoop werd gegooid. Zijn vader vertrok, wij moesten daarom verhuizen. Zijn schoolvriendje ging naar een andere school en hij kwam in contact met een andere jongen, die volgens mij een slechte invloed op hem heeft. Hij woont ook hier in Hellevoetsluis, maar in een volksbuurt."

"Dat zegt niets," bracht Alwin er nuchter tegenin. "De meeste mensen die daar wonen hebben het weliswaar niet breed, maar hebben een gouden inborst en zijn doodeerlijke mensen."

Ze bloosde ervan. "Natuurlijk. Maar Lou heeft een oudere broer die gokt, die van school af is gestuurd, die tatoeages heeft en ik ben er een keer langs gereden toen ik uitgevogeld had waar ze woonden. Het is een asociaal gezin, heb ik ook van horen zeggen."

"Zelfs in de meest nette gezinnen zijn mensen die graag gokken," probeerde hij te relativeren. "Hoe kwam je er achter, dat die broer een slechte invloed op Wijnand heeft?"

Ze werd nog onzekerder dan ze al was, door zijn relativerende woorden, maar besefte dat ze inderdaad behoorlijk had zitten stigmatiseren. Een rode kleur was over haar wangen gekropen. "Ik doe echt niet neerbuigend, Alwin. Ik heb zelf ook maar een klein inkomen, maar ik heb tenminste een eigen inkomen verworven. Adelheid en ik wonen ook in een bescheiden flat. Daar is niets mis mee, inderdaad. Maar ik doelde meer op geluidsoverlast, op straat rondhangen en een hoop schroot voor de deur. Dat hoort niet voor een woonhuis in een buurt waar veel kleine kinderen wonen die buiten moeten kunnen spelen. Maar goed, al een poosje geleden begonnen Wijnands cijfers te kelderen. Vroeger kon hij altijd goed leren, nu gooit hij er met de pet naar. Er kwamen weer later signalen van school, dat hij regelmatig spijbelde. Daar had ik zelf niets van gemerkt. Daar zorgde hij wel voor. Hij begon 's avonds laat thuis te komen en als ik dan vroeg waar hij was geweest, was het altijd 'bij Lou,' maar Lou kwam nooit bij ons thuis. Het werd later en later. Een poosje geleden miste ik ineens geld uit mijn portemonnee. Soms twijfel je eraan, of je het misschien toch ongemerkt ergens aan uitgegeven hebt, want ik moet zuinig aandoen en ben dus erg zorgvuldig met geld. Toen miste mijn moeder ook geld." Ze haalde diep adem. "Sinds die tijd laat ik nooit meer zomaar mijn portemonnee liggen. En gisteren miste ik een enveloppe met een briefje van vijftig euro, dat ik altijd in mijn sieradenkistje had liggen voor onverwachte extra uitgaven. Toen ik Wijnand daarop aansprak, sloeg hij me." Haar stem brak en ze begon opnieuw hartverscheurend te huilen. Adelheid probeerde haar onhandig te troosten en gaf haar een glas water. "Laat haar maar eens goed huilen," zei Alwin. "Meestal lucht dat flink op. Ik ben er altijd jaloers op, als mensen dat kunnen. Zelf krijg ik in zulke gevallen daverende hoofdpijn, domweg omdat ik mijn gevoelens niet voldoende kan uiten."

Eindelijk kalmeerde Marthe weer.

"Hij sloeg me! Ik had inmiddels al via via vernomen van dat gokken en ook Wijnand had wel eens gezegd dat hij het leuk vond om een spelletje te spelen op een fruitautomaat in zo'n hal, of in een café of waar die dingen ook staan. Het is spannend, zei hij. Hij moest toch wat. Op school verveelde hij zich een ongeluk en thuis was ook al niets te beleven."

"Veel jongeren worden geboeid door dingen op het randje. Dan roken ze hasj om het te proberen of ze drinken soms buitensporig. Als ik denk aan mijn eigen jeugd, was het op die leeftijd erg spannend om de randen van het toelaatbare op te zoeken. Als je tenminste besefte dat het een rand was, en dat de wereld daarachter schimmig en bedrieglijk was. Ik ben in die tijd een keer flink dronken geweest, maar was er zo ziek van, dat het wel eenmalig was. Maar ik zag anderen, die daarna regelmatig een slok teveel op hadden en die begaven zich op een hellend vlak."

"Niels, dat is de broer van Lou, schijnt vaak te gokken. Hij heeft altijd geld tekort en Wijnand vindt het spannend. Dat maakt me bang."

"Het is ook angstig."

"Maar Alwin, drank of drugs, daar kan een mens lichamelijk afhankelijk van worden. Daar kan ik nog iets van begrijpen. Maar gokken? Of, zoals Adelheid zei, er zijn vrouwen genoeg die koopverslaafd worden. Dat is een drang, ik ben niet dom en weet dat het bestaat, maar bij die dingen kan er geen sprake zijn van een lichamelijke afhankelijkheid die mensen soms naar steeds meer drank of drugs doet grijpen."

"Het is de kick, het prettige gevoel, dat mensen er steeds weer toe lokt aan hun zwakheid toe te geven."

"Ik vertelde je van die koopverslaafde buurvrouw, weet je nog," liet Adelheid weten. "Ze vertelde me eens, dat de drang om naar het winkelcentrum te gaan zo groot was, dat ze die niet kon weerstaan. Dat ze in een winkel overal spullen zag, die haar toe schenen te schreeuwen: koop me, koop me."

"En bij gokverslaafden is het de gedachte, dat ze bij het volgende spel mogelijk de jackpot winnen," voegde Alwin er aan toe. "Maar verslaving is iets anders dan vluchtgedrag van een jongen, die niet met zijn emoties om kan gaan en dat vertaalt in opstandig gedrag. Dat moet je goed voor ogen houden, Marthe."

"Verslaving is een woord waar ik gewoonweg kippenvel van krijg! Wijnand wil stoer doen, mee doen, en Lou en Niels trekken hem het verkeerde pad op. Er zijn spanningen in ons gezin, dat hoef ik niet onder stoelen of banken te steken. Agnes is juist veel stiller geworden dan ze vroeger was. Ze uit zich nauwelijks en dat baart me eveneens zorgen, maar Wijnand.... Ik ga nog een keer met mijnheer Van Dijk praten. Misschien weet die, wat ik kan doen om Wijnand weer zichzelf te laten worden."

"Wat houd je eigenlijk tegen, Marthe, om via de huisarts hulp te gaan zoeken?" vroeg Alwin nuchter.

"De angst voor allerlei instanties," bekende ze bijna tegen wil en dank. "Hoe vaak hoor je op televisie niet, dat die zich met gezinnen bemoeien, langs elkaar heen werken, kinderen zomaar uit huis halen of, ze in andere gevallen juist met gevaar voor het kind daar laten, omdat het belang van de ouders voorgaat. Ik twijfel in hoge mate aan het nut van dergelijke bemoeienissen, Alwin."

Hij knikte. "Begrijpelijk, maar het zijn natuurlijk alleen de excessen die op dergelijke manier in het nieuws komen."

"Ik wil een dergelijke bemoeizucht niet," hield ze vast. "Bovendien krijgt Bert er dan ook mee te maken. Hij wil nu al de kinderen bij me weghalen."

"Dat kan niet. Ze zijn oud genoeg om zelf te kunnen beslissen, bij wie ze willen wonen."

"Dat weet ik wel, maar wat denk je? Hun vader is er financieel veel beter aan toe dan ik. Hij kan ze kopen, Alwin. Op die leeftijd zijn kinderen daar gevoelig voor."

Hij knikte bedachtzaam. "Ik geef toe, dat dit soms gebeurt. Wat je dochter aangaat, lijkt me die nuchter genoeg om de dingen helder te zien. Wat je zoon betreft.... Als het gokken uitgroeit tot een probleem, Marthe, zoals jij vreest, dan is het misschien niet eens verkeerd dat je ex een goed beeld van het probleem krijgt."

Ze huiverde van afschuw. "Hij verwijt mij nu al alles wat verkeerd is gegaan. Ik ben volgens hem overal de schuld van."

"Dat geloof je toch zelf niet? Bij hoeveel ouder wordende mannen zakt hun verstand niet af naar beneden, tot het geregeerd wordt door gevoelens op de hoogte van hun kruis?"

Het klonk zo droog, dat ze dwars door haar tranen heen in de lach schoot.

"Wat zeg je dat plat, maar inderdaad, de verhalen van oude bokken en groene blaadjes zijn niet van de laatste tijd. Wat zien die jongere vrouwen toch in die oude zakken?"

"Geld of macht," was de nuchtere reactie van Adelheid. "Maar we hebben het niet over Bert. Wees niet langer bang voor hem, Marthe. We moeten nu onze handen in elkaar slaan om Wijnand terug te krijgen in de schoolbanken en weg achter de fruitautomaten vandaan. De vraag is: hoe gaan we dat doen?"

"Dank je," fluisterde Marthe met een bal in haar keel. "Alleen al het feit, dat ik mijn hart kon luchten geeft me het gevoel dat de dreiging minder groot is dan ik eerst vreesde."

Hoofdstuk 7

Voor de tweede keer binnen een maand zat ze tegenover de sympathiek ogende mijnheer Van Dijk. Zijn gezicht was ernstig geworden toen ze hem voor haar doen bijzonder openhartig had verteld hoe de stand van zaken zich tussen haar zoon en haarzelf had ontwikkeld. "Het gaat niet langer alleen maar om slechte schoolresultaten en min of meer onschuldig spijbelen," besloot ze. "Ik maak me inmiddels grote zorgen over zijn gedrag en ben bang voor wat er mogelijk verder gaat gebeuren."

"Het spijt me voor u," knikte de leraar. "Een klap krijgen van je kind is voor elke ouder een afschuwelijke ervaring, en bovendien staat u er alleen voor. Sinds onze vorige ontmoeting besef ik, dat de vader er alles aan gelegen is, de kinderen naar zich toe te trekken en u van alles de schuld te geven. U moet zich erg alleen voelen staan in deze kwestie."

Ze knikte en moest een paar keer slikken in de hoop dat de tranen binnenboord zouden blijven, maar toch biggelde er een over haar wang. "Ik kan daar weinig tot niets tegen beginnen. Maar die klap is gevallen, dat kan ik nooit meer terug draaien, hoe graag ik dat ook wil. Hoe het verder moet, dat weet ik niet meer. Wijnand is door alles wat er binnen ons gezin is voorgevallen, uit balans geraakt. Dat is begrijpelijk en acceptabel. Ikzelf was dat ook en zelfs Agnes is nog steeds veel stiller en meer teruggetrokken dan vroeger. Een verwerkingsproces heeft tijd nodig, bij ons allemaal. In die kwetsbare tijd raakte mijn zoon bovendien zijn oude schoolvriend kwijt. Hij is dus dubbel geraakt. Tegelijkertijd raakte hij bevriend met Lou en nu wordt hij, nog steeds volgens mijn visie, door Niels en Lou meegezogen naar die fruitautomaten en hij heeft zich ertoe laten verleiden, er mee te spelen. Toegegeven, vroeger deden ze met hun vader ook wel eens een dergelijk spelletje, maar dat was onschuldig vermaak. De meeste kinderen zullen dat wel eens hebben gedaan, denk ik. Die dingen staan immers overal. Zelfs als je een patatje gaat kopen staat er vaak een fruitautomaat, waar onder het wachten een spelletje kan worden gespeeld. Maar nu speelt hij om andere motieven. Hij vindt het spannend. Als hij geld tekort komt, zorgt hij er wel voor om op een andere manier aan geld te komen. Zijn normen zijn verschoven. Het leek hem voor geen meter te raken, dat hij geld van zijn moeder wegnam, of zelfs van zijn grootmoeder."

"Ik begrijp heel goed dat u uw hart vasthoudt voor wat er in de komende tijd zal gebeuren. Bent u een beetje thuis op de computer?" wilde hij toen weten.

Ze schudde het hoofd. "Hoezo dat?"

"Tegenwoordig is het eenvoudig om zelfs van huis uit te gokken, via de computer."

"Dat meent u niet."

"Helaas wel. Heeft u er enig idee van, wat uw zoon op de computer uitspookt?"

"Eh, nee. Tot vorig jaar keek hun vader daar naar. Je hoort zoveel rare verhalen, dat het ouders niet lukt allerlei viezigheid bij hun kinderen weg te houden. Mijn man installeerde het een en ander op de computer vanwege hun veiligheid."

"U heeft er dus zelf niet voldoende verstand van, om daarop te letten?"

Ze schudde het hoofd en snoot haar neus. Gek genoeg luchtte het enorm op, met deze rustige man over dit alles te kunnen praten. Iemand die zoveel ervaring had met jongeren in juist hun meest kwetsbare jaren, waarin het leven aan alle kanten lokte en ze nog niet hadden geleerd, hun grenzen te bepalen. Waarin ze eenvoudig dingen konden doen die ontoelaatbaar waren, enkel en alleen om zich geaccepteerd te voelen in een groep. Ze wist het en besefte ook dat Wijnand op dit moment het gevaar niet zag, dat zij wel op zag doemen. Ze keek de man dus vertwijfeld aan. "Ik zal erover nadenken of iemand mij daarbij kan helpen. Ik mag zeker niet schromen door iemand in zijn computer te laten kijken wat hij daar uitvoert, al vind ik dat zelf eigenlijk ongezonde nieuwsgierigheid? Ik bedoel maar, ik lees ook niet in het dagboek van mijn dochter."

Hij glimlachte. "In dit geval heiligt het doel het middel. Hopelijk gokt Wijnand alleen als Niels hem meeneemt. Maar het is wel verstandig dat uit te zoeken."

"Ik kan me niet eens voorstellen hoe mensen verslaafd kunnen raken aan zoiets."

"Verslavingsproblematiek is een ingewikkelde en moeilijke kwestie. Zou het zover met hem gekomen zijn dat we werkelijk moeten spreken van een verslaving?" Mijnheer Van Dijk keek nu werkelijk bezorgd.

"Dat weet ik nu juist niet. Ik hoop vanzelfsprekend, dat ik alleen maar overbezorgd ben, maar er zijn signalen. Vroeger wist ik niet eens, dat deze dingen mogelijk waren. Kijk, drank en drugs, daar gaat je lichaam om vragen als er na langdurig te ruim gebruik ineens van wordt afgezien. Daar kan ik met mijn verstand nog bij. Daar hoor je genoeg over in de media."

"Bij elke verslaving spelen psychische factoren een zeer grote rol. Afgekickte drugsverslaafden weerstaan op langere termijn de neiging zelden er opnieuw mee te beginnen, ondanks dat ze inmiddels weten, dat drugs een leven gemakkelijk te gronde kunnen richten, ondanks hun herinneringen aan het afschuwelijke afkickproces. Ze vullen een leegte, op een manier die hun naar de rand van de afgrond brengt. Er zijn mensen die verslaafd zijn aan eten, omdat ze niet op een andere manier overweg kunnen met hun emoties. Er bestaat volgens wetenschappers die daarnaar onderzoek hebben gedaan, vaak een bepaalde aanleg die naar verslaving doet neigen, maar daar weten we nog lang niet zoveel van als ze wel zouden willen. En dan is er het gokken."

"Ik ken vaag iemand, die volgens zeggen verslaafd is aan kopen." Hij knikte. "Vrouwen zijn vaker winkelverslaafd en mannen neigen meer tot gokken, al komt het andersom evengoed voor."

Ze slaakte een diepe zucht. "De verleidingen zijn tegenwoordig werkelijk overal! Ik kan mijn zoon vanzelfsprekend niet op gaan sluiten en zelfs al zou hij niet langer omgaan met Niels, dan nog heeft hij er nu zijn weg naartoe gevonden om te gaan spelen, als hij zich rot voelt."

"Er is altijd een excuus, als iemand dat nodig heeft om een innerlijke pijn te sussen."

Ze knikte. "Ik voel me zo hulpeloos, omdat ik er nauwelijks iets tegen kan doen."

"U moet er met hem over praten, dat is in ieder geval de eerste stap. Om u te steunen zal ik hetzelfde doen, maar lange ervaring heeft mij geleerd, dat waarschuwende woorden van ouders of leraren zelden de gewenste gedragsverandering laten zien. Het kind zelf moet tot de ontdekking komen dat het vluchtgedrag niets oplost, integendeel, er alleen maar voor zorgt dat zijn problemen en nare gevoelens er door toenemen."

"Wel, ik ben in ieder geval opgelucht, dat u nu weet wat er speelt. Het geeft me het gevoel, er minder alleen voor te staan. Ondertussen zal ik zo eerlijk mogelijk met Wijnand proberen te praten, misschien is hij er toch gevoelig voor, als hij beseft hoeveel verdriet zijn gedrag me doet."

"Ik bel u op, als ik met hem gesproken heb."

"Dank u."

Weer thuis voelde ze zich uitgeput. Wijnand was er niet.

Het werd zaterdagmiddag eer het moment kwam, dat Wijnand rustig op zijn kamer zat, bezig met zijn computer. Marthe moest werkelijk al haar moed verzamelen om zijn kamer binnen te gaan voor het gesprek waar ze met het uur meer tegenop was gaan zien.

Haar zoon keek haar vragend aan toen ze binnenkwam. "Ik wil met je praten," zei ze dus maar ronduit en zoals verwacht zag ze zijn gezicht meteen betrekken.

"Waarom?" Het klonk ongekend afwerend.

"Ga je vanavond nog weg?"

"Dat weet ik nog niet."

"Ik maak me grote zorgen over je omgang met Lou en vooral met Niels. Ik heb mijn zorgen deze week opnieuw met mijnheer Van Dijk gedeeld."

"Ja, dat heb ik gemerkt. Ik moest nablijven en hij voelde me aan de tand over een onschuldig spelletje spelen op een fruitautomaat. Hij wilde ook weten wat ik allemaal op mijn computer deed. Belachelijk."

De leraar had haar inderdaad zoals beloofd gebeld, maar was geschrokken van de brutale antwoorden van haar zoon. Hij zou zijn best doen, de vinger aan de pols te houden, dat beloofde hij oprecht, maar leraren stonden al te vaak machteloos om verkeerd gedrag, bij de aan hun zorgen toevertrouwde jongeren, aan te kunnen pakken. Ze beloofden elkaar contact te houden, dat wel.

"Is het wel zo onschuldig, Wijnand? Ik hoorde nog niet lang geleden, dat dergelijke spelletjes erg verslavend kunnen zijn."

"Verslavend! Doe niet zo achterlijk, mam. Het is leuk. Meer niet. Je krijgt er een kick van, als er munten uit rollen. Je vergeet geen moment, dat de jackpot een keer gaat vallen."

"En dus speel je een volgend spelletje, in de hoop op winst."

"Ja, zo gaat dat."

"Tot je zakgeld op is, en Niels je misschien wat voorschiet?"

Hij kreeg een kleur en antwoordde niet. Hij wilde weer verder spelen op de computer.

"En als je hem niet terug kunt betalen, zorg je ervoor dat je op een andere manier aan geld komt."

Hij haalde schijnbaar nonchalant zijn schouders op. "Zo erg was het toch niet, mam?"

"Voor mij wel. Ik moet zuinig met ons geld omspringen. Je had er ook om kunnen vragen, Wijnand. Dat is iets anders dan het stiekem wegnemen. Ook oma is er door geschrokken."

"Als ik zeg, dat ik schuld heb bij Niels, schuif jij heus niet zomaar geld af."

"Heb je nog meer schuld bij Niels?" deed ze een slag in de lucht.

Weer dat afhoudende schokschouderen!

"Hoeveel?"

Hij zweeg. "Bemoei je er niet mee, mam," ging hij eindelijk verder toen ze in zijn kamer bleef staan en niet van plan leek te zijn weer weg te gaan zonder een bevredigend antwoord te hebben gekregen. "Je snapt er toch niets van."

"Hoeveel, Wijnand?"

"Honderdzevenenzestig euro."

Ze schrok enorm. "Natuurlijk is het onverantwoord van Niels om je zoveel voor te schieten."

"Ik vraag hem er zelf om. Niels heeft altijd geld genoeg, en Lou heeft ook altijd veel meer geld dan ik."

"Ik dacht dat Niels niet werkte? Hij zit toch nog op school?"

"Hij heeft altijd wel spullen ergens gekregen, die hij weer kan verkopen. Zo scharrelt hij een extraatje bij elkaar. Hij is van school afgetrapt en heeft nog geen werk gevonden."

"Hij heeft op school veel problemen gehad, heb ik van mijnheer Van Dijk gehoord. Moet hij dan niet naar een degelijke baan gaan zoeken?"

Wijnand schoot in de lach. "Niels is iemand die niemand boven zich kan velen. Hij wil niet voor een baas werken."

"Nu, hij heeft bij mijn weten ook geen eigen bedrijfje opgezet, waar hij geld mee verdient."

"Mam, hou er maar over op! Ik betaal Niels wel terug van mijn volgende zakgeld."

"Dat is minder dan het bedrag dat je noemde."

"Dan betaal ik de rest de volgende maand."

"Speel je dan ondertussen niet meer? Weet je wat, Wijnand, als jij met je hand op je hart belooft, niet meer met Niels en Lou op fruitautomaten te spelen, betaal ik dat geld voor je."

"Doe je dat, mam?"

Ze knikte, al moest ze daarvoor haar dierbare buffer op de bank aanspreken. Maar wat moest, dat moest. Alles om haar zoon te helpen weer op het rechte pad te komen!

"Beloof je dat?"

"Ja mam, echt. Ik ga niet meer spelen."

"Dan haal ik straks extra geld van de bank, en kun jij naar Niels om hem het voorgeschoten geld terug te betalen en te vertellen, dat je voortaan niet meer speelt. Dan kun je toch met Lou op blijven trekken op en rond school, maar niet meer 's avonds bij hem thuis langs gaan. Je moet er niet meer met hen op uit gaan naar plaatsen waar je mogelijk in de verleiding komt."

"Ik beloof het, mam. Echt."

Ze voelde zich mateloos opgelucht, toen ze even later geld ging halen.

Maar slechts twee avonden daarna was Wijnand opnieuw

verdwenen en haar ongerustheid, die ze even kwijt was geweest, keerde heftiger terug dan ooit tevoren.

Een week later stond Alwin Jaarsma bij haar voor de deur. "Vergis je je niet in de voordeur?" lachte ze verlegen. "Adelheid woont daar, hoor."
Hij keek haar onderzoekend aan. "Ik kon ons gesprek van laatst niet zomaar van me afzetten. Ik heb wat gegevens verzameld over gokverslaving, Marthe, en denk, dat je het misschien zou willen lezen."
De vorige dag zou ze nog gezegd hebben dat het probleem inmiddels was opgelost, maar nu wist ze dat dit verre van de waarheid was. "Kom maar even verder," nodigde ze uit. Het was bijna etenstijd, maar Agnes zou bij haar vriendinnetje eten en wanneer Wijnand weer boven water kwam, wist ze vanzelfsprekend niet. Ze zou wel wat voor hem warm maken, als hij kwam, al kreeg hij dat pas nadat hij de nodige uitleg had gegeven! Voor haarzelf was het niet erg, wat later te eten. Ze maakte zich zoveel zorgen, dat ze toch een weerbarstige bal in de maag had, die alle trek in eten deed verdwijnen.
"Het is een wat ongelukkige tijd, maar ik ga straks met Adelheid een hapje eten en ik dacht…. Misschien heb je er iets aan." Hij reikte haar een stapeltje papier aan, terwijl hij ging zitten en een tikje nieuwsgierig om zich heen keek.
Ze ging tegenover hem zitten. Een van de velletjes papier las ze nieuwsgierig, omdat het samengevat een aantal punten bevatte. De drang om te gaan gokken niet kunnen weerstaan, las ze in de gauwigheid. Meer geld besteden dan kan. Liegen om kritiek te vermijden. Van school of werk verzuimen en op allerlei manieren proberen, aan geld te komen. Ze tikte op dat betreffende velletje. "Hier krijg ik meteen kippenvel van."

"Herkenbaar?"

Ze knikte. "Ik zou nog gisteren hebben gezegd, dat mijn zoon een probleem had, maar geen verslaving. Dat dat een groot woord is, al hebben we dat wel zo benoemd. Maar als ik dit lees, Alwin, toch gokken omdat hij het eenvoudig niet kan laten, liegen, spijbelen en geld stelen, ik heb het allemaal met hem meegemaakt."

Hij knikte en bleef wachten tot ze verder zou gaan. Na enige aarzeling deed ze dat. "Ik ben tot twee keer toe op zijn school wezen praten. De leraar heeft Wijnand op zijn gedrag aangesproken. Een paar dagen geleden heb ik min of meer een openhartig gesprek met mijn zoon gehad. Hij beloofde beterschap, en ik heb hem geld gegeven om zijn schuld af te lossen. Maar nu is hij niet thuisgekomen uit school en Joost mag weten of hij wel op school is geweest. Hij heeft me niet laten weten, later te komen of waar hij wel is en ik ben bang…. Nee, ik voel gewoonweg, dat hij weer met Lou en Niels op stap is gegaan. Hij krijgt een kick van het spelen, vertelde hij. En hij denkt steeds, dat hij bij het volgende spelletje wel wat zal winnen, dus gaat hij door en leent hij geld dat hij niet heeft. O, het vreet zo aan me! Ik weet werkelijk niet, wat ik er nog aan kan doen om het te stoppen. Zou het al te laat zijn? Je hoort wel eens van ouders van drugsverslaafde kinderen, die ze tenslotte de deur moeten wijzen, omdat die kinderen blijven liegen en stelen en doorgaan met hun verslaving zolang ze dat kunnen en die dan pas hun leven beteren als ze in de goot belanden. Dat kan ik toch niet laten gebeuren!"

"Toe maar, stil nu. Je moet je niet overstuur maken met dergelijke angsten. Natuurlijk kan niemand zeggen, wat Wijnand de komende tijd gaat doen, maar hij ligt nog lang niet in de goot en je doet wat je kunt, om hem weer op het juiste pad te krijgen."

"Jouw kinderen zijn getrouwd, niet?"

Hij knikte. "Inmiddels hebben ze beiden een stabiele relatie. Mijn oudste zoon is getrouwd en mijn jongste zoon woont samen, al heb ik wel iets gehoord over trouwplannen voor het volgende jaar."

"Heb jij nooit problemen met ze gehad?"

Hij grinnikte even. "Komen jongelui dan ooit zonder problemen door hun tienertijd heen? Is het niet als vanzelf een periode van zich afzetten tegen de normen en waarden van het ouderlijk huis, waar ze tegen aan schoppen? Ze hebben allebei heel erg geleden onder de ziekte en het overlijden van hun moeder, Marthe. Een moeder die zichzelf van het leven berooft als de kinderen een gevoelige leeftijd hebben, dat laat onvermijdelijk sporen na. Beiden zijn ze bang geweest, de ziekte van hun moeder te hebben geërfd. Misschien hebben ze die angst tot op de dag van vandaag." Zijn ogen keken haar ernstig aan. "Ja, ook ik heb er machteloos alleen voorgestaan, overmand door mijn eigen verdriet en vergeefse vragen naar het waarom. Misschien was ook ik er onvoldoende voor mijn kinderen, maar na een jaar of drie groeiden we weer naar elkaar toe, en hadden we het allemaal op onze eigen manier een plaatsje weten te geven."

"Ze zijn niet verslaafd geraakt."

"Toe, probeer nuchter te blijven. Verwijt Wijnand niet teveel, verwijten jagen jongens als jouw zoon meteen in de gordijnen. Probeer de mogelijkheid tot een gesprek open te houden, geef hem de mogelijkheid fouten te maken, maar toch te proberen die niet opnieuw te maken."

Ze knikte. "Ik hoop maar, dat ik dat op kan brengen."

"Probeer het. Voor zijn bestwil. En probeer de dialoog met zijn vader weer op gang te krijgen, zodat jij er minder alleen voorstaat."

"Maar ik kan het er niet bij hebben, die regen van verwijten van zijn kant. Wijnand is, in mijn ogen dan, mede zo ontspoort geraakt door alle gebeurtenissen vorig jaar."

"Maar ergens onder al dat verbale geweld, moet nog steeds de man zitten die je altijd hebt gekend, hebt liefgehad en die jou eveneens heeft liefgehad, Marthe. Jullie hebben toch ook mooie herinneringen gedeeld, al zijn die ondergesneeuwd geraakt?"

Ze slaakte een zucht, die uit haar tenen leek te komen. "Ja, dat wel. Ik was zo naïef! Ik geloofde, dat mijn man zo'n uitzondering was, die niet alleen naar uiterlijkheden keek, maar nu weet ik beter."

"Weg met die bitterheid. Je bent een prachtige vrouw en ik bewonder de wilskracht, waarmee je voor je zoon opkomt. Het is niet jouw schuld, wat er is gebeurd, en het is evenmin jouw schuld dat de jongen zijn hoofd op hol laat maken door ongure jongelui die helaas op het verkeerde pad zijn geraakt. Misschien zitten de ouders van Niels en Lou net zo met de kwestie in hun maag. Je zou er een keer langs kunnen gaan, om te kijken hoe zij tegen de gebeurtenissen aankijken."

Ze dacht aan het rommelige beeld van de vorige keer, de groezelige gordijnen en de afkeer die ze daarbij had gevoeld. Maar hij had gelijk. Ze veroordeelde op voorhand mensen die ze niet eens kende. "Hieraan had ik niet eens gedacht, maar je hebt gelijk, Alwin, mijn mening is gebaseerd op vooroordeel en dat is verkeerd. Ik doe er alles aan, mijn zoon te kunnen helpen."

Hij stond weer op. "Dat weet ik, en als ik iets kan doen, bel me maar gerust. Adelheid kan mijn nummer voor je opschrijven. Of wacht even, dat doe ik zelf wel. Hij viste een pen tevoorschijn en schreef een aantal cijfertjes op de papieren die ze inmiddels op het tafeltje had gelegd. "Zo, en nu ga ik mijn dierbare schoonzus ophalen, want zo langzamerhand zal ze wel rammelen van de honger. Wil je overigens mee?"

Ze schudde het hoofd. "Ik wacht op Wijnand en mijn hoofd staat helemaal niet naar onbezorgde gezelligheid."

"Jammer," vond hij. "Maar misschien een andere keer. Sterkte, Marthe."

Ze keek hem na, toen hij door de hal van de flat naar de andere deur liep. Met een zucht schilde ze even later een paar aardappelen. Ze was alleen, en had dat nooit zo duidelijk gevoeld als juist op dat moment. Dan rechtte ze haar rug. Ze moest niet wanhopig in een hoekje kruipen. Ze moest vechten, vechten voor haar zoon, en hem niet los laten. De jongen had het moeilijk. Wat hij ook deed, dat mocht ze niet vergeten.

Hoofdstuk 8

Een uur later had ze gegeten en Wijnand was er nog steeds niet. Resoluut greep ze naar de telefoon om Bert te bellen.

Gelukkig nam hij op. "Bert, je spreekt met Marthe en ondanks dat het op school niet lukte om een goed gesprek te hebben over Wijnand, zou ik erg graag willen dat dit nu wel kan."

"Wat is er dan?" Het klonk stug, maar hij scheen in ieder geval te willen luisteren.

"Het gaat niet goed met hem."

"Vind je het gek? Jij…."

Ze viel hem kortaf in de reden. "Hou op met dat kinderachtige gedrag. Het gaat om de gezondheid van je zoon. Onze zoon. Het verleden kan niet worden veranderd, maar als we elkaar niet langer bestoken met zinloze verwijten, kunnen we misschien wel invloed hebben op zijn toekomst."

Zijn toon veranderde. "Wat is er dan?"

Misschien, flitste het door haar heen, had ik in het verleden veel meer voor mezelf moeten opkomen? Misschien was alles dan wel heel anders gelopen? Ach, die laatste gedachte was zinloos.

"We hoeven er geen doekjes om te winden, dat de scheiding diep in ons aller leven heeft ingegrepen. Met Agnes gaat het wel, al is ze stil en teruggetrokken geworden, maar zij verwerkt alles op haar eigen manier. Met Wijnand gaat het echter helemaal niet goed, en ik probeer hem liever met zijn tweeën te helpen dan alleen. De keus is aan jou. Laat ik op voorhand stellen, dat ik niet langer van plan ben om zinloze verwijten van jouw kant te incasseren."

"Waarom zou ik jou je zin geven? Ik mag de kinderen amper zien."

"Ik heb ze nog nooit verhinderd, contact met jou te onderhouden, Bert. Daar zijn ze te oud voor. Ze kunnen en moeten zelf bepalen op welke manier ze met jou om willen gaan. Toon eens wat meer belangstelling voor hen, misschien komt de rest dan ook wel."

"Ja, ja, ik ben alleen maar goed genoeg om een hoop geld voor ze op te hoesten. Nicolette vindt, dat zij nergens recht op hebben."

"Zij heeft kennelijk geen schoolgaande kinderen, maar jij wel. Ze gaan hun duurste periode tegemoet, zeker als ze door gaan leren, wat we toch hopen, nietwaar? Maar daar gaat het allemaal niet om. Zoals ik al zei, ik voed ze verder op en jij draagt financieel aan hun onderhoud bij. Dat heeft de rechter zo bepaald. Maar ik zou het op prijs stellen, als wij op een normale manier met elkaar kunnen overleggen."

"Wat is er dan?"

Ze moest zichzelf overwinnen, maar ze was moeder en een moeder had bijna alles voor haar kind over! "Wijnand is bezig een gokverslaving te ontwikkelen."

"En dat vind jij goed?"

"Geen verwijten, zoals ik zei. Als je erover wilt praten, hang ik niet op. Bij het volgende verwijt zijn je kansen verspeeld."

"Nee maar, wat heb jij tegenwoordig een haar op je tanden!"

Ze ging daar niet op in. "Je weet, dat Peter is verhuisd. Op school kreeg Wijnand al snel een andere vriend. Helaas heeft die een verkeerde invloed op hem. Hij is gaan spijbelen en de jongen, Lou, heeft een oudere broer die de jongens mee uit neemt en op fruitautomaten laat spelen."

"Dat heb ik ook wel eens gedaan."

"Inderdaad, dat hebben de meeste vaders waarschijnlijk wel eens gedaan, maar het loopt mis. Ze spelen kennelijk urenlang. Wijnand kan er niet mee stoppen. Hij gaat geld lenen, in de hoop daarmee het verloren geld terug te winnen. En dat gebeurt natuurlijk bijna nooit. Hij heeft geld van mij gestolen en zelfs van mijn moeder. Op school zijn ze op de hoogte, na dat eerste gesprek ben ik nogmaals met Van Dijk wezen praten. Hij heeft me ook aangeraden erop te letten of Wijnand mogelijk op zijn computer is gaan gokken, maar daar heb ik geen verstand van. Maar goed. Afgelopen zaterdag heb ik een goed gesprek met onze zoon gehad en hij beloofde beterschap. Maar dat hield hij niet vol." Gelukkig, Bert luisterde tenminste, dacht ze ondertussen.

"En wat nu?"

"Wist ik het maar! Misschien kun je binnenkort een nieuwe afspraak met de kinderen maken om ergens met ze te gaan eten, of zo, en dan de kwestie met hem bespreken?"

"De vorige keer heb ik hen duidelijk verteld, dat we alleen nog met elkaar uit eten gaan, als Nicolette er gewoon bij kan zijn. Dat willen ze nog niet. De dommeriken! Zien ze dan niet wat een geweldige vrouw mijn vriendin is? Maar nee hoor, ze voelen zich kennelijk te goed om haar te leren kennen."

"Misschien kun je ze halverwege tegemoet komen, door ze nog een keer alleen mee uit eten te nemen?"

"Ze moeten zo langzamerhand maar eens aanvaarden, dat ik voor een ander leven heb gekozen."

"Misschien lukt dat in fasen, Bert? Met al te veel aandringen lukt het niet, en jullie groeien steeds verder uit elkaar. Het kan toch niet anders, of je mist je kinderen?"

"Dat valt wel mee, hoor. Ik heb het nu fantastisch, en ik...."

"Bert, we hadden het over Wijnand en Agnes."

"O, nu ja, ik.... Ik zie wel, Marthe."

"In ieder geval heb ik je op de hoogte gesteld, en hoop ik er verder het beste van."

Ze hing op en ging zitten. Dit was tenminste min of meer een normaal gesprek geweest, sprak ze zichzelf moed in. Ze nam de tijd om een kopje koffie te zetten en dronk dat langzaam op. Hoe Bert verder naar zijn kinderen toe zou reageren, moest ze afwachten. Of het hen goed zou doen, daar had ze geen invloed op, maar ze had niet anders gekund, dan appelleren aan het feit dat hij hun vader was en bleef, en dat hij ooit, in een ver lijkend verleden, vreselijk gelukkig was geweest met de geboorte van zowel een zoon als een dochter.

Zodra ze haar koffie op had, haalde ze haar fiets uit de berging. Als dit een avond was om door zure appels heen te bijten, dan moest ze dat overigens maar grondig doen!

In tien minuten tijd stapte ze af voor de deur waar opnieuw een hoop motoronderdelen klakkeloos op straat lagen rond te slingeren. Er was niemand te zien. Wel klonk er luide muziek uit het huis. Ze belde aan.

Het duurde heel lang, eer er werd opengedaan door een oudere man gekleed in een morsig hemd en gerafelde korte broek. "Wat mot je?" was de korte vraag.

"Is mijn zoon Wijnand misschien hier?"

"De jongens zijn er niet. Ze zijn stappen."

"Mag ik misschien even met u praten over Wijnand?"

Hij haalde zijn schouders op, maar tot haar opluchting werd ze binnen gelaten. Een paar oude stoelen, de meeste behangen met een kleed of een deken, stonden in een rommelige kamer. Een gezette vrouw met ongekamde, geblondeerde haren, at net een enorme tompoes. "Wijnands moeder. Of de jongens er zijn."

"Ze zijn stappen. Ze zijn maar een keer jong."

"Ik maak me zorgen om mijn zoon. Het schijnt, dat de jongens, als ze met elkaar uit zijn, geld vergokken. In ieder geval meer geld dan Wijnand heeft om te besteden."

"Kom op, wijffie, je bent maar een keer jong, laat ze toch een beetje plezier maken," vond de man en zette een geopend bierflesje aan zijn mond.

Al haar vooroordelen, dacht Marthe in stilte, werden bevestigd en dat was vooral verdrietig, voor haar, voor Wijnand, maar ook voor deze mensen en hun zoons.

"Heeft u er geen problemen mee, dat uw kinderen al hun geld vergokken?" vroeg ze en de verbazing daarover moest van haar gezicht af te lezen zijn.

"Ach wat, laat ze een beetje genieten. Het leven is al hard genoeg."

"Maar ik maak me zorgen, en als ik eerlijk ben, wil ik liever niet, dat de jongens met elkaar gaan stappen. Misschien kunnen uw zoons samen gaan, maar ik zou graag zien, dat ze Wijnand er niet langer bij betrekken."

"Kom nou toch, wijffie, trek het je niet aan. Het is onschuldig vermaak moet je maar denken."

"Ik begrijp het wel," zei de moeder. "Je wilt allemaal dat ze hard leren en een mooie baan krijgen, maar mijn zoons doen gewoon wat ze willen. Ik kan er honderd keer iets van zeggen, maar ze luisteren toch niet."

Marthe was niet gaan zitten omdat ze daar niet toe uitgenodigd was. "Wel, ik kan niet meer doen dan u ervan op de hoogte brengen, dat ik niet blij ben met wat ze doen en dat ik er alles aan zal doen, om Wijnand te verhinderen, nog verder in de problemen te raken door meer geld te verspelen dan hij heeft. Dat was het dan. Ik wens u beiden een goede avond verder."

Ze liep naar buiten, werd niet gevolgd en alleen de vrouw riep naar na. "Gedag."

Toen ze thuiskwam, zat Wijnand het restant van het eten naar binnen te werken. Ze wist niet of ze blij was of juist niet.

"Gelukkig, je bent er weer," zuchtte ze. "Ik was zo bezorgd. Ik kom net bij de ouders van Lou vandaan, omdat ik wilde weten waar je was."

"Wat?" vroeg Wijnand stomverbaasd.

"We hebben afspraken gemaakt, Wijnand. Ik verwacht dus, dat we ons daar allebei aan houden."

"Maar mam, je gaat toch niet bij die mensen vragen of ik daar soms ben?"

"Waarom niet? Ik kwam de moeder van Peter ook regelmatig tegen en dan praatten we even met elkaar, ook over jullie en over het feit dat we blij waren dat jullie zulke goede vrienden waren."

"Dat was heel anders."

"Inderdaad, Wijnand, dat was heel anders. Als je bij Peter was, maakte ik me nooit zorgen. Jullie waren niet bij Lou thuis. Waar was je dan wel?"

"Gaat je niets aan." Hij stond op. Er lag niet alleen onbegrip of zelfs afweer in zijn ogen, er lag ineens een blik in die haar ronduit angst aanjoeg. Haar hart begon te roffelen en dat werd er niet beter op toen ze besefte dat ze voor het eerst van haar leven bang was voor haar zoon, echt bang. Ze wilde daar echter niets van laten blijken. Ze stond eveneens op. "Jullie waren weer weg om te gaan spelen, dat voel ik op mijn klompen aan."

"Bemoei je er niet mee," beet een heel andere Wijnand dan de vriendelijke schooljongen die daarnet was thuisgekomen, haar toe.

"Je hebt geen geld om te gokken, Wijnand. Ik ben zo bang dat je opnieuw schulden hebt gemaakt." Ze deed, bijna onwillekeurig, een stap in zijn richting.

"Rot op, mam," blafte hij haar af. "Wat ik doe, gaat je geen barst aan."

Even was ze bang opnieuw een klap van hem te krijgen, maar met een beweging duwde hij haar hardhandig opzij en even later viel de deur van zijn kamer met een daverende klap achter hem dicht.

Ja, Wijnand zat in de problemen en waarschijnlijk erger dan hij had willen toegeven. Verslagen zakte ze terug op de bank. De angst die haar opnieuw in de greep had gekregen, wilde maar heel langzaam zakken.

Die nacht had ze opnieuw nauwelijks een oog dicht gedaan. Terwijl ze zich van de ene zij op de andere rolde en er vruchteloos over piekerde, hoe ze haar zoon toch weer op het rechte pad kon krijgen, maakte de angst plaats voor verslagenheid. Ze had gedaan wat ze kon. Ze had over haar zorgen gepraat. De problemen waren kenbaar gemaakt op school, ze had geprobeerd om erover te praten met de ouders van de andere erbij betrokken jongens. Meer kon ze niet doen. Ze dacht weer aan de papieren, die Alwin Jaarsma haar gegeven had en om één uur stond ze tenslotte weer op, om die nog eens door te lezen. Ze had nooit veel over verslavingen geweten, eigenlijk had ze min of meer gedacht dat iemand die verslaafd was, gewoon een slap karakter had en dat het de verslaafde persoon daardoor aan wilskracht ontbrak om weerstand te bieden aan de verleiding, ongeacht of die bestond uit drank, drugs of zelfs medicijnen. Dat mensen verslaafd konden zijn aan niet-materiële dingen als gokken had ze vanzelfsprekend wel eens gehoord, ook op televisie waren daar soms programma's over, maar daar had ze zelden tot nooit over nagedacht, omdat het voor haar een wereld was die zo ongekend ver weg leek, dat ze nooit had kunnen verwachten er ooit mee te maken te krijgen. Mensen die een dergelijke drang niet kenden, dachten waarschijnlijk allemaal net als zij, dat er toch weerstand kon worden geboden aan verleidingen, waar een lichamelijke afhankelijkheid begrijpelijker leek, gewoon omdat het lichaam de stof waaraan het verslaafd was geraakt, niet langer kon ontberen.

Ze las de papieren die Alwin haar had gegeven met een zwaar hart. De omgeving moest beseffen dat een gokker op een gegeven moment de controle over zijn gedrag was kwijtgeraakt. Het verlangen om te spelen was veel groter, dan het gezonde verstand dat het geld op was en hij verder gokgedrag niet kon betalen. Er stond ook, dat mensen met een gokverslaving weliswaar afspraken maakten, maar die zelden tot nooit nakwamen. Het was om moedeloos van te worden, besefte ze. Ze ging de keuken in om een beker warme melk te maken en daar roerde ze een lepel honing door, het aloude slaaprecept van haar moeder en nog vroeger ook van haar grootmoeder. Ze ging weer zitten. Het was een mooie lentenacht. Buiten flonkerden de sterren. Nog een dag of twee, dan moest het volle maan zijn, want bijna rond schitterde de maan aan de hemel. Het zag er buiten zo rustig en zorgeloos uit, peinsde ze, en haar eigen leven leek nog niet eens bekomen van de vorige schok, terwijl ze nu opnieuw in zwaar weer terecht leek te komen, moeilijkheden waar ze helemaal alleen voor stond.

Nooit eerder sinds de scheiding had Marthe zich zo bitter eenzaam gevoeld als in die doorwaakte uren met een hart vol zorgen om haar oudste kind. Ze liep even naar buiten en stil stond ze op haar balkon te kijken naar de pracht van zo'n mooie nacht. Vreemd, ze werd er toch een beetje rustiger van. Dan bedacht ze ineens dat ze eerder grote troost had gevonden in het lezen van de Bijbel. Ze zocht het kleine boekje op, ooit gekregen bij het verlaten van de zondagsschool, en sloeg het lukraak open. Het duurde een poosje dat ze erin bladerde, in de hoop passages te vinden die haar vertrouwen zouden geven dat ze op God kon vertrouwen om de problemen op te lossen, dat ze een rustig geloofsvertrouwen terug zou vinden, maar vandaag leek het boek der boeken haar geen antwoorden te geven. Na een poosje sloeg ze het weer dicht en pakte ze toch weer de papieren van Alwin op. De gevolgen van het gokgedrag moeten door de gokker worden gevoeld, las ze, daarom was het niet verstandig om schulden voor hem te betalen. De enige hoop dat de gokker in zou gaan zien dat het gedrag hem in de problemen bracht, was als hij er zelf de nadelen van zou ondervinden. Nu ja, dan had ze dus iets verkeerd gedaan, al was dat met de beste bedoelingen gebeurd. Ze las ook, dat ze zo voorzichtig met haar woorden moest zijn, dat ze geen schuldgevoel bij haar zoon moest veroorzaken of verwijten moest uiten over zijn gedrag, omdat die er alleen maar toe zouden leiden, dat het gokgedrag erger werd, dan werd het vluchtgedrag om troost te vinden.

Ze zuchtte maar eens en besloot dat een glaasje wijn of zo misschien alsnog voldoende slaperigheid op zou wekken, anders zou ze morgen in het tehuis geen knip voor de neus waard zijn. Ze schonk een glaasje sherry in, omdat er niets anders open was en ze eigenlijk helemaal niet zoveel van drank hield. Behalve dan een enkel glaasje wijn bij een etentje buitenshuis, dronk ze maar zelden iets. Het was natuurlijk verkeerd om te drinken om een andere reden, dan dat je het lekker vond. Nu dronk ze sherry, in de hoop daar slaperiger van te worden en dat was niet goed. Maar toch!

Net toen ze het laatste slokje nam en zag dat het inmiddels bijna twee uur was geworden, terwijl om half zeven de onverbiddelijke wekker weer af zou lopen, kreeg ze ineens een idee. Ze zou Wijnand zeggen een krantenwijk te nemen! Dan verdiende hij geld om zijn schuld bij Niels terug te betalen, en als hij dan zo graag wilde spelen, kon hij dat voortaan betalen van geld dat hij zelf had verdiend. Wat een goede gedachte! Wacht even, een paar dagen geleden was er een papier in de brievenbus gegleden, waarin bezorgers werden gevraagd voor een dagelijkse krant in hun omgeving. Ze zocht even verwoed tussen de oude kranten en reclamefolders, tot ze het velletje papier gevonden had. Ze keek ernaar. Kijk, eindelijk was ze dan toch op een positieve gedachte gekomen om Wijnand te kunnen helpen. Ze zou hem gewoon en glashard in zijn gezicht vertellen, dat hij er maar voor moest gaan werken om voortaan zijn gokgedrag te betalen.

Die gedachte luchtte zo op, dat ze weer in bed toch nog in slaap viel en tenslotte vier uur later iets minder gammel uit bed kwam dan het geval was geweest als ze de hele nacht vruchteloos verder had gepiekerd.

Hoofdstuk 9

Ze moest eigenlijk al de deur uit, toen haar zoon de volgende morgen uit zijn kamer kwam. Hij had een wat schuwe blik in zijn ogen, alsof hij zich schaamde en ineens werd ze weer overmand door een bijna overstelpend gevoel van tederheid voor hem. Hij was toch haar zoon, haar oudste kind, en hij vertoonde weliswaar af te keuren gedrag, maar dat kwam vooral omdat hij zo ongelukkig was met alle veranderingen in zijn leven, waar hij zeker niet om had gevraagd. Zijn vader die er niet langer was, zijn beste schoolvriend was verhuisd en die zag hij niet meer, de verhuizing van een ruime vrijstaande woning in een fraai dorp, naar een flat in een drukke straat. Het was veel.

"Heb je lekker geslapen?" vroeg ze vriendelijk. Hij knikte en mompelde: "Het spijt me, mam, maar ik kon het niet laten."

"Ik heb van de zwager van tante Adelheid wat meer informatie gekregen over het spelen op fruitautomaten en zo. Ik wist niet eens dat een mens op zoveel plaatsen om geld kon gokken. Het schijnt tegenwoordig zelfs al zo te zijn, dat sommige mensen gokken vanachter hun eigen computer. Maar luister, Wijnand. Ik heb één keer je schuld betaald, maar een tweede keer komt er beslist niet. Hier, lees dit maar, dat zat een paar dagen geleden in de brievenbus. Als jij zo graag met Lou en Niels meegaat naar gelegenheden waar speelautomaten staan, moet je dat zeer beslist zelf betalen. Ik stel dus voor, dat je een krantenwijk neemt. Dan werk je maar om je verslaving te kunnen bekostigen." Zo, dacht ze in stilte, daar was geen woord Frans bij.

"Maar mam…"

"Ja kind, dat betekent inderdaad zes dagen in de week voor dag en dauw opstaan, maar dat zal je geen kwaad doen. Amerikaanse miljonairs zijn spreekwoordelijk begonnen met een krantenwijk, moet je maar denken. In ieder geval betaal ik geen schulden meer voor je en ik verhoog je zakgeld evenmin, omdat ik daar het geld niet voor heb. Als je meer geld wilt uitgeven, is het de gezonde Hollandse gewoonte, daar de handen voor uit de mouwen te steken."

"Maar mam..." hakkelde de jongen opnieuw.

"Ik moet weg, ik ben al aan de late kant. Denk er maar over na, Wijnand, maar onthoud wat ik net gezegd heb. Ik betaal niets extra meer voor je. Je hebt je zakgeld, en daar moet je het mee redden, wat je ook doet. Tot vanavond."

Waarom voelde ze zich nu zo licht om het hart, toen ze even later de straat uit fietste?

Het was druk in het tehuis. Een van de vaste medewerksters was ziek en een vervanger was er niet gevonden, dat betekende dus meer werk voor de anderen. Voor de bewoners was dit in sommige gevallen nog vervelender, want een aantal van hen moesten daarom nog langer wachten eer ze uit bed werden geholpen en werden gewassen en aangekleed.

Ondanks de korte nacht had Marthe genoeg energie. Inderdaad, er bestond beter betaald werk dan dit, maar zou er een baan zijn waarin ze meer voldoening had kunnen vinden? Ja, ze moest soms slikken bij het afdoen van een volgepoepte luier en het wassen van oude, rimpelige billen, maar de oudjes waren zo dankbaar als ze weer fris en schoon in de huiskamer zaten. Misschien was dat nog wel een grotere beloning dan het geld, hoe nodig dat laatste ook was. Het was zo triest, dat er onvoldoende mensen waren om een behoorlijk niveau van zorg te handhaven. Het was ook triest, dat in grote tehuizen een zwaar managementniveau was gegroeid, en die duurbetaalde banen gingen steeds opnieuw ten koste van de weerloos geworden mensen, die op het wonen in een tehuis waren aangewezen. Voor iets extra's bij de maaltijden was geen geld meer, maar een manager erbij scheen nooit op financiële bezwaren te stuiten. Ach, je werd vanzelf cynisch, als je dergelijke dingen voor je ogen zag gebeuren. Van haar collega's had ze gehoord, dat de maaltijden vroeger beter waren, toen deze in het tehuis zelf nog werden gekookt. Nu werd alles kant-en-klaar aangeleverd uit megakeukens en dat had de smaak geen goed gedaan. Ook ging er vaak iets mis. Kregen mensen geen of een verkeerd stukje vlees, was er soms de jus vergeten of kreeg iemand nasi, die aardappelen en sperzieboontjes verwachtte. Sommigen bewoners legden zich eenvoudig bij alles neer, anderen maakten een hoop drukte als er iets verkeerd ging. Ze kon het wel begrijpen. Veel mensen die hier woonden waren eenzaam en de maaltijd, vooral de warme maaltijd, was voor velen van hen het hoogtepunt van de dag. Ze glimlachte toen ze een collega hoorde opmerken, dat bewoners in tehuizen zich zo vreemd hadden voortgeplant, want ze hadden kennelijk alleen maar dochters. Maar het was waar, besefte ze. Zoons leken zich, door de balk genomen, veel minder om hun bejaarde ouders te bekommeren. Het waren bijna altijd dochters, die vader of moeder opzochten, met hen een uitstapje maakten, met hen mee gingen naar een dokter of ziekenhuis, of nieuwe kleren met hen kochten.

Toen het eindelijk koffiepauze was, voelde ze zich veel vermoeider dan anders. Gelukkig kon ze even een kwartiertje gaan zitten om bij te komen. Ze moesten nog twee bewoners wassen, en dan zou het al weer bijna tijd worden om de tafels te gaan dekken voor de warme middagmaaltijd die meestal kort na twaalf uur op de afdeling werd bezorgd. Toen ze bij de andere medewerksters kwam zitten, die hun eerste kopje al op hadden, bleken die in een ernstig gesprek te zijn verwikkeld. Ze ging zitten en luisterde zwijgend, terwijl er een kille hand om haar hart leek te worden gelegd. Het was Maria, die vertelde hoe haar man hun geld erdoorheen joeg met gokken. Hoe elke maand meer van hun spaargeld in rook was opgegaan, hoe ze er alles aan gedaan had om hem van zijn gedrag af te houden. Op zich ging het steeds om kleine bedragen, en altijd om gokmogelijkheden waarbij snel bekend werd of er winst te verwachten was. Haar man kocht daarom veel krasloten. Hup, even kijken, weer niets, dan nog maar een lot, want dan was er beslist winst. Krasloten, bingo's of loterijen waren op zich misschien onschuldig, maar een mens kon er danig van n de zorgen raken, ging Maria verder, terwijl Marthe krampachtig zweeg en haar collega maar nauwelijks aan durfde te kijken. Nee, haar man ging niet naar het casino, speelde geen roulette en gokte niet met kaarten, maar wel op automaten. Geld erin en hup, je wist meteen of er was gewonnen of niet. Juist dat snelle spel was voor hem niet te weerstaan. En het was overal mogelijk. In elk winkelcentrum kon hij krasloten kopen, zelfs in een gewoon café stond al te vaak een speelautomaat. Hoe korter de tijd tussen inzet en uitslag, hoe moeilijker haar man de verleiding kon weerstaan.

"Ga bij hem weg," was het commentaar van een andere collega, toen Maria eindelijk haar mond hield en haar tranen droogde met een haastig opgediept papieren zakdoekje. "Als hij de kans om zijn leven te beteren niet benut, moet je bij hem weggaan, anders trekt hij je mee de afgrond in. Dan werk jij straks alleen maar om de kosten van zijn verslaving te kunnen betalen."

"Eigenlijk is dat nu al zo," verzuchtte Maria vertwijfeld. Ze wierp een blik op haar horloge en stond op. Toen ze weer aan het werk was gegaan, schonk Marthe voor zichzelf en de collega met wie ze die morgen samenwerkte, het tweede kopje koffie in.

"Beroerd voor Maria," zei ze met vlakke stem die verder niets verried.

"Ach ja, Marthe, elk huisje heeft zijn kruisje. Maar het is waar, een verslaafde houdt zelden uit zichzelf met dergelijk gedrag op. Mijn vader dronk, moet je weten, en mijn moeder ging uiteindelijk ook bij hem weg toen hij haar begon te slaan."

Het werd nog veel kouder om haar hart. Kwam het dan zo vaak voor, dat mensen ergens verslaafd aan waren? Kennelijk wel. En schijnbaar gebeurde het overal.

De rest van dag deed ze haar werk zonder veel plezier. In de loop van de middag voelde ze een daverende hoofdpijn opkomen. Eindelijk thuisgekomen, nam ze eerst een pijnstiller in. Zowel Agnes als Wijnand waren op hun kamers. Ze bracht hen thee en zei dat ze een uurtje ging liggen omdat ze niet lekker was.

Wijnand bromde slechts iets onduidelijks, maar Agnes was een en al hartelijkheid. "Weet je wat, mam. Ik ga straks macaroni voor je koken, dan hoef jij eens helemaal niets te doen."

In bed moest ze een beetje huilen, misschien voornamelijk vanwege het hartelijke gebaar van haar dochter.

Ze had zowaar een uurtje geslapen, toen ze wakker werd en het hele huis lekker rook naar de macaroni. "Het smaakt heerlijk," prees ze haar dochter even later nadat ze het eten had geproefd.

"Ja mam, je hebt er baat bij dat je ons in de vakantie soms laat koken," grinnikte haar dochter. "Maar ik vind het leuk om te doen, hoor. Ik wil best vaker koken."

"Beloofd," antwoordde Marthe met een warm gevoel van binnen.

Wijnand was uitermate zwijgzaam. Pas onder de vla, die ze als toetje aten, bromde hij dat hij had gebeld over de krantenwijk.

"Ga je kranten rondbrengen?" wilde zijn zus prompt weten.

"Ja, elke ochtend om half zes opstaan. Eigenlijk ben ik hartstikke gestoord. Maar ik ben Niels nog meer dan honderd euro schuldig, en mam wil niets meer betalen."

Ze schrok vreselijk. "Is dat alleen van gisteren?"

"Nee mam, er stond nog meer open, maar dat was ik alweer vergeten, zegt Niels."

"Niels laat je misschien meer betalen dan je daadwerkelijk hebt geleend," antwoordde ze vlak en klemde haar lippen op elkaar om er geen verwijt achteraan te laten ontsnappen. "Schrijf voortaan maar liever precies op, wat je hem schuldig bent en als je hem hebt afbetaald, doe je er verstandig aan nooit meer iets van hem te lenen."

Wijnand bromde wat onduidelijks. "Wil je echt niet nog een keer betalen, mam?"

"Nee," hield ze voet bij stuk. "Ik heb het zelf ook niet op mijn rug groeien."

"Wel waar, je hebt geld op de bank."

Ze dacht weer aan de woorden van Maria, die morgen. "Daar blijf ik af. Dat is een achterdeurtje voor moeilijke tijden. Ik hoop maar dat je snel met je krantenwijk kunt beginnen."

Na het eten voelde ze zich veel beter. De hoofdpijn was door het tabletje, het dutje en het eten gezakt en nog maar nauwelijks voelbaar. Wijnand ging weg en met angst in haar hart liet ze hem gaan. Agnes kreeg haar schoolvriendin op bezoek en beide meisjes verdwenen giechelend naar haar kamer. Ze zat nog maar net alleen, had de televisie aangezet in de hoop zich te kunnen ontspannen en niet te denken aan wat Wijnand nu deed, toen de telefoon overging.

"Met Alwin," klonk het. "Heb je de papieren gelezen, die ik je heb gegeven?"

"Ja, en dank je, er staat veel in waar ik iets mee kan."

"Mooi zo. Meer kon ik niet voor je doen."

"Heb je lekker gegeten met Adelheid?"

"Dat is altijd gezellig. Ik heb altijd al een uitstekende band met mijn schoonzuster gehad."

"Ik heb haar vandaag nog niet gezien. Het is druk op haar werk, zei ze laatst. Ik ben erg blij dat ik aan haar niet alleen een goede buurvrouw heb gekregen, maar ook dat we bevriend zijn geraakt."

"Adelheid is een wereldvrouw."

Ze schoot in de lach. Hij stemde met haar lachen in. "Ik had het erg gezellig gevonden, als je met ons mee was gegaan, Marthe."

"Het is maar goed dat ik thuis was. Mijn zoon heeft me nodig, Alwin."

"Dat kan zijn, maar vergeet niet, dat ook je eigen leven doorgaat. Je kunt hem niet aan de tafelpoot vastbinden."

"Zeg dat wel." De lach verdween en een diepe zucht volgde. "Ik doe wat ik kan, maar gisteravond is hij opnieuw wezen gokken, ondanks dat we hadden afgesproken dat hij het niet meer zou doen. Kennelijk is hij al zover heen, dat zijn gezonde verstand, dat hij het niet kan betalen, wordt overheerst door een niet te bedwingen drang om toch te gaan spelen en die vrienden van hem trekken hem gemakkelijk mee het verkeerde pad op. Als ik hem zou verbieden met Lou en zijn oudere broer om te gaan, zal hij niet luisteren. Bovendien zit Lou bij hem op school. Voor zover ik weet heeft hij dit schooljaar geen andere vrienden gemaakt. De school werkt wel mee, hoor, ik hoef maar te bellen en ik kan er terecht, maar als het er op aankomt, staan ze toch met lege handen. Ze kunnen hooguit een leerling vermanend toespreken en op zijn verantwoordelijkheden wijzen, maar veel meer kan niet. Ze kunnen iemand die het al te bont maakt of met de politie in aanraking komt, misschien van school sturen, maar zo iemand raakt dan ook tussen wal en schip."

"De medeleerlingen worden in dat geval wel beschermd tegen slechte invloeden, Marthe."

"Misschien, maar Lou trekt ook buiten schooltijd met hem op. Enfin, ik heb hem, mede door wat ik in jouw papieren heb gelezen over het feit dat ik zijn schulden beter niet meer kan betalen, wat ik inderdaad al had gedaan, gezegd dat hij voortaan maar liever een krantenwijk moest nemen om zijn gokgedrag te kunnen betalen."

"En?"

"Het ziet er naar uit dat hij dat, met de nodige tegenzin vanzelfsprekend, doet. Hij beseft inmiddels in ieder geval, dat ik niets meer voor hem betaal, want hij weet dat ik maar een bescheiden inkomen verdien. Toevallig vertelde vandaag in het tehuis een collega, dat ze een man heeft die al hun reserves opmaakt met het spelen. Ik ben dus niet de enige die met dergelijke dingen zit."

"Nee, Marthe, er zijn in veel gezinnen problemen, dat is helaas maar al te waar. Maar om je zorgen een beetje te verlichten en om een persoonlijker gesprek te kunnen voeren dan zo door de telefoon, zou ik het fijn vinden als je zaterdagavond met me uit eten wilde," stelde hij voor.

"O, eh," ze werd er door overvallen. "Nu ja, waarom eigenlijk niet," aarzelde ze toen. "Vraag je Adelheid ook mee? Dat is wel gezellig."

"Ik zie nog wel. Ik kom je om zeven uur halen, is dat goed?"

"Eh, ja, dat is prima," hakkelde ze nog, maar even later had hij al opgehangen en zat ze zich zomaar in haar stoel te verbazen over het feit, dat ze met een man uit eten ging. Had ze nu en afspraakje? Dat vroeg ze zich verbijsterd af. Ach onzin! Alwin had slechts medelijden met haar, en toonde haar zijn goede wil.

Maar toch was het de eerste keer sinds vele jaren, dat ze met een andere man uit eten ging dan met Bert.

Nog nauwelijks was ze van haar verbazing bekomen, of de bel ging en even later liet ze Adelheid binnen. "Ik heb je al een paar dagen niet gezien en vroeg me af hoe het er mee ging." Marthe praatte Adelheid bij. De klap die ze van Wijnand had gehad, zat haar nog steeds dwars en daar begon ze opnieuw over. Daarna praatte ze over zijn aanhoudende gokgedrag ondanks zijn belofte niet meer te zullen spelen en het maken van nieuwe schulden, terwijl ze de oude nog maar net had betaald en hij haar met de hand op het hart had beloofd, geen nieuwe schulden te zullen maken. Ze vertelde van de papieren die ze de vorige avond van Alwin had gekregen en vroeg tenslotte aan haar of ze het ook zo naar haar zin had gehad, de vorige avond.

"Ook?" viste Adelheid met plagende en vragende omhoog getrokken wenkbrauwen.

"O ja, Alwin belde daarnet nog op, om te vragen of ik wat aan zijn papieren had gehad." Dus vertelde ze meteen, dat Wijnand een krantenwijk moest nemen om zijn spelen voortaan mee te bekostigen, als hij het kennelijk toch niet kon laten, en zelfs over het feit dat Alwin haar had uitgenodigd om zaterdagavond te gaan eten. "Hij zal er jou nog wel over bellen," besloot ze.

"Denk je?" Adelheid had het lef om te grinniken, zodat Marthe haar vol verbazing aankeek.

"Ja, natuurlijk, anders zit hij de hele avond alleen met mij opgescheept."

"Ik schat zo in, dat dat nu precies zijn bedoeling is," lachte Adelheid uiteindelijk hardop.

"Maar…"

"Lieve kind, heb je nu nog niet in de gaten, dat je een verpletterende indruk op mijn zwager heb gemaakt, op de dag dat ik mijn verjaardag vierde?"

"Maar…" hakkelde ze opnieuw.

"Nee, je had het dus inderdaad niet in de gaten. Maar goed, ik heb je nu de ogen geopend. Alwin is al zes jaar alleen en begint dat beu te worden. Hij zei vorig jaar al, dat hij het fijn zou vinden als hij weer iemand tegen zou komen, waar hij de rest van zijn leven mee zou kunnen delen, maar dat hij de juiste vrouw maar niet ontmoette. Sterker nog, hij vroeg zelfs aan mij of ik dacht dat er misschien iets mis was met hem. Ik herinner me nog, dat ik hem daarom hartelijk heb uitgelachen. Maar goed, toen keek hij jou in de ogen en de herinnering daaraan heeft hem niet meer losgelaten."

"Maar…."

"Weet je nu niets anders meer te bedenken dan alleen 'maar' te hakkelen? Kom op, lieve Marthe, het zou heerlijk zijn, mijn lieve zwager en mijn vriendin, die het samen meer dan goed kunnen vinden. Gaan jullie maar lekker samen uit eten, zaterdag. Ik weet zeker, dat ik dan dringende bezigheden elders heb."

"Wat dan?" vroeg Marthe nog steeds verbluft.

"Eendjes voeren in het park, desnoods, maar zoals gezegd, de bezigheden zijn dringend en ik kan echt niet mee."

"Nu ja!"

"Ik lust wel een kopje koffie om bij te komen van het lachen," zei Adelheid.

"Nu vooruit dan maar. Omdat jij het bent."

Wijnand stapte de kamer binnen. "Waarom heeft u zoveel plezier, tante Adelheid?"

"Om je moeder, lieve knul. Ze heeft een aanbidder, maar wil dat zelf niet geloven."

"Mam?" vroeg de jongen stomverbaasd. "Maar ze is al oud!"

"Ach jongeman, ooit ben je zelf in de veertig, en ontdek je dat oud zijn een uiterst relatief begrip is, en dat je je dan nog net zo dwaas kunt voelen, als toen je zestien was."

"Mam niet," zei hij.

"Ik zou willen van wel, want voor mijn lieve zwager geldt dat zeer beslist."

De jongen schudde het hoofd. "Mam, Lou belde, maar ik heb hem gezegd, dat ik vanavond thuis blijf."

"Dat is het beste nieuws dat ik deze dag gekregen heb," zei ze opgelucht. "Fijn, dank je jongen. En ik ga straks vroeg naar bed, want ik heb nog het nodige in te halen."

Toen Wijnand naar zijn kamer was, vertelde ze Adelheid nog over de half doorwaakte nacht en van het gesprek die morgen in het tehuis, toen een medewerkster die Maria heette, haar hart had gelucht over haar man die al hun spaargeld er doorheen joeg met het kopen van krasloten en andere zogenaamde onschuldige spelletjes, die dus duidelijk lang niet altijd onschuldig waren.

"Je bent inderdaad bij lange na de enige niet, Marthe, en het ligt al helemaal niet aan jou."

Ze hoopte dat het waar was.

Hoofdstuk 10

Onwennig stapte ze in zijn auto terwijl hij ouderwets galant het portier voor haar open hield. Als Marthe heel eerlijk tegen zichzelf was, moest ze toegeven dat ze zich een beetje zenuwachtig voelde. Sinds haar scheiding had ze er niet naar getaald om er zelfs maar over na te denken, dat er een dag als vandaag zou kunnen komen: een dag dat ze uit eten ging met een andere man dan Bert, met wie ze zoveel jaren getrouwd was geweest. Ze had zich in het geheel niet bezig gehouden met wat haar toekomst mogelijk nog zou kunnen brengen. Het verwerken van het gebeurde en het hoofd bieden aan steeds weer nieuwe en soms onverwachte problemen als nu met Wijnand, daar was al haar energie in gaan zitten. Ach, ze had zich voorgehouden dat Alwin een beetje medelijden met haar had omdat hij wist welke moeilijkheden er nu op haar afkwamen, en dat hij het goed bedoelde om haar een luisterend oor en misschien zelfs wat nuchter advies te bieden omdat ze er immers helemaal alleen voor stond. Maar dan moest ze weer denken aan wat Adelheid had gezegd en in tegenstelling dat ze zich gevleid voelde omdat haar vriendin dacht dat haar zwager interesse in haar had, werd ze van die gedachte alleen maar onrustig en verlegen en dat had ertoe geleid dat ze zenuwachtig aan deze afspraak was begonnen.

Hij glimlachte toen hij zelf ook was ingestapt. "Je ziet er goed uit, Marthe. Ik vind het een hele eer, dat ik vanavond van je gezelschap mag genieten."

Ze bloosde ervan. "Ik ben blij dat je me een luisterend oor wilt bieden nu ik het zo moeilijk heb met mijn zoon."

Hij glimlachte. "Dat is het niet alleen. Ik vind het fijn om in je gezelschap te zijn."

Zie je wel! Had Adelheid nu maar haar mond gehouden, nu zocht ze achter elke opmerking een dubbele betekenis!

"Ik vind het ook fijn, er eens uit te zijn."

"Beloof me dan, dat je niet de hele avond afvraagt of je zoon misschien weer weg is gegaan."

Ze keek hem onzeker aan. "Hoe weet je dat?"

Hij glimlachte. "Mijn vrouw zou zich destijds net zoveel zorgen hebben gemaakt."

"Jij niet?"

"Natuurlijk wel, maar mannen accepteren het misschien iets gemakkelijker, dat jongens in hun tienertijd onverstandige dingen doen, misschien omdat ze zich daardoor herinneren dat ze dat zelf vroeger ook hebben gedaan. Mijn moeder zat tenminste menige nacht tot vier of vijf uur in de morgen te wachten of ik wel veilig thuiskwam."

Ze ontspande een beetje. "Was je destijds zo'n feestvierder?"

"Eigenlijk niet, maar ja, je hoort op een gegeven moment bij een groep en dan wil je je niet laten kennen, dus doe je mee."

"Zou dat bij Wijnand ook meespelen?"

"Dat is niet uit te sluiten, Marthe. Jongens hebben nu eenmaal de neiging, stoer te willen doen en zich niet te laten kennen."

"Ik wilde maar, dat ik kon geloven dat het niet meer was dan een uitglijder na onschuldig vermaak."

Hij reed Hellevoetsluis uit. "Ik wil je graag meenemen naar een restaurant in Rotterdam dat erg mooi aan de rivier ligt."

"Leuk."

Hij wierp een blik opzij en glimlachte warm. "We maken er een fijne avond van. Probeer je niet teveel zorgen te maken, Marthe. Het komt met Wijnand best wel weer goed."

"Ik wilde maar, dat ik daar wat meer vertrouwen in had."

"Jou valt echt niets te verwijten, dat wil ik je nog eens goed op het hart drukken."

"Ik heb veel herkenningspunten gevonden in de papieren die je me gegeven hebt."

"Dat is mooi. Heeft het je een beetje gerustgesteld?"

"Niet bepaald. Ik maakte me vooral zorgen over dat geld wegnemen en nog het meest over het feit, dat ik ben geslagen door mijn eigen zoon, maar de confrontatie met het woord gokverslaving is wel een grote schok."

"Is het een verslaving, denk je?"

"Wist ik het maar. Hij heeft me beloofd, niet meer te gaan spelen, deed het toch en toen ik hem erover aan de praat kreeg, gaf hij toe dat hij geen weerstand had kunnen bieden aan de verleiding om weer te gaan spelen."

"Dat is beslist iets om je ongerust over te maken."

"Dat weet ik. Ik moet de tijd nemen en afwachten of het een eenmalig iets was, maar het liefst zou ik hier en nu en binnen een paar seconden tijd, alle problemen van mijn zoon oplossen en dan vaststellen dat hij weer de lieve, hardwerkende jongen van vroeger was."

"Dat wordt hij nooit meer, Marthe. Jullie hebben als gezin veel meegemaakt. Hij heeft veel veranderingen moeten verwerken in de afgelopen tijd. Daardoor is hij blijvend veranderd, net zo goed als jij en ook je dochter zijn veranderd door wat jullie hebben meegemaakt."

Ze knikte nadenkend. "Daar heb je wel gelijk in, denk ik. Agnes is zo stil, dat is natuurlijk ook niet goed, maar ze doet tenminste geen dingen waar ik me zorgen om hoef te maken."

"En jij?"

Daar moest ze even over nadenken. "Ik ben onzeker geworden," stelde ze toen hardop vast. "Misschien heb ik mijn geluk als te vanzelfsprekend beschouwd, voor Bert wegging. Naderhand heb ik veel gepiekerd over de vraag, of ik niet had moeten merken dat hij niet meer tevreden was met ons leven en ons gezin, maar ik kon daarin niets ontdekken. Later maakte ik uit zijn woorden op, dat hij nogal gevleid was, dat een veel jongere vrouw als Nicolette werk van hem maakte. Ik heb haar maar één keer gezien. Ze was ordinair gekleed en ze bleek zeer materialistisch ingesteld. Eerlijk gezegd dacht ik, in de eerste paar maanden nadat mijn man was weggegaan, dat Bert op een gegeven moment wel zou gaan inzien, dat Nicolette vooral een wandelende portemonnee in hem zag. Soms verbaast het me, dat hun verhouding nog altijd voortduurt, dus misschien was er toch meer aan de hand." Ze zuchtte. "Maar daar wil ik het liever niet over hebben. Ik hou mezelf veel liever voor, dat ik me kranig heb gehouden. Ik heb geen lelijke dingen over hun vader tegen de kinderen gezegd en dat is in zulke omstandigheden voorwaar een hele prestatie. Wat lach je nu? Ik ben verhuisd en ik heb me overal doorheen geslagen. Alleen Wijnands gokgedrag is kennelijk de beroemde druppel die de emmer doet overlopen. Ik weet niet goed, hoe ik er mee om moet gaan. Ik probeer er zijn vader bij te betrekken, maar vooralsnog levert dat niet meer op dan verwijten en zo. Ik vind het moeilijk, er alleen voor te staan. Dat vooral."

Hij legde even kort zijn hand over de hare, terwijl hij zijn ogen strak op de weg hield. "Je bent niet alleen. Je moeder is er nog, die kent je beter dan wie ook. Adelheid mag je erg graag en is blij met jullie vriendschap en ik…. Wel, ik wil graag naar je luisteren, als je denkt dat je je daar beter van gaat voelen, en als het kan wil ik je ook graag een beetje afleiding geven, zodat je niet ten onder gaat in allerlei vruchteloos gepieker."

"Dank je."

"We zijn er bijna. Voel je je beter, als je even naar huis belt en hij blijkt er nog te zijn?"

"Laat maar," eindelijk voelde ze zich wat beter op haar gemak in zijn gezelschap. "Als hij er niet is, maak ik me nog meer zorgen."

"Mooi dan. Vergeet niet dat aldoor piekeren de zaak er niet beter op maakt."

Hij parkeerde zijn auto en niet veel later liepen ze samen langs de druk bevaren rivier. "Ik ben in Rotterdam opgegroeid," vertelde hij. "Voor de rest van mijn leven heb ik wat met water, met deze drukke rivier waar altijd wel schepen voorbij komen. Soms denk ik er over om een zeilboot te kopen, maar ja, daar heb je alleen in de zomermaanden wat aan en zoveel vrije tijd heb ik nu ook weer niet."

Ze lachte eindelijk ontspannen. De wind kreeg vat op haar haren, maar dat voelde wel prettig. En voor het eerst in vele dagen knorde haar maag merkbaar.

"Ik heb honger." Ze hoorde zelf hoe verbaasd haar stem klonk.

Hij schoot dan ook prompt in de lach. "Nu, ik ook en dat is een goed teken. Kom maar mee."

Niet veel later zaten ze aan een tafeltje aan een goed glas wijn te nippen, nadat ze eensgezind soep en een visgerecht hadden besteld. Hij vertelde over zijn broer Bram en diens onverwachte, veel te vroege dood. Ook vertelde hij over de ziekte en tenslotte het zelfgekozen overlijden van zijn vrouw op vanzelfsprekend veel te jonge leeftijd, hem achterlatend met kinderen die kwetsbaar en onthutst waren. Ze stonden nog maar net op de drempel van de volwassenheid. Hij vertelde over de bruiloft van zijn ene zoon, twee jaar geleden, waar hij zich eenzamer had gevoeld dan ooit eerder in zijn leven, omdat hij daar alleen stond.

"Maar je bent nog steeds alleen," stelde ze vast, terwijl de tong werd gebracht.

Hij schokschouderde. "Er was geen plaats voor iemand anders, in de eerste tijd. Pas nu, na zes jaar, dringt het tot me door dat ik nog maar net vijftig ben en als ik geluk heb, nog wel een jaartje of dertig en misschien zelfs nog iets meer, mee mag gaan. Ik begin ook te beseffen, dat dat een hele lange tijd is, om alleen te blijven."

"Ja," knikte ze. "Dat kan ik begrijpen. Ik kijk ook alleen nog maar achterom, naar wat ik verkeerd heb gedaan, met een hoofd vol vragen over het hoe en waarom. Er is nog geen ruimte om vooruit te gaan kijken. Je hebt gelijk. Ik zou nog een jaar of veertig mee kunnen, maar ik kan me gewoon niet voorstellen dat er ooit iemand anders komt die ook maar in de schaduw van Bert kan staan."

"Ondanks alles wat hij je heeft aangedaan?" vroeg hij.

"Misschien juist daarom. Misschien wil ik niet meer de kans lopen, nog een keer zo gekwetst te worden," meende ze.

"Het is nog te kort na het gebeurde. Die ruimte komt er nog wel. Verwerken van verdriet kost nu eenmaal tijd."

"Ik weet het niet."

"Zo gaat het altijd. De tijd heelt alle wonden, wil een oude wijsheid, en er komt een moment dat je bijna tegen wil en dank gaat beseffen, hoe waar dat is."

Ze kon het niet geloven, maar ze verbaasde zich erover, dat na het nogal zware begin, het erg gezellig was geworden. Ze dronken na het dessert nog koffie en wandelden in de vallende avondschemering langs de nog altijd levendige rivier. Pas op dat moment ontspande ze werkelijk. Hij reed haar op zijn gemakje terug, ze spraken niet veel meer en dat vond ze juist prettig. Toen ze voor de flat stopten, aarzelde ze en ook de zenuwen kwamen terug. Moest ze hem mee naar binnen vragen, terwijl ze zichzelf alleen maar afvroeg waar Wijnand zou zijn?

"Ik loop wel even mee," nam hij het initiatief. "Jij wilt voor alles gaan kijken, of je zoon thuis is, nietwaar?"

Ze knikte. "Vind je dat dom?"

"Nee Marthe, het is alleszins begrijpelijk."

Toen ze even later op zijn kamer keek, was hij er niet. Hoewel ze daar diep in haar hart al bang voor was geweest, voelde ze zich toch finaal uit het veld geslagen.

Agnes sliep al, zag ze toen ze in de donkere kamer van haar dochter gluurde en de vage gestalte in het bed zag liggen. Uit haar doen door de wirwar van emoties die zich van haar meester maakte, ging ze op de bank zitten. Het was net half elf geweest, zag ze. Eigenlijk had ze een avond gehad die boven verwachting gezellig was verlopen, al was het begin wat stroef geweest om dat ze zich met haar houding niet goed raad wist. Eerst had ze niet echt met hem over Wijnand willen praten, maar op de een of andere manier had hij die tegenstand overwonnen. Hij gaf haar niet langer het gevoel dat ze intieme zaken met een vreemde besprak. Toen ze eenmaal over die drempel heen was, had ze van het etentje genoten. In de lift naar boven daarnet had ze zich ongemakkelijk afgevraagd of ze hem nu binnen moest vragen of niet, maar hij had haar uit eigen beweging een luchtige zoen op de wang gegeven, haar bedankt voor de gezelligheid en eraan toegevoegd dat hij hoopte dat ze nog eens met hem mee wilde, uit eten, of een museum bezoeken, want dergelijke dingen in je eentje doen, daar vond hij geen bal aan en Adelheid kon hij ook niet altijd meevragen. Die had immers na de dag dat zijn broer was gestorven toch weer een eigen leven opgebouwd. "Pieker maar niet teveel," had hij haar voor de deur nog toegevoegd. "Bedenk dat je mij altijd mag bellen, als je je hart wilt luchten of even afleiding wilt hebben."

Daar had ze hem voor bedankt. Ze had nu Adelheid, maar ook

Alwin. Binnenkort moest ze haar moeder iets meer vertellen over Wijnand, en daar zag ze best tegenop. En nu had Wijnand ondanks alle mooie woorden, opnieuw zijn belofte gebroken. Hij was weer gaan spelen. Of hij zelf geen tegenstand kon bieden als de behoefte eraan hem te sterk werd, of dat hij werd meegezogen in het kielzog van Lou en Niels, dat wist ze eenvoudig niet. Ze zuchtte. Ze hoopte het laatste, vanzelfsprekend, maar of ze daar ooit achter zou komen? Hij werd zo door de kick gefascineerd, dat die vriendschap niet verbroken zou worden, hoezeer het haar ook met afschuw vervulde. Ze kon de kennelijke onverschilligheid van de ouders van die andere twee jongens eenvoudig niet begrijpen. Welke ouder wilde nu niet, dat zijn kind de schoolopleiding afmaakte en dan een baan kreeg waarmee hij of zij in staat was een goede boterham te gaan verdienen? Was dat burgerlijk? Als je een kind had dat niet werkte en waarvan gezegd werd dat het nooit geld tekort had, dan kon elk nuchter mens toch bedenken dat daar iets aan de hand was? Dan deed je dat toch niet met een lach af als een kwajongensstreek? En dan brandde het schuldgevoel. Als Bert haar niet in de steek gelaten had, woonde ze niet hier en hoewel Wijnand nog naar dezelfde school ging als vroeger met Peter, was hij misschien nooit bevriend geraakt met Lou. Of zou dat toch gebeurd kunnen zijn? Vragen, altijd waren er vragen waar een mens nooit een antwoord op kreeg.

Ze ging een uurtje later naar bed, maar sliep niet voor ze tegen twee uur de deur hoorde en ze wist dat Wijnand thuis was gekomen. Maar ze was bang. Ze durfde haar zoon niet in de ogen te kijken om hem de les te gaan lezen en dat was misschien nog het allerergste. Stel, dat hij gedronken had, geld verloren had en haar opnieuw zou slaan?

Haar kussen werd nat en de volgende morgen stond ze met nog steeds branderige ogen op.

Die maandag werd ze gebeld door mijnheer Van Dijk, om haar uit te nodigen voor een gesprek de volgende namiddag op school, als ze uit het tehuis kwam. Op dezelfde dag vertelde Agnes, dat ze door haar vader gebeld was en dat die had gevraagd of zij en Wijnand komende zaterdag weer eens met hem uit eten wilden. Nicolette was een weekeindje weg met vriendinnen, had hij erbij verteld.

Onder het eten werd het voorstel van hun vader met Wijnand besproken. Die aarzelde. "Ik heb er niet zoveel behoefte aan, die oude schuinsmarcheerder weer te zien," vond de jongen onparlementair. Er was tot op dat moment nog niets gezegd over zijn afwezigheid afgelopen zaterdagavond. Marthe moest vol schaamte aan zichzelf toegeven, dat ze de confrontatie daarover niet aandurfde.

Ze haalde diep adem. "Als zij er niet bij is, dat is voor jullie uiteindelijk toch gemakkelijker, zou ik het wel fijn vinden als jullie dat deden," probeerde ze toen voorzichtig. "Jullie hebben je vader al bijna drie maanden niet gezien. Dit is de enige kans om hem zonder haar te zien."

"Dat ben ik wel met je eens, mam," peinsde Agnes. "Goed dan, ik ga, maar wel hier in de buurt, zodat ik er op de fiets heen kan en daardoor op kan stappen als hij vervelend begint te doen door er weer over te beginnen, hoe geweldig ze wel niet is en dat we haar echt zo langzamerhand moeten leren kennen." Ze keek haar broer aan.

"Goed dan, regel jij het maar verder," mompelde die met een vragende blik op hun moeder.

"Dat is goed," knikte Marthe. "Zoals ik al eerder heb gezegd, hij is en blijft jullie vader, wat er ook allemaal is gebeurd."

Verder werden daar geen woorden aan vuil gemaakt. Ze probeerde zich gerust te stellen, dat het allemaal wel met een sisser af zou lopen, dat ze door de scheiding uit haar doen was geraakt, dat ze overal maar leeuwen en beren zag en dat Wijnand in ieder geval niet naar een gokhal kon gaan, als hij met zijn vader uit eten was. Maar ze hield zichzelf voor de gek en ze wist het.

"Ik heb een minder leuke mededeling voor u," viel mijnheer Van Dijk de volgende middag met de spreekwoordelijke deur in huis.
Ze schrok toch weer. "Moet Wijnand een jaar over doen?"
"Nog net niet. Ik heb er moeite voor gedaan, om hem toch verder te kunnen laten gaan, maar het is kantje boord."
"Verzuimt hij nog veel?"
"Nee, dat hebben we kunnen bijstellen. Zelfs Lou spijbelt niet langer, sinds we de jongens hebben laten weten dat ze terdege in de gaten worden gehouden, en dat ze naar een school voor moeilijk lerende kinderen moeten als ze hun leven en hun cijfers niet verbeteren. Inderdaad is Wijnand weer wat beter gaan presteren en daarom heb ik me er voor ingezet dat hij het jaar niet over hoefde te doen. Voor Lou heb ik dat echter niet kunnen bereiken."
"Maar dat is goed nieuws," reageerde ze met enorme opluchting. "Dan gaan ze misschien minder met elkaar optrekken, als ze niet meer de meeste lessen samen volgen en dus ook andere schooltijden krijgen."
"Daar heb ik ook aan gedacht."
"Dank u. U moest eens weten, hoe mij dat oplucht."
"Ik had echter ook een minder leuke mededeling, zoals ik al zei, en ik ben er zelf nogal ontdaan over. Niels is namelijk opgepakt."
"Gearresteerd, bedoelt u?"
De man die ongeveer even oud moest zijn als zijzelf, knikte en

zijn ogen stonden bezorgd. "Heling. Hij is zaterdagnacht rond een uur of drie op heterdaad betrapt bij het verkopen van gestolen spullen en op het uiten van bedreigingen naar agenten toe."

"Zit hij in de gevangenis?" Waarom voelde ze zich ineens zo opgelucht?

"Voorarrest duurt nooit lang, zelfs niet als het voor de zoveelste keer is dat iemand wordt opgepakt, mevrouw Van Diepen. Hij loopt binnen de kortste keren weer op straat, let op mijn woorden, en rechtszaken laten altijd lange tijd op zich wachten."

"Had hij al een strafblad?"

"Er waren eerder overtredingen, zeker. Hij is al een paar keer veroordeeld en zoals dat gaat tegenwoordig komen dergelijke jongens bijna overal mee weg en krijgen een korte taakstraf die niets voorstelt. Toen was Niels nog geen achttien en viel dus bovendien nog onder het jeugdstrafrecht. Nu is dat anders en hoop ik dat hij eindelijk eens zwaarder wordt gestraft, zodat hij er van schrikt en zich voortaan beter gaat gedragen."

"Sloten ze hem maar een paar jaar op," verzuchtte Marthe uit de grond van haar hart. "Niet alleen omdat zijn invloed op mijn zoon daarmee verdween, maar ook omdat dergelijke jongens er alleen maar om lachen, als ze een paar uur papiertjes moeten prikken of maaltijden moeten ronddelen in een tehuis. Bij ons hebben we ook wel eens mensen met een taakstraf. Te gek voor woorden, als ik eerlijk ben."

"De achterliggende gedachte, dat iemand die op het verkeerde pad is geraakt zich moet kunnen verbeteren, is wel goed, maar inderdaad, de resultaten zijn meestal anders. Criminelen lachen om dergelijke straffen en ze beteren hun leven zelden tot nooit. Maar dat terzijde. Ik vond dat u dit alles moest weten."

"Ging Niels maar minstens een paar maanden de gevangenis in en Lou verhuizen," verzuchtte ze.

Mijnheer Van Dijk keek haar onderzoekend aan. "U staat er zo alleen voor, dat ik soms medelijden met u heb," liet hij vallen. "Ik zou wel meer willen doen, maar ben daar vanzelfsprekend niet toe bevoegd."

Ze zag de blik in zijn ogen en voelde zich daar zowaar een tikje ongemakkelijk bij. Hij keek haar aan als man, en niet als de leraar van een ontsporende jongere. "Ik hoop, als u zelf kinderen heeft, dat die nooit op een dergelijk glibberig pad terecht komen," hakkelde ze uit haar doen. Dan haalde ze diep adem. Wat een aansteller was ze! Ze hoefde zich echt niet gaan te verbeelden, dat de mannen ineens in de rij gingen staan voor haar! Alwin niet en deze mijnheer Van Dijk al helemaal niet! Ze hadden beiden gewoon met haar te doen, vanwege het gedrag van haar zoon. Daarna vertelde ze de leraar op tamelijk zakelijke toon over de afspraken die ze had gemaakt met Wijnand waar hij zich vervolgens niet aan hield. Van Dijk knikte, maar toen ze elkaar even later een hand gaven, drukte hij haar op het hart, dat ze niet mocht vergeten, hem te bellen als hij mogelijk iets meer voor haar kon doen. Ze keek hem recht aan. "Ik ben er vreselijk dankbaar voor, dat Niels mogelijk een poosje uit beeld verdwijnt, en dat Lou niet langer de meeste tijd met Wijnand kan doorbrengen in het nieuwe schooljaar," zei ze eerlijk. "U vond het slecht nieuws, zei u, maar mij lucht het enorm op."

"Met slecht bedoelde ik, dat Niels opnieuw in aanraking is gekomen met de politie, en dat het niet is uit te sluiten, dat Wijnand er op een gegeven moment bij betrokken raakt. Als Niels zijn naam laat vallen, krijgt u de politie aan de deur, en ik vond dat u daarvoor gewaarschuwd moest worden."

Haar eerdere opluchting verdween daarmee als sneeuw voor de zon. "Daar heb ik nog niet aan gedacht," schrok ze.

"Sterkte ermee."

Hoofdstuk 11

Nog diezelfde avond onder de maaltijd, stelde ze Wijnand op de hoogte van haar nieuwe gesprek met mijnheer Van Dijk, al zweeg ze vanzelfsprekend over haar persoonlijke gedachten. "Niels zit vast en als hij jouw naam noemt bij de politie, moet jij mogelijk verhoord worden," viel ze met de deur in huis, terwijl ze nauwelijks nog een hap van de andijviestamppot had genomen, die op haar bord lag te dampen. "Hij schijnt op heterdaad betrapt te zijn vanwege heling. Verkoopt hij werkelijk gestolen spullen om zijn goklust te kunnen betalen? Of steekt hij dat geld in de motoren daar op straat?"

Wijnand gaapte haar overrompeld aan. "Wat zeg je, mam? Ik heb er niets over gehoord van Lou."

"Laten we dan hopen, dat hij zich op gepaste manier schaamt voor zijn broer. Ik werd gisteren opgebeld door mijnheer Van Dijk. Je weet immers dat ik al een keer op school met hem heb gesproken, omdat ik me zorgen maak over jouw gokspelletjes en je weet ook dat ik denk dat dit komt door de invloed van Lou, die op zijn beurt weer onder slechte invloed van zijn oudere broer staat. Dus ja, ik maak me grote zorgen over wat er is gebeurd, Wijnand."

"Ik geloof niet, dat Niels inbraken heeft gepleegd," zette de jongen zich meteen schrap, want er had toch een licht verwijtende toon in haar stem doorgeklonken, al probeerde ze dat nog zo goed te voorkomen.

"Er is niet gezegd, dat hij de spullen zelf gestolen heeft, maar het is onmiskenbaar dat hij ze wel probeerde te verkopen. Het kan natuurlijk best zijn, dat hij dit voor iemand anders probeerde, maar dat neemt niet weg dat zoiets heling heet, en dat dit een strafbaar feit is in ons land."

"Ik zal er Lou vandaag eens naar vragen," haalde Wijnand zijn schouders op. "Ik geloof er niets van."

Meer kon ze wat dat betreft toch niet bereiken, besefte Marthe, en teveel aandringen of moraliserende opmerkingen maken, zouden op dit moment alleen maar een averechtse werking hebben. Dus begon ze, nu er toch een aanleiding was, meteen over afgelopen zaterdagavond. "Vonden jullie het vervelend, dat ik met Alwin Jaarsma ben wezen eten?" Het klonk onschuldig, maar ze lette scherp op de uitdrukking van de gezichten van haar beide kinderen.

Agnes deed er niet moeilijk over. "Ik ben alleen maar blij als het op de achtergrond begint te raken, dat pa je zo heeft laten zitten, mam. Je bent te jong om de rest van je leven alleen te moeten blijven, dat zegt de moeder van Annelies ook."

"Ik heb er nog niet over nagedacht, wat de toekomst al dan niet zou kunnen brengen," reageerde ze peinzend, omdat Wijnand bleef zwijgen. "Eerst moet ik mijn leven weer op de rails hebben, maar Alwin is aardig en het was een onschuldig gezellig avondje om gewoon wat gezelschap te hebben. Toen ik nog getrouwd was, ging ik ook graag met je vader uit eten. Die dingen mis ik soms. En jij, Wijnand? Vond jij het misschien vervelend en was dat de reden waarom je niet thuis was toen ik terug kwam?"

"Lou belde op of ik een uurtje meeging."

"Een uurtje?"

"Nu ja, als je eenmaal ergens bent en het is gezellig, dan vergeet je de tijd nogal snel."

"Goed, dat kan ik begrijpen. Maar heb je gegokt? Heb je opnieuw teveel geld uitgegeven?"

Hij weigerde met een nukkige uitdrukking op zijn gezicht antwoord te geven en dat zei Marthe meer dan genoeg.

"Gelukkig heb je nu de krantenwijk. Daar moet je Niels zelf van terug betalen, want ik betaal geen gokschulden meer en dat weet je."

"Zoveel heb ik niet geleend."

"Moet je er rente over betalen?"

"Dat moet ik bij de bank ook."

"Je bent nog geen achttien. Voor zover ik weet, kun je geen lening bij de bank afsluiten zonder de toestemming van je ouders."

"Zeur er niet zo over, mam. Je bent duidelijk genoeg, hoor. Ik krijg niets meer."

"Je krijgt zakgeld, juist dat is bedoeld om te leren met geld om te gaan. Niemand kan meer geld uitgeven dan er binnen komt."

"De regering doet niet anders," was het onverwacht gevatte antwoord.

Ze zuchtte. Wat dat betreft was 's lands overheid inderdaad het verkeerde voorbeeld, maar ze had er geen zin in daarover in discussie te gaan, omdat het niets te maken had met henzelf. "Je leidt het gesprek aardig af van het onderwerp waarover ik begon. Heb je gespeeld?"

"Niet veel."

"Kun je het niet laten, of wil je alleen maar met Lou en Niels meedoen?"

"Hoe bedoel je: kun je het niet laten?"

"Kijk jongen, volwassen mensen drinken graag een glaasje wijn of iets anders met alcohol erin. Daar is niets mis mee. Maar sommigen drinken keer op keer teveel. Als hen voorzichtig wordt voorgehouden dat het wel eens wat minder zou kunnen, doen ze dat niet. Omdat ze niet meer zonder kunnen. Dat heet dan verslaving. Als jij het gokken niet kunt laten, mogelijk keer op keer het gevoel hebt, toch te willen spelen op zo'n gokautomaat terwijl je gezonde verstand je zegt dat je geld op is, dan is er sprake van een gokverslaving. Dat ik precies waar ik bang voor ben."

"Mam, doe niet zo achterlijk! Verslaafd! Hoe kom je erop?"

"Omdat je steeds opnieuw gaat spelen, zelfs al hebben we afgesproken dat je dat niet meer zou doen. Ik ben er nog niet helemaal uit, of je een meeloper bent van Lou en waarschijnlijk meer nog Niels, of dat je inderdaad een verslaving begint te ontwikkelen. Kan jij me dat zeggen?"

"Hier heb ik geen zin in! Wat een gezeur en dat op de vroege morgen!" Hij stond op en trok bijna het tafelkleed met zich mee. Even later viel de deur met een harde klap achter hem dicht.

Agnes staarde strak naar het laatste hapje van haar boterham met kaas. "Ben je daar echt bang voor, mam?" vroeg ze benepen en kennelijk geschrokken van de gedachte dat haar broer mogelijk aan die schijnbaar onschuldige spelletjes verslaafd kon zijn geraakt.

Marthe haalde moedeloos haar schouders op. "Niels en Lou nemen je broer mee het slechte pad op, verslaafd of niet, en ik probeer er naar beste vermogen alles aan te doen om te voorkomen dat Wijnand brokken maakt, maar ik begin er bang voor te worden dat me dat niet lukt," bekende ze eerlijk. "Ik ben zo blij, dat jij gewoon naar school gaat en goede cijfers haalt, lieverd, al vind ik wel dat je veel stiller bent geworden dan vroeger. Voor jou is het ook moeilijk, Agnes. Het is voor ons allemaal moeilijk."

"Het gebeurt vaker, mam. Het vervelendste heb ik gevonden, dat we moesten verhuizen. Mijn vorige kamer was groter, ons huis mooier en wonen in dat dorp was zo leuk. Dat mis ik allemaal."

"Je hebt het hier niet naar je zin?"

Agnes schokschouderde. "Het is anders. Wij hebben er niet om gevraagd dat er zoveel zou gaan veranderen. Dat was de beslissing van pa en ja, hem neem ik dat zeker kwalijk. Hij denkt niet meer om jou en nauwelijks nog om ons. Ik ben zo verschrikkelijk in hem teleurgesteld, mam. Pa doet maar en leeft er lekker van, terwijl wij…. Als ik daar aan denk, word ik steeds opnieuw vreselijk boos op hem."

"Toch blijven jullie hem zien en daar ben ik blij om, ondanks alles."

"Ja, ja, dat zeg je steeds. Het blijft je vader. Maar ik denk er het mijne van en soms vraag ik me af of je dat nu echt meent. Hoe kunnen wij hem nu nog respecteren? Dat doen we dus niet! We moeten dus waarschijnlijk alleen maar zo nu en dan met hem uit eten, omdat jij vindt dat het zo hoort. Of niet?"

Deze keer was het haar beurt om met haar mond vol tanden te zitten. Het was Agnes die deze keer opstond en haar met een onverwacht volwassen blik aankeek. "Het is zoals jij soms zegt, mam. We maken er het beste van."

"Dank je lieverd," mompelde ze nog net voor Agnes naar de hal liep om naar school te gaan.

Ze bleef even roerloos zitten. Dan kwam ze overeind. Ze moest opschieten. Het werk wachtte. Ze kwam pas weer een beetje tot rust, toen de door de heerlijk zachte buitenlucht naar het tehuis fietste. Onwillekeurig moest ze er aan denken, hoe ze nog maar een jaar geleden op zulke heerlijke dagen ontspannen wat in de tuin had kunnen werken, in plaats van jachtig naar haar werk te gaan. Maar die gedachten waren zinloos en daar moest ze maar liever niet aan toegeven. Eenmaal in het tehuis werd ze snel opgeslokt door de gangbare dagelijkse routine, die haar gedachten weer afleidden van alles wat haar tegenwoordig dwars zat.

De avond dat haar kinderen na lange tijd weer eens met hun vader uit eten gingen, voelde ze zich nerveus en ongedurig. Eigenlijk wist ze zelf niet waarom. Ze was een uurtje bij Adelheid geweest om afleiding te zoeken. Deze had voorgesteld om binnenkort weer eens een dagje samen op stap te gaan. Ze wilde graag een tentoonstelling in een bepaald museum bezoeken en zou het leuk vinden als Marthe met haar mee wilde gaan. Dat hadden ze afgesproken, al moest het wel op een dag dat Marthe vrij was. De dag tevoren was haar in het tehuis gevraagd of ze er bezwaar tegen zou hebben, om vaker in het weekeinde te komen werken, want juist in de avonduren en in de weekeinden kwamen ze in het tehuis al te vaak bekwame handen tekort. Stel je voor, was het door haar hoofd geflitst. Ze werkte er nog maar net, en nu al werd ze beschouwd als een bekwame en ervaren kracht! Maar straks met de vakantieperiode voor de deur, was het altijd weer puzzelen met het personeel in het tehuis en veel vakantievierende krachten werden dan tijdelijk vervangen door onervaren studenten, die genoodzaakt waren een centje bij te verdienen vanwege hun veel te krappe studiebeurs. Daar was op zich niets mis mee, maar dergelijke krachten misten de ervaring die zo noodzakelijk was en vaak ook de juiste motivering. Al peinzend hield Marthe haar hoofd helemaal niet bij het televisieprogramma waarbij ze afleiding probeerde te zoeken, om niet te veel te hoeven nadenken hoe haar man en kinderen met elkaar aten, en zij daarvan buitengesloten was. Het was een akelig, hol gevoel, besefte ze. Als het maar goed zou gaan! Het was zo moeilijk gebleken, om op een normale manier met Bert te kunnen praten over het wel en wee van hun kinderen! Al deed ze nog zo haar best geen persoonlijke rancune te voelen, het bleef als een paal boven water staan dat haar ex haar veel pijn en verdriet had bezorgd in het afgelopen jaar, en ook kon ze niet negeren dat ze zich vaak onzeker voelde over hoe ze het nu verder moest rooien met de kinderen, omdat ze nu voor alles alleen stond en het niet goed ging met Wijnand. Dat vond ze zwaar. Daar hoefde ze echt niet omheen te draaien!

Het had voor haar gevoel lang, heel lang, geduurd eer ze eindelijk de sleutel in het slot hoorde.

"Nee maar, zit je op ons te wachten?" Er lag al meteen een opstandige klank in de stem van haar zoon.

"Het is toch logisch, dat ik wil weten of jullie het vanavond naar je zin hebben gehad?"

Agnes plofte op de bank neer. "Ik weet het niet."

"We mogen mee naar Amerika." Wijnands stem sloeg over en zijn ogen schitterden plotseling.

Even kneep haar hart samen. "Amerika?"

"Pa en Nicolette gaan in juli drie weken met een camper door Amerika trekken en hij heeft gezegd dat we mee mogen, als we dat willen, maar dat jij het vast niet goed vindt."

Nee hè? Hij probeert ze te kopen, flitste het behoorlijk bitter door haar hoofd. Maar ze beheerste zich. "Jullie kennen Nicolette immers nog niet?"

Agnes keek haar moeder onderzoekend aan. "Pa heeft voorgesteld, dat we hem snel een keertje in zijn nieuwe huis komen opzoeken, en als het dan een beetje klikt tussen ons en haar, dan mogen we mee naar Amerika. Amerika, mam!"

"Ja lieverds, ik heb dit jaar niet eens geld voor een weekje Veluwe." Het was haar ontsnapt voor ze het kon tegenhouden, ze schrok er zelf van. "Maar als jullie zelf mogen beslissen en je wilt het graag, dan gun ik jullie vanzelfsprekend van harte een fijne vakantie."

"Meen je dat, mam?" Wijnand vroeg het en slechts de ogen van haar dochter keken onderzoekend.

"Ja, natuurlijk." Ze kreeg een kleur. "Je weet wat ik aldoor heb gezegd? Tot een jaar geleden heb je het altijd fijn gehad met je vader."

"Dat is waar, mam. Misschien kunnen we elkaar daar een beetje beter leren begrijpen. Zo zei pa dat. Hij zei ook, dat hij het niet gemakkelijk had gevonden, om ons te moeten verlaten, maar dat hij het gevoel had gekregen, dat hij bij jou stikte omdat alles zo saai was geworden."

Ze kreeg een kleur als vuur en wist gelukkig welke opmerking dan ook binnen te houden. "Ik zal jullie niet tegenhouden. Wanneer gaan jullie kennismaken met zijn vriendin?"

"Over een week al, mam. Ook op zaterdagavond. Ze zou het leuk vinden als we bij hen kwamen eten, zei pa. Ze wonen alleen nogal ver weg."

"Ik breng jullie er wel naar toe, als jullie je vader zeggen dat hij jullie na het eten weer hier thuis brengt," reageerde ze met alle zelfbeheersing waar ze maar over kon beschikken.

"Vanzelf, mam. O, je bent een schat, want ik begrijp best dat het moeilijk voor je is."

Lieve, lieve Agnes. Ze keek naar Wijnand. "Misschien komen we wel in Las Vegas," grijnsde de jongen. "Daar kan zelfs Niels niet tegenop."

"Is hij weer vrij?"

"Ja, vanzelf! Ze hebben hem niet lang vast kunnen houden, al moet hij natuurlijk nog wel voorkomen. Maar ja, mam, tegenwoordig krijg je toch niet meer dan een paar uur taakstraf."

"Het gaat er mij om, of hij er berouw van heeft gekregen wat hij heeft gedaan."

"Hij wist niet dat de spullen gestolen waren."

Ze geloofde daar niets van, maar zei niets meer over gevoelige onderwerpen als met vakantie gaan met hun vader of omgaan met een slag jongens dat zij als moeder niet zag zitten. De kinderen gingen naar boven. Wijnand vertrok gelukkig niet meer, bedacht ze een uurtje later als schrale troost, want ze was zich gaandeweg vreemd leeg en teleurgesteld gaan voelen. Haar kinderen drie weken weg, dan was ze helemaal alleen! Ze moest er eenvoudig niet aan denken! Aan de andere kant zou ze dan ook drie weken lang geen zorgen hoeven hebben over de vraag of haar zoon weer ging spelen. Wat er in Amerika kon gebeuren, daar was Bert verantwoordelijk voor.

Ze zuchtte. Ze besefte dat hij de aandacht van en het contact met zijn kinderen kocht met een reis zoals ze nooit eerder hadden gemaakt en die zij nooit zou kunnen betalen. Maar ze hield zich dapper voor, het positief te zien. Ze zou Bert nogmaals laten weten, dat ze zich grote zorgen maakte over het gokgedrag van hun zoon en dat hij er in Amerika voor moest zorgen, hem niet in de verleiding te laten komen om daar te gaan spelen. Meer niet. Ze moest zelf een stapje opzij doen vanwege het geluk van haar kinderen en wat zou ze nu helemaal voor moeder zijn als ze dat niet eens op kon brengen?

Hoofdstuk 12

"Weet je wat, als wij nu die eerste week dat jouw kinderen weg zijn, samen naar het huisje van Alwin in Drenthe gaan?" stelde Adelheid voor, toen die Marthe de volgende middag probeerde op te monteren. Het was een saaie, regenachtige zondagmiddag, zo'n landerige zondag die maar niet voorbij wilde gaan.

Marthe reageerde aarzelend, dat ze er niet zeker van was of ze dat wel wilde.

"Heb je geen vakantie dan?" drong Adelheid aan. "Ik kan bijna altijd vrij krijgen als ik dat wil."

"Natuurlijk wel, maar ik kan niet zomaar weggaan in het hoogseizoen. Mensen met schoolgaande kinderen gaan dan voor."

"Wel, heb jij geen schoolgaande kinderen? Kom op, de afleiding zal je goed doen. Je wilt toch niet weg, als ze weer terug zijn, omdat je er dan geen idee van hebt wat Wijnand gaat doen en geloof me maar, een weekje er tussenuit zal je goeddoen. Je hebt nogal geen nare tijd achter de rug."

"Verhuurt Alwin zijn huisje niet, als hij er zelf niet is?"

"Alleen zo nu en dan aan familie en vrienden, nooit aan vreemden. Hij gaat er zelf zo vaak heen als het hem maar lukt, dan wil hij er terecht kunnen en niet moeten wachten tot eventuele huurders weer vertrokken zijn. Bovendien heeft hij geen zin in de rompslomp die erbij hoort als je een huisje hebt om te verhuren. Alwin houdt van Drenthe. Sterker nog, hij denkt er zelfs wel eens aan, in de toekomst daarginds te gaan wonen. Al moet ik daar niet aan denken, als ik eerlijk ben."

Marthe moest lachen. "Kan dat dan met zijn werk?"

"Nu niet, maar het schijnt dat hij over enkele jaren vervroegd kan stoppen en dan verandert dat natuurlijk. Toe, ga mee. Ik ga er wel vaker heen en geloof maar van een ervaringsdeskundige: alleen op vakantie gaan, daar is geen bal aan."

"Ik heb nog helemaal niet gedacht aan het feit, dat ik voortaan alleen op vakantie moet," besefte ze hardop. "Nu zijn de kinderen er nog en…"

"Het is een kans uit duizenden. Wij hoeven niets te betalen en de kinderen zijn toch weg. Bovendien ben je er hard aan toe. Ik beloof je, dat we alleen maar leuke dingen gaan doen: veel wandelen en fietsen en vooral veel buiten zijn. En het kost je bijna niets."

"Dat klinkt wel aanlokkelijk," moest ze toegeven.

"Er zijn drie slaapkamers, dus je hebt ruimte voor jezelf om je zo nu en dan terug te trekken. Wees nu eerlijk, Marthe, wanneer kun je er anders tussenuit?"

"Goed dan, ik ga morgen meteen proberen die week vrij te krijgen," verzuchtte ze. "Al dat wandelen en fietsen in de natuur trekt me wel en inderdaad, voor een duur huisje in de herfstvakantie heb ik geen geld en het zal misschien ook weinig indruk meer maken op mijn kinderen, na drie weken geldsmijterij in Amerika."

"Kom lieverd, ze zijn jong en natuurlijk vinden ze een reis naar Amerika prachtig, maar bedenk dat ze heus wel beseffen welke ouder goed voor hen is."

"Dat is nu juist zo moeilijk," verzuchtte Marthe. "Er mag geen strijd ontstaan tussen Bert en mij om de aandacht van de kinderen. Juist dat vind ik zo erg."

"Nu zijn ze op een kwetsbare leeftijd, maar eer je een jaar of vijf verder bent, zijn ze volwassen en dan is hun oordeel niet langer te koop met leuke snoepreisjes. Het zal er mede van afhangen of hun vader het in de komende jaren mogelijk maakt, dat ze redelijk zorgeloos door kunnen leren. Of dat hij zijn geld spenderende vriendin liever tevreden houdt. Geloof me, voor beide zaken tegelijkertijd heeft jouw ex beslist geen geld, dus de echte problemen zijn straks voor hem."

Marthe knikte. "Goed dan," gaf ze toe. "Weet je, als het me daar bevalt, wil Alwin het huisje misschien zo nu en dan aan mij verhuren, als ik er met de kinderen heen wil."

"Dat wil hij best," zei Adelheid grinnikend, al snapte Marthe echt niet, wat daar ineens zo leuk aan was.

Er werd afgesproken dat ze zouden vertrekken op de dag nadat Wijnand en Agnes waren vertrokken, zodat ze de leegte minder zou voelen. Gelukkig bleken ze in het tehuis begrip te hebben voor het feit, dat ze een week vrij wilde in het hoogseizoen en Alwin zei, dat ze het huisje die week gratis mochten bewonen, op voorwaarde dat hij een dagje langs mocht komen om hen mee te nemen naar de dierentuin in Emmen. Dat werd door beide dames gretig goedgekeurd.

Ineens vlogen de dagen om. Wijnand en Agnes gingen de volgende zaterdag kennis maken met de vriendin van hun vader en kennelijk had Nicolette zich uitgesloofd om het de kinderen naar de zin te maken, want de reis naar Amerika zou doorgang vinden. Wijnand ging, tot haar opluchting met de hakken over de sloot over haar het volgende leerjaar, maar het was juist Lou, die een jaar over moest doen. Marthe schaamde zich niet eens over de blijdschap die ze daarover voelde, al was Wijnand daar aangeslagen over. Van Dijk had het al gezegd, maar nu was het zeker en kon ze zich daar in stilte over verheugen. Misschien raakte de door haar zo verafschuwde vriendschap dan vanzelf in het slop, als Lou andere vrienden kreeg en misschien Wijnand ook. Wat zou dat haar gelukkig maken, want hopelijk zou het gokken dan ook zijn aantrekkingskracht op haar zoon verliezen, als hij er niet langer toe uitgedaagd werd.

De volgende zaterdagavond was de jongen echter opnieuw ongemerkt de deur uit geglipt. Marthe nam zich dapper voor niet op zijn thuiskomst te blijven wachten om te voorkomen dat ze hem opnieuw de les zou lezen over zijn gedrag, waar dat eerdere keren niets had uitgehaald. Zo langzamerhand wist ze niet meer, wat ze er nog tegen kon doen.

Weer twee dagen later schrok ze enorm, toen haar moeder belde en vroeg of ze langs mocht komen, om iets met haar te bespreken, en of haar dochter een keertje samen met haar uit eten wilde. Dat verbaasde haar, maar als ze haar moeder daarmee een plezier deed, nu, dan graag.

Haar moeder kwam al de volgende middag, voor Marthe een vrije dag vanwege het feit dat ze komend weekeinde zowel op zaterdag als op zondag moest werken. Moeizaam uitte haar moeder de zorgen die haar dwars zaten. Wijnand bleek zijn oma tot twee keer toe met zielige verhalen om geld te hebben gevraagd. Marthe deed er alles aan, om haar moeder gerust te stellen, vertelde over de afspraken die ze met de jongen had proberen te maken en van de krantenwijk met de verdiensten waarvan hij zelf de door hem gemaakte schulden moest zien af te lossen, maar ze wist de oudere vrouw niet helemaal gerust te stellen en daarboven moest ze moeite doen haar eigen diepe teleurstelling te verbergen. Achter haar rug om probeerde Wijnand dus geld los te peuteren van zijn oma, die ook niet meer had dan AOW en een klein pensioen. Ze werd er bijna misselijk van.

De laatste zaterdag voor de vakantie brak, veel te snel voor Marthe, aan. Nog twee dagen moesten de kinderen in de week die volgde naar school, op de vrijdag daarop zou hun vader hen ophalen om op vakantie te gaan. Die middag wilde ze nog snel even naar de supermarkt om wat vergeten boodschappen te halen, toen ze merkte dat er opnieuw geld ontbrak uit haar portemonnee.

Een briefje van vijftig ditmaal!! Ze wist het zeker, want naast dat briefje hadden er alleen nog twee briefjes van twintig ingezeten en meer niet, omdat ze nog steeds elke week afgepast geld van de bank haalde om daar mee rond te komen, zodat ze geen financiële puinhoop maakte van haar beperkte budget.

Wijnand was er niet en kwam niet eten, hoewel hij er niets over had gezegd, dat hij ergens anders zou eten.

Opnieuw had ze urenlang zitten wachten tot hij eindelijk thuis zou komen. Tegen twaalf uur had ze slaap en moe was ze op de bank gekropen met de lichten gewoon aan, zodat Wijnand zou zien dat ze nog op was, als hij eindelijk thuis zou komen. Ze had die avond een paar keer zitten huilen, want ze wist werkelijk niet meer wat ze met haar zoon aan moest. Waarschijnlijk was ze al veel te lang vergoelijkend geweest. Misschien deed het Wijnand goed, een poosje helemaal uit de buurt van Lou en Niels te zijn. Misschien was het al met al niet eens zo slecht, dat ze voor een langere tijd ver uit de buurt zouden zijn? Aan de ene kant zag ze er verschrikkelijk tegenop, dat ze haar kinderen drie hele weken lang moest missen, maar aan de andere kant nam steeds sterker het besef bezit van haar, dat ze diezelfde drie weken lang niet verantwoordelijk was voor hun doen en laten.

Ze schrok wakker toen de deur eindelijk in het slot viel. Ze zag dat het al twee uur was geweest. Als een speer kwam ze overeind, want Wijnand probeerde de deur van zijn kamer zo zacht mogelijk achter zich dicht te doen om haar te ontlopen. "Kom hier, jij. We moeten praten."

Hij keek haar niet recht aan en als ze nog twijfels had over de vraag of dat briefje van vijftig misschien toch aan iets anders was uitgegeven, zei zijn blik haar genoeg. "Ik heb slaap, mam," probeerde hij er nog onder uit te komen.

"Zitten jij." Haar stem klonk ongekend kortaf. "Wat heb je met dat geld uit mijn portemonnee gedaan?"

Hij zweeg hardnekkig en beet op zijn nagels met een boze, weerbarstige uitdrukking op zijn gezicht.

"Heb je dat geld vanavond verspeeld?" Haar stem klonk hard.

Hij schudde verontwaardigd het hoofd. "Ik moest Niels betalen, anders...."

"Wat anders? Stuurt hij dan andere vriendjes van hem op je af, om je een welverdiend pak rammel te geven?"

Ze had het bedoeld te zeggen als overdrijving, maar de angstige blik in zijn ogen deed haar eigen hart veel angstiger kloppen dan ze ooit voor mogelijk had gehouden.

"Nee hè? Het is toch niet waar?"

"Niels is niet meer zo aardig, sinds hij vast heeft gezeten. Zijn moeder is onlangs opgenomen in een of andere kliniek, en zijn vader heeft een veroordeling aan zijn broek gekregen voor diefstal van de spullen die Niels probeerde te verkopen toen hij tegen de lamp liep. Hij moet volgende week gaan zitten, maar dat is geloof ik nog voor iets anders."

"Niels over een poosje ook, als hij veroordeeld is voor die heling. En zijn vrienden?"

"Toe mam, zeur toch niet zo."

"Heb je vanavond gespeeld?"

"Ja, maar..."

"Geen smoezen, Wijnand, anders bel ik hier en nu je vader wakker om hem te zeggen dat je niet mee mag naar Amerika."

"Mam...!"

"Liegen of net als die andere keer mij zelfs slaan, en de pret is voorbij. Er moet hier en nu duidelijkheid komen, we gaan meteen nieuwe afspraken maken en als je je er opnieuw niet aan houdt, stap ik naar een of andere hulpverlener en zorg ik ervoor, dat je in een of andere instelling terecht komt, waar ze je kennelijk beter op kunnen voeden. Het schijnt mij niet te lukken."

"Maar mam…."

"De keus is aan jou. Vraag een: speel je nog steeds?"

"Zo nu en dan. Het is leuk en onschuldig."

"Geen smoezen. Ja dus, je speelt nog. Vraag twee: heb je Niels zijn schulden terug kunnen betalen met het geld van je krantenwijk en die vijftig euro extra?"

"Nee, dat is niet veel en…"

"Zo lang je blijft spelen, maak je dus nieuwe schulden, in plaats van de oude af te lossen. En die schulden worden bovendien steeds groter."

"Niels zei dat het niet erg was en…. Hij wilde op een gegeven moment dat ik iets voor hem deed. Een pakje bij vrienden bezorgen. Toen heeft Lou gezegd, dat hij mij er buiten moest laten."

"Pakjes bezorgen?"

"Drugs, mam. Ik ben heus niet achterlijk, hoor."

Haar hart stond opnieuw bijna stil van schrik. "En toen je dat dus niet wilde?"

"Toen moest ik hem meteen terug betalen, en dat kan ik natuurlijk niet."

"Dus hij wilde je op die manier dwingen?"

"Eh, ja, zo kun je het wel noemen, maar Lou wilde niet dat ik dat deed."

"Wel, dan is er misschien nog hoop voor die jongen, dat hij minder verdorven is dan zijn oudere broer. En wat toen?"

"Ik moest geld hebben om hem in ieder geval zoveel terug te betalen, dat ik hem kalm kon houden."

"En dat steel je dan maar?"

"Ik ben bij oma geweest om te vragen of zij mij helpen wilde."

"Dat heb ik gehoord. Oma was nogal overstuur. Ze heeft

evenmin als ik het geld op haar rug groeien. Je wilde geld van haar lenen, maar je hebt niet verteld waarvoor. Je hebt mij ook niet opgebiecht, wat er speelde."

"Nee, stel je voor, jij doet al moeilijk over een paar euro."

"Als je eerlijk was geweest, hadden we samen hunnen kijken of ik je had kunnen helpen. Hoeveel ben je Niels inmiddels schuldig?"

"Nu nog achthonderd euro."

"Achthonderd???"

"Ja, het is wel een beetje veel geworden, mam. Ik wist ook niet dat het zo was opgelopen."

"Dan moet je fors verloren hebben met spelen. Heeft Niels wel eerlijk opgeteld? Heb je dat bijgehouden? Of steelt hij even gemakkelijk van jou, als dat hij andere dingen doet die niet door de beugel kunnen?" Wijnand kreeg een spervuur van vragen op zich afgevuurd.

"Kalm nou maar. Ik weet het ook niet meer. Ik weet ook niet waar ik zomaar achthonderd euro vandaan moet halen. Dus toen Niels en Lou gisteren roulette gingen spelen, dacht ik…."

Ze viel hem met overslaande stem, van de schrik en van de zenuwen en ook nog van woedende machteloosheid, in de reden.

"Roulette? Bedoel je dus, dat je als zestienjarige in een casino bent wezen spelen? Volgens mij mogen ze je daar vanwege je leeftijd niet eens binnen laten!"

"We zijn al een paar keer eerder naar het casino geweest. Kaarten doe ik niet, hoor, maar roulette is zo spannend." Ze hoorde de spanning in zijn stem, de uitdaging van het spel die hij kennelijk niet langer kon weerstaan en even werd het haar zwart voor de ogen, van angst over wat er op haar af kwam en waarvan ze totaal niet wist, hoe ze ermee om moest gaan.

"Het is dus nog steeds de kick van het snelle winnen, die je niet kunt missen? Zoals ik heb gelezen dat bij gokverslaafden het geval is?" De vlekken voor haar ogen verdwenen en ze werd overmand door een mat gevoel, een diep verdrietig gevoel.

Hij schokschouderde. "Mam, ik bedoel het niet slecht of zo, en ik wil geen drugsdealer worden, maar ik wil het zo graag een beetje leuk hebben. Alles is zo beroerd het laatste jaar."

"Soms gebeuren dingen in het leven waar je domweg mee om moet leren gaan. Ik moet dat ook, Agnes eveneens. Wij hebben hier geen van drieën om gevraagd, maar we moeten er wel mee omgaan, Wijnand. Een verslaving is vluchtgedrag. Dat moet je overwinnen, anders gaat het van kwaad tot erger met je. Begrijp je dat dan niet?"

Hij schokschouderde weer, een mengeling van onwil om de werkelijkheid in de ogen te zien en wanhoop omdat hij waarschijnlijk ook niet meer wist hoe hij uit het moeras moest komen, waarin hij verzeild was geraakt.

"We hebben eerder afspraken gemaakt, Wijnand. Ik heb je schulden toen betaald, in de verwachting dat jij je van jouw kant eveneens aan de gemaakte afspraken zou houden. Ik verkeerde toen nog in de veronderstelling, dat ik door je te helpen ertoe kon bijdragen, dat je je weer gelukkig voelde, maar ik vergiste me daarin. Nu blijkt dat het alleen maar erger is geworden en finaal uit de hand is gelopen. Wil je nog steeds ontkennen, dat je helemaal in de ban van het gokken bent geraakt? Dat je er verslaafd aan bent geraakt, aan de kick en de mogelijkheid van het snelle winnen en het spelen niet meer kunt laten?"

"Dat klinkt zo naar, verslaving. Ik wil het alleen maar graag leuk hebben."

"Een mens kan het op vele manieren leuk hebben, zonder in de problemen te komen. Misschien moest je Amerika maar liever laten schieten, en drie weken gaan werken, het maakt niet uit wat, al is het aardbeien plukken, om geld te verdienen om je schulden te kunnen betalen."

"Niels wil niet zolang wachten. Ik hoopte vanavond zo, met roulette een keertje te winnen, echt, één keertje maar, zodat ik er daarna mee kon ophouden en Niels betalen, zodat hij geen macht meer over me had."

"Hij zou dat niet meer hebben, als je toen je woord gehouden had. Laat dat een les voor je zijn."

"Help je me weer, mam? Je hebt toch genoeg geld op de bank?"

"Daar moet ik eerst over nadenken, maar als ik dat doe, moet je het wel van je krantenwijk helemaal terug gaan betalen. Ik doe je dat geld zeker niet cadeau, en eerst moet ik ook het vertrouwen krijgen, dat je niet opnieuw de fout in gaat en er gewoon op los blijft gokken, want geld in bodemloze putten storten, dat doe ik niet. Dat kan ik me ten eerste niet permitteren, en ten tweede is inmiddels bewezen dat ik jou daarmee niet van je gokverslaving af help. Ik heb een appeltje voor de dorst op de bank staan, dat is waar, maar dat moet het ook blijven. Ik heb niet eens een autootje voor mezelf gekocht, omdat het me een onveilig gevoel geeft, helemaal geen reserves meer te hebben. Ik wil beslist niet zelf in de problemen komen, omdat jij die van jezelf niet meer in de hand hebt. Ik ga er een paar dagen grondig over nadenken, Wijnand, en dan praten we verder. Ik zou graag willen, dat jij dat ook doet. Alleen jij kan de keuze maken, welke weg je gaat inslaan. Blijf je de weg volgen van de minste weerstand? Dan sta je straks op straat of ga je misschien net als Niels gestolen spullen verkopen of in drugs handelen, om aan geld te komen om je verslaving te kunnen bekostigen? Dan maak je je school niet af en wacht je een leven aan de rand van de maatschappij. Of kies je de andere weg? Geloof me maar, ik heb van Alwin Jaarsma papieren gekregen over gokverslaving, omdat ik het me eenvoudig niet voor kon stellen dat iemand daarvan afhankelijk kon zijn, zonder dat er een lichamelijke behoefte was waaraan voldaan moest worden. Inmiddels weet ik, dat gokverslaving een van de moeilijkste verslavingen is om vanaf te komen. Als je dat kiest, help ik je de goede weg op, maar dan nog moet je eerst mijn vertrouwen in jou terug zien te winnen." Haar ogen schoten ineens vol tranen. "Kijk maar eens goed naar me. Je maakt niet alleen je eigen leven kapot, maar ook het mijne en dan heb ik het er nog niet eens over dat ook je zus de dupe is van alles wat er nu gaande is." Ze keerde zich om en vluchtte naar boven om haar tranen een paar minuten te laten gaan, overmand als ze was door totale machteloosheid over wat haar nu overkwam.

Daarna nam ze een lange warme douche en zat ze nog een tijdje voor zich uit te staren. Het was vier uur geweest voor ze eindelijk in bed kroop.

Hoofdstuk 13

Er stond een warme oostenwind, die zacht door de grote boomkronen boven haar hoofd ruiste. Haar ogen volgden een eekhoorntje dat zich kennelijk onbespied had gewaand, maar nu razendsnel in een grote dennenboom omhoog klom. Ze haalde diep adem. Adelheid keek op van de kruiswoordpuzzel die ze maakte. Alwin, gekleed in een smoezelig T-shirt en een korte broek, plofte bij hen neer met de mededeling dat hij best een biertje zou lusten. "Mankeert er wat aan je voeten, om zelf op en neer te lopen naar de koelkast?" informeerde zijn schoonzuster liefjes.

"Ja zeg," grinnikte hij. "Wie staat de dakgoot te repareren in deze moordende hitte?"

"Goed, goed," plaagde Adelheid. "Ik heb ooit eens iets horen fluisteren over een emancipatiegolf, maar het moet verbeelding geweest zijn."

"Ik wil best de aardappelen schillen, als jij de dakgoot over-neemt," stelde hij welwillend voor.

Marthe schoot in de lach. "O, wat kunnen jullie elkaar plagen!"

"Gelukkig wel," klonk het uit twee monden tegelijk en daar waren ze het helemaal over eens.

Afgelopen vrijdag had ze met een blok lood in haar schoenen afscheid genomen van Wijnand en Agnes, toen Bert ze kwam halen. De hoogblonde vrouw bleef gelukkig in de auto zitten. Marthe had er absoluut geen behoefte aan om haar te ontmoeten. "Bert, ik hoop dat je me een ding wilt beloven," begon ze toen Wijnand naar de auto was gelopen om zijn grote weekendtas achterin te zetten. "Houd Wijnand alsjeblieft weg bij speelautomaten en uit casino's."

"Het is echt weer wat voor jou, om te overdrijven over wat onschuldig vermaak," beet hij haar onvriendelijk toe en omdat Agnes bij hen kwam staan, zweeg ze er verder over. Wel, misschien hoopte ze inmiddels zelfs stiekem, dat Wijnand honderden dollars zou verliezen en dat Bert daarvoor moest opdraaien, dacht ze met enige rancune. In huis was de leegte na hun vertrek bijna ondraaglijk geweest en als een kind zo blij was ze, toen ze de volgende morgen bij Adelheid in de auto stapte om naar Drenthe te rijden.

Toen was het nog wat regenachtig geweest en niet zo warm, maar al in de loop van de zondagmiddag begon het weer te veranderen. Twee dagen lang hadden ze heerlijk gewandeld en gefietst. Op maandagavond, gisteren dus, was Alwin gekomen. Vandaag knapte hij wat op aan zijn huis en morgen gingen ze als beloofd met elkaar naar de dierentuin.

Het was een mooi huisje dat hij hier bezat, een oude opgeknapte boerenwoning, maar aan oude huizen was altijd wel wat op te knappen en te repareren. Hij had het eigenhandig verbouwd, en had daar plezier in, had hij inmiddels laten weten. Beneden waren de muren uitgebroken om ruimte te maken voor een royale woonkamer, een keuken, een badkamer en een bijkeuken.

Boven had hij drie slaapkamers gemaakt op de voormalige zolder. Voor hem was het huis bewoond geweest door een stokoud boerenechtpaar in ruste. Hij vond het werken met zijn handen prettig als hij hier was, had hij Marthe verteld, omdat hij de hele week al met zijn hoofd bezig moest zijn. Was ze eerst niet erg op haar gemak, toen bleek dat hij twee nachten bleef slapen, dat gevoel was al snel weer verdwenen. Adelheid en zijzelf gingen hun eigen gang en hij kluste erop los. Morgen als ze terug waren van de dierentuin, zou hij weer vertrekken en vanavond zouden ze gezellig met elkaar uit eten gaan.

Ze sloot haar ogen en genoot. "Blij dat je hier bent?" vroeg Alwin op dat moment, terwijl hij een teug van het koele bier nam.

Ze opende haar ogen weer en keek hem aan. "Heel erg, ja. Zoals je weet zijn mijn kinderen voor drie weken met hun vader naar Amerika vertrokken, en ik heb me nog nooit in mijn leven zo verlaten gevoeld als afgelopen vrijdagnacht."

"Ik dacht dat je juist blij zou zijn even verlost te zijn van alle zorgen en verantwoordelijkheden," meende Adelheid.

Ze schokschouderde. "Ik weet het niet. Gelukkig belde Agnes zondag op dat ze een goede reis hadden gehad en aangekomen waren in New York. Ik heb Wijnand ook nog even gesproken en voor ze vertrokken heb ik hun vader op het hart gedrukt, de gelegenheden te mijden waar kan worden gegokt. Meer kan ik ook niet doen."

Adelheid knikte rustig. "Zo is dat. Zet het dan ook van je af."

Ze hoefde Alwin op dit moment niet te zeggen dat ze had ontdekt dat Wijnand alle afspraken die ze over zijn gokgedrag hadden gemaakt, had geschonden. Dat haar zoon grote schulden had gemaakt en zelfs een paar maal in het casino was geweest in een poging om via het roulettespel meer geld te winnen. Ze peinsde hardop, dat ze bang begon te worden voor Niels en dat Wijnand dat misschien ook was, omdat Niels hem begon te bedreigen en had geprobeerd, om hem drugs te laten afleveren. Hij had misschien wel gehoopt daar flinke winst op te kunnen maken, het eventuele risico naar Wijnand toe te kunnen schuiven nu hem toch al een gevangenisstraf boven het hoofd hing. Beide andere mensen luisterden geduldig toen ze hen vertelde over het nachtelijke gesprek en haar moeizame omgang met haar zoon daarna. Ze vond het vreselijk dat Wijnand bang was geworden. Tegen alle gezond verstand in, had ze daarom toch opnieuw de schulden voor haar zoon betaald en waarschijnlijk was het vergeefs te hopen, dat haar zoon van de ene dag op de andere zijn leven zou beteren. Ze hadden afgesproken, dat al het geld dat hij met de krantenwijk verdiende, aan haar zou afgedragen tot de schuld was ingelost, maar het vervelende was, dat ze het vertrouwen in haar zoon inmiddels totaal was kwijtgeraakt. In die zin was het een opluchting, dat ze drie weken lang nergens verantwoordelijk voor was, en al had Bert nog zo vervelend gedaan toen ze hem had gewaarschuwd Wijnand niet in de verleiding te brengen hem opnieuw te laten gokken, haar ex-man had bot gereageerd en ze had er eigenlijk geen vertrouwen in dat hij zijn zoon beschermen zou tegen zijn zwakte, zijn verslaving. En ja, Agnes was dus aldoor de dupe van de spanningen, want het rustige en gevoelige meisje kroop steeds meer in haar schulp, en daar voelde ze zich ook weer schuldig over. Toen keek ze Alwin recht aan. "Ik ben heel blij, dat ik deze dagen niet alleen ben en de natuur hier vind ik prachtig. Dank je dat Adelheid en ik gebruik mogen maken van je huisje."

Hij knikte. "Bossen geven mij ook altijd rust," antwoordde hij kalm. Opnieuw had ze het gevoel, dat ze hem nog veel meer toe zou willen vertrouwen van de zorgenlast die zo zwaar op haar schouders drukte.

"De zee kalmeert mij nog meer," meende Adelheid.

"Onthoud, Marthe, dat als je zoon schulden maakt in Amerika, jij er tenminste niet voor op hoeft te draaien."

Ze hoopte het maar. Als dat daadwerkelijk gebeurde, zou haar nog een pittige discussie wachten met Bert, die natuurlijk weer zou zeggen dat het allemaal haar schuld was. Maar zo langzamerhand was ze zo ver, dat ze zijn mening als waardeloos naast zich neer kon leggen.

"De rust doet me goed en geeft me de gelegenheid mijn gedachten op orde te krijgen," besloot ze.

"Waarom blijven jullie eigenlijk niet wat langer hier?" stelde Alwin gemoedelijk voor. "Geniet ervan."

Ze keek hem lachend aan. "Er zijn meer mensen die moeten werken voor de kost," herinnerde ze hem aan haar baan in het tehuis en ook Adelheid moest vanzelfsprekend weer aan de slag in het ziekenhuis.

"O ja, dom van me."

"Ik werk uiteindelijk maar een klein aantal uren in de week," grinnikte Adelheid. "Ik heb het niet breed met mijn weduwenpensioen en een klein aanvullend inkomen, maar ben tenminste redelijk vrij om te kunnen doen en laten wat ik wil, en dat vind ik bijzonder prettig. Bovendien luier ik eigenlijk best graag."

"Ik niet," grinnikte Marthe ontspannen, "maar Alwin, als je er geen bezwaar tegen zou hebben dat ik dit huisje in de herfstvakantie voor een schappelijk prijsje van je mag huren, dan zou ik dat wel erg fijn vingen."

"Geef de datum maar door," knikte hij. "Dan zorg ik, dat er geen andere familieleden in zitten."

"Dank je." Het was een pak van haar hart. Adelheid stond energiek op. "Kom mee, het is vier uur. De ergste hitte wordt wat minder en Alwin moet die dakgoot nog af krijgen, want anders kan hij morgenavond niet naar huis. Wij gaan fietsen, calorieën verbranden, zodat we ons vanavond tegoed kunnen doen aan een copieus diner zonder geplaagd te worden door schuldgevoelens."

Marthe liet zich lachend meetronen. Ja, dit weekje hier deed haar meer dan goed!

Ze hadden die avond heerlijk gegeten en genoten de daaropvolgende dag volop van het bezoek aan de dierentuin, bedacht ze toen ze naast Adelheid stond om Alwin weer uit te zwaaien. "Jammer dat hij weggaat," liet ze zich ontvallen. "Het was gezellig dat hij er was."

"Hij wil de vriendinnen niet teveel voor de voeten lopen en geloof me maar, hij heeft er zelf minstens zo van genoten als jij."

"Maar…"

"Lieve schat, iedereen kan toch zien, dat hij wel wat in je ziet?" Ze bleef staan. "Dat heb je al vaker gezegd, maar…. Schei toch uit, Adelheid. Daar ben ik nog lang niet aan toe."

"Dat is dan jammer, want ik zou wel graag iets moois op zien bloeien tussen twee mensen die me beiden heel erg dierbaar zijn," stelde Adelheid nuchter vast.

"Heb je er nooit serieus aan gedacht, dat er misschien iemand anders zou komen met wie je gelukkig zou kunnen worden na de dood van je man?" vroeg Marthe ernstig, terwijl ze weer op het terras gingen zitten om te genieten van de killer wordende avondlucht en om uit te rusten van de best vermoeiende dag van rondsjokken in de dierentuin.

"Ik wil geen nieuwe relatie meer. Voor mijn gevoel is er niemand, die zelfs maar in Bram zijn schaduw kan staan." De hond tilde zijn kop op bij het noemen van zijn naam, maar nee, het vrouwtje stond niet op, dus hij kon net zo goed blijven liggen. "Ook Alwin niet. Ik hou van hem als van een broer, en dat is hij ook. Nu ja, een schoonbroer, en ik vind het een geweldige man, maar niet als partner. Nee Marthe, de rest van mijn leven blijf ik samen met de hond Bram, of als die er in de toekomst niet meer is, een andere hond die dan ook Bram gaat heten. Ik ben vijftig. Ik heb geen zin meer, om met een andere man rekening te moeten houden en me aan te moeten gaan passen. Hoe ouder ik word, hoe minder zin ik daarin heb. Ik heb juist leren waarderen, dat het bijzonder plezierig is te kunnen doen en laten wat ik zelf wil zonder me af te moeten vragen wat de ander daarvan vindt."

"Ik weet het niet…," aarzelde Marthe, die zich dat eenvoudig niet voor kon stellen.

"Jij bent anders," Adelheid stond gemoedelijk op om een kopje thee voor hen beiden te gaan zetten. "Kop op, je moet eerst verwerken dat je man je zoveel verdriet heeft gedaan, en het vertrouwen in jezelf terug zien te krijgen. Ik weet dondersgoed, dat dat veel gemakkelijker was geweest als die problemen met Wijnand niet waren ontstaan, maar het is niet anders. Ik kan alleen maar hopen, dat je de jongen zover krijgt, dat hij hulp gaat zoeken. Je weet wat Alwin er gisteren nog over heeft gezegd: dat een verslaafde dat zelden tot nooit op eigen houtje redt. De meesten hebben hulp nodig om een verslaving te overwinnen."

"Ik voel me zo machteloos als het daarop aan komt," verzuchtte Marthe.

"Dat ben je niet en denk erom, wat je Alwin nog geen uur geleden hebt beloofd! Niet meer piekeren, zolang je in Drenthe bent. Kom op, lachen! Wat wil je morgen eigenlijk gaan doen? Wandelen of fietsen? Niets zo goed tegen een zorgelijk brein, als een flink vermoeid lijf!!!"

Marthe schoot weer in de lach. "Je hebt nog gelijk ook. Ik had het even nodig dat de oren me goed gewassen werden."

"Precies." Adelheid nipte met een tevreden uitdrukking op haar gezicht aan haar thee. "Stel je hart maar open voor het leven. Misschien past Alwin er wel in, maar misschien ook niet en kies je in de toekomst liever voor iemand anders."

Even flitste het beeld van mijnheer Van Dijk aan haar geestesoog voorbij, maar dat was zo vermakelijk dat ze prompt moest lachen.

"Ik wil morgen graag op de fiets naar dat museum dat we nog wilden gaan bekijken."

"Goed idee. We lunchen daar wel. Ik trakteer, en 's avonds maken we een simpele andijviestamppot met een ijsje voor toe."

"Gelukkig is het niet meer zo erg warm," lachte Marthe naar de ander. "Maar we boffen enorm met het weer, nietwaar?"

Bijna tegen wil en dank moest ze toegeven, dat ze tot rust was gekomen in de afgelopen week, stelde Marthe die zaterdagavond vast. Ze waren in de morgen teruggereden naar Hellevoetsluis. Eenmaal thuis was ze eerst wat broodnodige boodschappen gaan halen. Ze moest ze er goed bij nadenken, dat ze veel minder nodig had dan anders, omdat de twee grootste eters in haar gezin ver weg in Amerika zaten. Ze had om zes uur op de bank met haar bord op schoot gegeten, terwijl ze naar de televisie keek. Morgen zou ze de tijd nemen de hele stapel kranten en post door te nemen en vanzelfsprekend moest ze maandag weer aan het werk.

Ze schrok, toen net na negen uur de bel ging. Wie kon er nu in vredesnaam op zaterdagavond zo laat nog aanbellen?

Toen ze de deur opende, had ze die het liefst weer meteen dichtgesmeten. "Hoe kom jij boven?" vroeg ze aan Lou, die haar droevig aankeek.

"Mag ik alstublieft even binnenkomen, mevrouw Van Diepen?" vroeg de opgeschoten jongen ongekend deemoedig. Even aarzelde ze merkbaar, want dit was tenslotte de jongen die haar zoon in de problemen had meegetrokken en die in haar ogen verantwoordelijk was voor alle problemen die inmiddels rond Wijnand waren ontstaan.

"Ik weet dat Wijnand er niet is, maar ik weet niet waar ik anders naartoe moet."

Ze keek hem afstandelijk aan, met een blik van afschuw op het zwartleren jack en de rafelige spijkerbroek. "Wat bedoel je daarmee, Lou?"

"Mijn moeder is er niet, dat weet u. Mijn vader is gisteren weer uit de bak gekomen en is boos op me, ik weet niet eens waarom.

Niels is weg met zijn vrienden. Ik wilde niet met hen mee, want ze laten mij de risico's lopen als er iets mis gaat. Ze zijn een kraak zetten."

"Bedoel je… dat ze iets gaan stelen?"

"Niets bijzonders, hoor. Gewoon bij wat huizen."

"Noem dat maar niet gewoon! Het is misdadig!" brieste ze. "Begrijp je nu echt niet, dat ik daarom niet langer wil dat Wijnand met jullie omgaat? Wij zijn zo niet. Bij jullie schijnt misdaad de normaalste zaak van de wereld te zijn, maar bij ons…"

De jongen keerde zich midden in haar zin om en liep met hangende schouders terug naar de lift. "Ik hoor het al. Ik ga maar weer."

Ineens trof haar de verslagenheid en de lusteloosheid die vanavond aan Lou kleefde, en even snel als haar boosheid was opgevlamd, maakte die plaats voor medelijden. "Waar ga je heen?"

"In het park slapen of zo. Ik zie wel."

"Heb je al gegeten?"

"Ik heb vanmiddag een zak chips gejat."

Ze wist niet wat ze moest doen. Schuldgevoel omdat Lou toch ook nog maar een uit de kluiten gewassen kind was, en afkeer van alles wat hij vertegenwoordigde, lagen een paar seconden lang totaal met elkaar overhoop. "Kom maar even binnen," klonk het toen en ze stond verbaasd van zichzelf!

Nu was het zijn beurt om onderzoekend te kijken, maar toen hij aarzelde, stelde ze voor dat ze een kop koffie voor hem zou maken en dat ze ook nog wel een boterham en een gebakken ei voor hem had. "U vertrouwt me niet."

"Daar heb ik ook alle reden toe, is het wel?"

De jongen schokschouderde en keek even later nieuwsgierig om zich heen. Eens te meer besefte ze, dat Wijnand altijd daarheen was gegaan en dat Lou nooit met hem mee was gekomen naar huis.

Ze was een paar minuten in de keuken bezig en keek even later met een gevoel van verwarring en ontzetting tegelijkertijd toe, hoe de jongen hongerig de twee boterhammen en de gebakken eieren met ham naar binnen schrokte. Zijn handen waren vies, zijn nagels ruimschoots voorzien van rouwranden. Zijn jack lag op de bank gegooid, misschien had hij nog nooit van een kapstok gehoord? Zijn shirt eronder was gevlekt en vies. Hij rook naar zweet. "Hoe lang is je moeder al weg?"

"Een week of zes, denk ik."

"Mag ze nog niet naar huis?"

"Moe zit in de put en krijgt daar nu pillen voor, maar ze roept nog steeds, dat ze er een eind aan gaat maken meteen als ze haar vrij laten. Ik heb haar daar een keer opgezocht. Vreselijk. Bijna net zo erg als de gevangenis."

"Dat spijt me voor je." Weer was er die mengeling van afkeer en medelijden!

Hij haalde zijn schouders op. "Pa ligt bezopen op de bank en Niels komt pas tegen de morgen terug en dan komt er natuurlijk weer herrie met zijn vrienden, als ze de spullen gaan verdelen."

"Of hij wordt opgepakt."

"We zijn daar echt niet bang voor, hoor. De politie laat je toch binnen de kortste keren weer vrij en zelfs in de gevangenis zitten is niets bijzonders meer, als je dat al een paar keer eerder hebt gedaan zoals onze pa."

"Besef je wel, dat jullie zodoende aan de rand van de maatschappij leven, Lou? En kan je begrijpen, dat ik daarom liever niet heb dat jij en Wijnand met elkaar omgaan?"

"Wijnand is best aardig. Hij heeft geen andere vrienden. Ik ook niet. Daarom trekken we met elkaar op."

"Gok jij ook?"

"Soms." De jongen haalde zijn schouders op. "Ik geef er niet zoveel om, maar Niels kan het niet laten en weet Wijnand steeds over te halen om het ook te doen, omdat hij weet dat Wijnand graag geld heeft."

"Maar hij verliest alleen maar."

"Niels lacht hem uit. Als hij Wijnand zegt, dat die een schuld heeft, accepteert hij het genoemde bedrag zomaar. Ik zeg honderd keer, dat hij mijn broer niet moet vertrouwen, maar Wijnand speelt graag. Hij kan het ook niet laten, net als Niels."

"Dat weet ik, maar het is hem verboden het nog een keer te doen."

"Niels weet hem gemakkelijk over te halen, hoor."

"Je broer heeft ook geprobeerd hem over te halen, drugs te gaan bezorgen."

Hij haalde weer met die kenmerkende onverschilligheid zijn schouders op. "Weet ik. Wijnand is veel te goedgelovig. Die wil alleen maar meer geld om weer te kunnen spelen."

"Je had hem verboden met dat pakje op stap te gaan, vertelde mijn zoon."

Nu keek Lou haar werkelijk aan, alsof ze van een andere planeet kwam. "Praten jullie daar dan over?"

"Jullie thuis niet?"

"Ach, mijn pa is net als Niels, en moe kan zeuren en schelden wat ze wil, die twee veranderen niet. Dus zet ze het op een zuipen als er woorden vallen en als ze nuchter wordt, zit ze in de put en wil ze voor de trein gaan springen."

"Zo te horen is het een zooitje bij jullie thuis."

"Er zijn ondertussen al hele drommen hulpverleners langs geweest, maar die kunnen toch niets doen. Ze zijn zo dom, dat ze alles geloven wat we ze op de mouw spelden. De meesten zijn gewoon sukkels."

"Wat had je van Wijnand verwacht, Lou?"

"Misschien had ik een nachtje bij hem mogen slapen zonder dat u het merkte," zei hij onbeschaamd, en gek genoeg won haar medelijden het nu van haar afkeer en haar angst van alles wat deze jongen vertegenwoordigde.

"Weet je wat? Omdat je eerlijk tegen me bent, tenminste dat hoop ik dan maar, want waarschijnlijk ben ik net zo goedgelovig als mijn zoon, mag je vannacht voor één nachtje in zijn bed slapen. Maar o wee, als je iets steelt, want dan zit ik morgenochtend meteen bij de politie. Ga maar onder de douche, volgens mij is dat heel hard nodig, dan geef ik je de ochtendjas van mijn zoon en stop ik al jouw kleren meteen in de wasmachine, want het is een schande hoe je erbij loopt."

"Nu moe er niet is, vergeet ik mijn spullen zelf te wassen," klonk het alsof dat de normaalste zaak van de wereld was. Ze wees hem de weg en zat zich even later over zichzelf te verbazen. Wat haalde ze zichzelf nu weer op de hals? Ze leek wel gek!!! En toch, die verloren jongen, ze had een afschuw van hem en zijn hele familie erbij, maar kon Lou beter weten, als hij op die manier was grootgebracht?

Toen Lou in Wijnands bed lag, liep ze zelf nog rond in huis en ze schaamde zich er niet eens voor, dat ze enkele kostbare zaken meenam naar de slaapkamer en dat ze de deur ervan zorgvuldig achter zich op slot deed.

Lou bleef. Een week later stelde ze stomverbaasd vast, dat Lou nog steeds op Wijnand's kamer logeerde, dat hij inmiddels in een snackbar werkte en dat hij haar het geld wilde geven omdat hij hier mocht slapen en te eten kreeg. Toen Wijnand belde, geloofde die haar niet toen ze hem vertelde dat Lou zolang bij haar logeerde, omdat de zaken bij hem thuis volledig uit de hand gelopen waren. Ze belde zelfs mijnheer Van Dijk op, om hem om advies te vragen. Gelukkig bleek die niet op vakantie te zijn. Hij wist welke instanties bij het gezin betrokken waren en zou ze inlichten over de huidige situatie. Hij drukte haar op het hart voorzichtig te zijn, want met zijn achtergrond was het vrij onwaarschijnlijk dat Lou niet op een gegeven moment ervandoor zou gaan met haar geld of spullen.

Wat triest, dacht Marthe. In die dagen stelde ze tot haar enorme verbazing vast, dat Lou op zijn manier werkelijk zijn best scheen te doen. Adelheid, die haar vanzelfsprekend eerst luidruchtig voor knettergek had uitgemaakt, beloofde daarna dat ze een beetje op Lou zou letten, als Marthe op haar werk was en de jongen niet, en weer een paar dagen later had Lou ineens een nieuwe spijkerbroek, twee T-shirts en schoenen. "Tante Adelheid heeft me meegenomen. Het zijn maar goedkope spullen, hoor, maar ik ben er blij mee. Ze heeft alles keurig netjes betaald en wilde niet dat ik er zomaar mee naar buiten zou lopen, terwijl dat gemakkelijk kon."

"Nee, vanzelfsprekend niet. Opnieuw was ze geschokt, want in dergelijke kleinigheden werd het steeds duidelijker, in wat voor omstandigheden Lou leefde en wie weet hoe lang dat al zo was.

Een kleine week voordat Wijnand en Agnes weer thuis zouden komen, Lou was toen al negen dagen bij haar, ging aan het begin van de avond de bel en tot haar opluchting zag ze dat het die aardige meneer Van Dijk was.

"Ik kom met u en Lou praten over de ontstane situatie," legde hij uit met een onderzoekende blik op haar gezicht. Weer kreeg ze daarbij het gevoel dat hij haar meer dan graag mocht en misschien wel…. Ach, onzin. Lou was naar de snackbar en zou pas laat die avond terug komen, vertelde ze toen ze even later tegenover elkaar zaten.

Hij knikte. "Wilt u mij het hele verhaal doen, ik kan u misschien raad geven of op een andere manier terzijde staan," probeerde hij meer te weten te komen.

"Daar ben ik erg blij mee," lachte ze hem warm toe. Even later ging de bel opnieuw en ditmaal kwam Alwin binnen. Tot haar verrassing merkte ze, hoe haar hart opsprong toen ze zijn ogen ving. Sinds ze in Drenthe waren geweest, miste ze hem. Ze drukte dat gevoel echter snel weg, want ze wilde helemaal niet dromen van mannen in verfomfaaide T-shirts die dakgoten repareerden.

De twee mannen keken elkaar monsterend aan. "Kom ik wel gelegen, Marthe?" vroeg Alwin een tikje onzeker, zag ze. "Ik ben in het buitenland, geweest de afgelopen dagen, maar ik werd ongerust toen ik van Adelheid hoorde wat hier aan de hand was."

"Ga zitten, antwoordde ze. "Ik ben blij dat jullie er allebei zijn en me willen helpen met een kwestie waarmee ikzelf ook geen raad meer weet."

Hoofdstuk 14

Ze vertelde hoe het was gekomen, dat Lou hier zijn intrek had kunnen nemen en beiden luisterden rustig tot ze haar verhaal beëindigd had. Daarna keek ze mijnheer Van Dijk, die voorstelde hem voortaan liever gewoon Ron te noemen, onderzoekend aan. "Vanzelfsprekend kan de oplossing dat Lou hier logeert, alleen maar tijdelijk zijn. Ron, heb je er enig idee van, hoe het nu zit met zijn ouders?"

Hij zuchtte. "Met zijn moeder wordt het een langdurige geschiedenis. Eigenlijk is het een triest verhaal. Ze is al meerdere keren opgenomen geweest met zware depressies en ze heeft in het verleden daadwerkelijk een aantal zelfmoordpogingen gedaan. Triest, dat vooral, en eerlijkheidshalve zijn zowel Lou als Niels daar de dupe van geworden. Zijn vader is iemand die altijd aan de rand van de maatschappij heeft geleefd. Grote mond en neemt het niet altijd even nauw. Altijd gezeten in handel van oud ijzer en autobanden, met nog wat dubieuze nevenactiviteiten. Dat zal mijns inziens echt niet meer veranderen. Dat hij daarvoor eerder heeft vastgezeten, was ons op school niet bekend, maar duidelijk is ons wel geworden, dat vader en zoon Niels niet veel belang hechten in schoolse wijsheid en dat Niels in de voetsporen van zijn vader treedt, begrijpen we alledrie. Eerlijk gezegd maak ik me zorgen, je laat je met de beste bedoelingen in met zaken waar je je liever verre van moet houden, Marthe. Zo denk ik er over en niet anders. Natuurlijk is Lou slachtoffer." Hij zuchtte en voor het eerst keek hij haar een beetje hulpeloos aan. "De vakanties zijn inmiddels begonnen, de school is dicht, en na de vakantieperiode is Niels niet meer welkom op school. Hij wordt over een maand negentien. Als hij nog iets zou willen bereiken, moet hij maar ergens stage gaan lopen en deelonderwijs volgen. Onze mogelijkheden zijn wat hem betreft uitgeput. Er is een grens aan wat een school kan doen, ook al vanwege beperkte budgetten. Schooluitval is helaas geen uitzondering meer en met zijn achtergrond en karakter was het min of meer te verwachten. We kunnen alleen maar hopen dat het met Lou anders zal uitpakken. Je moet goed uitkijken, Marthe. Mijn advies is toch, dat je ondanks alle goede bedoelingen beter afstand kunt nemen van Lou."

Als ze hem bij de voornaam noemde was het natuurlijk vanzelfsprekend dat hij het haar ook deed, en niet alleen wat hij zei, maar vooral hoe hij daarbij bezorgd naar haar keek met beslist meer dan normale interesse, maakte haar onrustig. Ze voelde aan haar theewater, dat deze man op een andere manier in haar geïnteresseerd was, dan alleen maar vanwege de toestanden rond haar zoon. Ze wist niet of ze het nu prettig vond of misschien juist niet. Adelheid had immers ook al enkele opmerkingen gemaakt over Alwin, en nu zaten beide mannen in haar eigen huis.

Van Bert had ze de laatste jaren alleen nog maar kleinerende opmerkingen te slikken gekregen. Waarschijnlijk verbeeldde ze zich slechts, dat nu ineens twee mannen interesse in haar hadden. Stel je voor, ze was al in de veertig! Mannen hadden al een hele evolutie lang veel liever naar jongere en mooiere vrouwen gekeken, dus ze moest er liever niet eens meer aan denken!

Ze keek Ron recht aan. Terug naar Lou en de problemen van dit moment, in plaats van zulke zotte gedachten te koesteren! "Denk je, Ron, dat het met Lou mogelijk toch anders kan gaan dan met Niels?"

Hij aarzelde. "Ik heb de jongen tamelijk goed leren kennen. Ik moet me al sterk vergissen, maar dat denk ik niet, Lou is volgens mijn mening in zijn hart een bescheiden en onzekere jongen."

Ze kon het echt niet helpen, dat ze schamper in de lach schoot.

"Echt, Marthe, ik zit al dertig jaar in het voortgezet onderwijs, en maak mezelf graag wijs dat ik kijk heb gekregen op de opgroeiende jongelui. Ik heb ze ook zien veranderen, door de jaren heen. Lou is het type van een meeloper."

"Wijnand ook."

"Ze zoeken allebei bevestiging. Beide jongens vallen om heel verschillende redenen een beetje buiten de groep. Daarom zijn ze ook samen op gaan trekken. Lou is thuis een patroon van normen en waarden voorgehouden dat hemelsbreed verschilt van dat van jou en mij. Voor hem, in de eenzaamheid van zijn moeders herhaalde ziekten en opnames in ziekenhuizen na een suïcidepoging of een inrichting, was het vanzelfsprekend op te trekken met zijn enige broer. Die broer leerde hem dingen, die ouders met een gezonde instelling hun kinderen nu eenmaal liever niet leren. In die zin is de school nuttig voor een jongen als Lou. Hij leert er in ieder geval dat het in andere gezinnen heel anders toe kan gaan dan bij hem thuis."

"Zou dat nog helpen? Hij is immers al zestien."

"Ik heb nog altijd niet de hoop opgegeven, dat het hem anders kan vergaan dan zijn broer, maar ik weet niet hoe. Ik zou mijn boekje te buiten gaan, als ik hem zelf in huis zou nemen. Het is prettig, dat Lou voor korte tijd kan zien hoe het in en normaal gezin toe gaat, Marthe."

"Wel," schoot ze tamelijk schamper in de lach, "momenteel is dat het laatste etiket dat ik op mijn gezin zou durven plakken. Agnes is stiller dan goed voor haar is, Wijnand is een meeloper geworden van wie ik ernstig moet gaan vrezen dat het spelen op gokautomaten en misschien wel erger, hem in de ban heeft gekregen. Hun vader trekt zich nergens iets van aan en maakt ze momenteel lekker met een mooie snoepreis om indruk op ze te maken. Hij wil dat de kinderen bij hem komen wonen."

"Dat is jouw grootste angst, niet?"

Ze knikte zwijgend en van een lach was op dat moment geen sprake meer. "Ik kan het niet helpen. Wat heb ik ze nu te bieden? Een flat waar ze niet graag wonen, geld dat altijd ontoereikend is."

"Moederliefde is niet in economische waarde uit te drukken. Je biedt ze warmte, zekerheid en als het verwerkingsproces voor jullie alle drie wat verder gevorderd is, zelfvertrouwen en een nieuw soort zekerheid."

Ze keek Alwin dankbaar aan voor die laatste opmerking. "Dank je. Inderdaad mag ik niet vergeten, dat het voor ons alle drie nog een plaats moet krijgen, wat er in het afgelopen jaar allemaal is veranderd."

"Wijnand vraagt aandacht en die krijgt hij met zijn uit de hand gelopen gokgedrag. Of dat een verslaving is geworden of aan het worden is, dat kun je nog niet met zekerheid aannemen."

Ze keek Ron weer aan. "Maar hij krijgt er een kick van. Hij kan het niet laten en hij neemt stiekem geld weg. Alwin heeft me het een en ander gegeven om te lezen over gokverslaving en dat heeft me allesbehalve gerustgesteld. Ik ben daardoor juist veel meer op hem gaan letten."

"Wel, laten we terug gaan naar het probleem. Hoe het met Wijnand verder gaat, is denk ik voor ons alle drie zoals we hier zitten en ons zorgen over hem maken, op dit moment nog niet te voorspellen. Laten we ons voorlopig beperken tot Lou. Hij is nu hier. Voor zover ik weet, is er geen geschikt familielid dat hem op zou kunnen nemen, anders was hij daar wel naartoe gegaan in plaats van hulp bij jou te zoeken. Hoe zie je de komende weken voor je, Marthe?"

"Eigenlijk hoopte ik, dat zijn vader zich om hem zou gaan

bekommeren of dat zijn moeder binnenkort weer thuis zou komen. Nu ik jou gehoord heb, weet ik het niet meer. Ik heb Lou hier impulsief en uit medelijden laten blijven, naar ik dacht voor een paar dagen, omdat er sprake was van een crisissituatie. Maar binnenkort komen mijn kinderen weer thuis."

"Lou is aangewezen op zijn vader en Niels, als hij weer naar huis moet."

"Kan hij niet naar een of andere instelling? Daar zijn die toch voor?"

"Inderdaad, maar ze worden al jarenlang geplaagd door lange wachtlijsten, er is altijd een nijpend tekort aan geld en plaatsen. Bovendien beschouwen mensen van jeugdzorg en andere instanties die zich ermee moeten bemoeien, zijn geval niet als urgent. Hij heeft immers een dak boven zijn hoofd en goede zorg gevonden?"

"En geld? Ik bedoel, ik geef hem te eten en dat kan best lijden, maar hij heeft alleen maar rafelige en afgedragen kleren, al heeft Adelheid wat goedkope kleren voor hem gekocht. Er moeten straks nieuwe schoolboeken en lesmateriaal worden aangeschaft. Betaalt zijn vader dat?"

"Ik zal er werk van gaan maken. Mogelijk kan ik het voor elkaar krijgen dat ik een hulpverlener kan overtuigen dat er toch sprake is van een crisissituatie en dat hij naar een inrichting moet, liefst zonder eerst in een politiecel te belanden, zoals dat soms gebeurt met kinderen die uit huis gehaald moeten worden om ze te beschermen tegen erger. Het zou bij nadere beschouwing toch wel een opluchting zijn, als Lou nog heel even hier bij jou zou kunnen blijven, Marthe."

"Ik weet het niet, hoor." Haar aarzeling was duidelijk.

"Je bent bang voor de reactie van Wijnand, als hij straks terug is van zijn vakantie."

"Stel, dat ze allebei 's avonds op stap gaan? Ik kan ze moeilijk aan de tafelpoot vastbinden! Alleen Wijnand kon ik al niet in het gareel houden, laat staan als ze met zijn tweeën zijn." Ze bloosde en keek wat schichtig naar Ron. "Wijnand heeft me een keer geslagen, moet je weten, toen ik hem tot de orde riep, en daar kan ik maar niet overheen komen. Geslagen en bestolen worden door je eigen kind, het leek me tot voor een paar maanden onmogelijk dat zoiets ooit zou kunnen gebeuren."

"Ik zal alles doen wat ik kan, om je te helpen," beloofde hij prompt en eerlijk gezegd was ze het er niet met zichzelf over eens, of ze dat nu wel zo prettig vond.

Toen de bel opnieuw ging en Adelheid kwam kijken wat haar zwager toch zo lang bij de buurvrouw deed, maakte Ron meteen aanstalten om te vertrekken. Hij gaf haar een kaartje. "Hier, mijn 06-nummer staat er ook op. Schroom niet te bellen, als ik iets voor je kan doen. Ik weet, welke instanties betrokken zijn bij het gezin Jansen. Ik ga er meteen werk van maken Lou in een of andere opvang te krijgen. Je hoort snel van me."

"Dank je." Opeens kon ze best naar hem glimlachen. "Het geeft al meer ruimte te beseffen, dat ik er niet langer alleen voor sta," gaf ze toe. "Dank je dat je gekomen bent."

Er kwam een warme blik in zijn ogen. "Graag gedaan."

Ja, dat geloofde ze best!

Alwin keek met opgetrokken wenkbrauwen van de een naar de ander, voor hij met Adelheid vertrok.

Ze had eerlijk tegen Lou gezegd, dat ze alleen thuis wilde zijn, als haar kinderen na drie lange weken weer terug kwamen en de jongen had geknikt dat hij ondertussen thuis andere kleren en wat spullen ging halen, als ze het goed vond dat hij nog een poosje bij haar mocht blijven. Hij was daar erg blij mee en zei dat ook, wat haar op haar beurt toch wel weer ontroerde.

Ze was heel eerlijk tegen Lou geweest, toen hij na het gesprek met Ron en Alwin thuis kwam uit zijn werk. De jongen wist dus, dat ze hem slechts tijdelijk op zou vangen en dat hij stante pede de deur uit gezet zou worden, als ze erachter kwam dat hij ook maar iets had gedaan dat niet door de beugel kon, inclusief spelen of Wijnand er toe in de verleiding brengen, dat weer te doen. Ze had hem eerlijk verteld, dat mijnheer Van Dijk contact op zou nemen met de kinderbescherming of jeugdzorg, of met welke instantie ook die op de hoogte was van de situatie bij hem thuis. Dat hij hoopte dat Lou tijdelijk naar een of andere instelling kon. Er moest toch iets geregeld worden vanwege het voor de deur staan van het nieuwe schooljaar, en ook financieel. Ze had hem ook ronduit gezegd, dat ze zelf krap zat sinds de scheiding, en dat de grens van haar kunnen lag bij hem tijdelijk onderdak en eten geven, maar zelfs van zakgeld kon geen sprake zijn.

"Dat laatst is niet erg, mevrouw Van Diepen. Ik verdien immers bij de snackbar. Ik ben niet te beroerd om te werken," had de jongen kalm en onverwacht volwassen geantwoord.

"Daar ben ik blij om, daarom mag je ook nog even blijven," stelde ze hem gerust, wat haar, heus waar, een welgemeend bedankje had opgeleverd.

Toen ze Wijnand en Agnes uit de auto van hun vader zag stappen, vloog ze naar beneden om haar kinderen te omhelzen na drie lange weken, die wel een eeuwigheid geduurd leken te hebben. Ze zag Bert op de achtergrond toekijken, in plaats van meteen weg te rijden.

"We hebben het heerlijk gehad met ons vieren," begon hij even later terwijl ze net haar tranen had gedroogd. Ze was zo blij, dat ze die met de beste wil van de wereld niet had kunnen tegenhouden.

"Ik hoop dat we dat blijven. Ik heb de kinderen voorgesteld, dat ze bij mij komen wonen, want mijn huis is nu eenmaal groter en heel wat gerieflijker dan dat van jou." Zonder op haar antwoord te wachten keerde hij om en stapte in om alsnog weg te rijden.

Ze hield haar lippen stijf op elkaar geklemd, om niet in de verleiding te komen daar voortijdig op te reageren. Eenmaal binnen smakte Wijnand meteen zijn koffer op zijn kamer en het was, vanzelfsprekend, Agnes die een bezorgd vroeg of ze het zelf ook nog wel en beetje naar haar zin had gehad. Dus vertelde ze naar eer en geweten, dat ze een fijne week in Drenthe had gehad met tante Adelheid en dat ze daar, als zij dat wilden, in de herfstvakantie ook naartoe zouden gaan. Meteen kwam Wijnand terug.

"Mam, er liggen spullen in mijn kamer en…"

"Ja, die zijn van Lou. Ik zal je maar meteen vertellen wat er is gebeurd toen jullie weg waren. Ik heb gisteren een luchtbed gekocht, daarop slaapt Lou voortaan op, en ik heb jouw bed verschoond. Misschien vind je het wel leuk, dat Lou er nog even is?"

"Je had grondig de pest aan hem." Wijnand begreep er vanzelfsprekend niets van.

"Eerst iets te drinken inschenken, dan vertel ik je alles, maar voor alles wil ik horen hoe jullie het hebben gehad."

"We hebben toch een paar keer gebeld? Meer mocht niet van pa, dat werd te duur."

Ze knikte. "Het was fijn wat van jullie te horen en nog meer dat jullie het zo fijn hadden."

"Echt?" vroeg Agnes. "Pa zei… nu ja, hij zei dat we niet teveel mochten vertellen, omdat jij er alleen maar vervelend over zou doen als wij het leuk hadden."

Ze wist zich te beheersen, al drong zich voor de honderdste keer de vraag aan zich op, hoe het toch was gekomen, dat de man met wie ze eerst zo gelukkig was geweest, inmiddels toch zulke nare karaktereigenschappen vertoonde.

Ze luisterde een poosje naar enthousiaste verhalen over plaatsen die ze hadden bezocht en dingen die ze hadden gedaan. De pijn die ze daarbij soms voelde, borg ze zorgvuldig diep weg in haar hart. Maar uiteindelijk kwam ze toch op het punt terug dat nodig besproken moest worden. "Nu wil ik het over Lou hebben, want jullie moeten het er wel mee eens zijn dat hij mogelijk nog een paar weken of zo hier blijft, anders is het voorbij." Ze gingen zitten en Marthe vertelde het tweetal wat er precies was gebeurd.

"Maar Lou logeert al twee weken bij jou," zei Wijnand, nadat ze haar verhaal had gedaan.

"Ja. Ik begrijp dat je daar stomverbaasd over bent, maar ik kon hem toch niet op straat laten staan, met zijn moeder in een inrichting en zijn vader helemaal de weg kwijt? Terwijl Niels…. Zijn broer heeft nog niet een keer naar hem geïnformeerd, voor zover ik weet."

Wijnand schokschouderde. "Ja, daar is alles anders dan hier, maar Niels is een toffe gozer die…"

"Niels is een man die een hoop geld verdient op manieren waar ik niet eens het fijne van wil weten, die inmiddels van school is gestuurd en die hard op weg is in zijn vaders' voetsporen te treden. Niels is ook een jongeman die mijn zoon laat spelen en schulden laat maken die hij niet betalen kan, die hem daarmee probeert voor zijn karretje te spannen om duistere karweitjes voor hem op te knappen en die hem aan zich wil binden door hem steeds vaker te laten spelen omdat je daar gevoelig voor bent. Nee, Wijnand, verdedig Niels maar liever niet. Inmiddels is mijnheer Van Dijk hier wezen praten en die stelt de situatie van het gezin aan de orde bij de instanties die er al lange tijd bij betrokken schijnen te zijn, maar die er tot op heden kennelijk niet in zijn geslaagd, daar de boel in betere banen te leiden. Dus jullie mogen het zeggen. Mag Lou nog even blijven of niet, onder de strikte voorwaarde, dat er niet meer gespeeld wordt op automaten of erger."

"Waar is hij nu?"

"Naar huis om nog wat spullen te halen. Hij heeft een baantje gevonden bij een snackbar."

"Dat jij dat voor hem doet, mam," verbaasde Agnes zich.

"Ja kind, ik sta ook van mezelf te kijken, maar hij zag er zo verloren en ontredderd uit en ik heb inmiddels ontdekt dat hij eigenlijk voornamelijk het slachtoffer is van de situatie bij hem thuis. Wat ik hem nu geef, is een soort laatste kans, geloof ik. Niet meer, maar ook niet minder."

"Het is wel goed," zei Wijnand.

"Agnes?"

"Als hij zich maar gedraagt, mam."

"Dat weet hij en als hij zich er niet aan houden zou, is het gat van de deur onverbiddelijk."

"Nu, vooruit dan maar."

"Mooi. Dat is dan geregeld. Nu terug naar de vakantie. Wat vonden jullie van Disneyland?"

Er volgden enthousiaste verhalen over Disneyland en luxe etentjes, die Marthe steeds stiller deden worden. Toen Wijnand was uitverteld, voegde hij er nog een toe dat hij honderd dollar van zijn vader had gekregen voor de automaten, de dag voor ze terug zouden vliegen, maar dat hij alles verloren had, jammer genoeg.

"Jammer," reageerde Marthe zo neutraal mogelijk. "Ik heb hem van tevoren verteld, dat het spelen van jou hier tot problemen leidde."

"Pa doet nooit ergens moeilijk over."

"En hoe zit dat nu met het voorstel om bij hem te gaan wonen?"
"Hij woont mooi en we krijgen daar…" Toen zweeg Wijnand abrupt. "Jij wilt het niet, hè?"
"Lieve schat, jullie mogen immers zelf kiezen, op jullie leeftijd? Ik weet best, dat ik na de scheiding niet veel geld heb, dus ik kan het wel begrijpen dat jullie daar naar kijken."
"Ik blijf hier," reageerde Agnes zonder enige aarzeling. "Nicolette mag ons niet, dat voel ik. Ze doet soms erg vervelend, als pa ons aandacht geeft. Ik blijf liever hier, mam."
"Je kunt je vader wel vaker blijven zien. Dat zou ik wel prettig vinden, denk ik," reageerde ze en ze vond dat, eerlijk is eerlijk, toch wel erg knap van zichzelf.
"Ik weet het nog niet. Ik zou het wel fijn vinden om daar te gaan wonen, geloof ik. Jij bent zo streng." Dat was Wijnand natuurlijk.
"Ja jongen, ik probeer te voorkomen, dat je in grote problemen raakt en ik begrijp ook wel, dat jij dat anders ziet en als vervelend ervaart. Ik kan je alleen maar verzekeren, dat mijn bedoelingen voortkomen uit het gevoel, jullie het beste mee te willen geven voor de rest van je leven."
"Nu ja, nu Lou hier woont, blijf ik ook wel."
"Lou woont hier niet, hij logeert hier een poosje. Jullie moeten zolang een kamer delen en als dat niet gaat, of er is een oplossing voor Lou, dan verandert dat weer."
"Voorlopig blijf ik bij jou, mam."
Ze kon niet verbergen hoe opgelucht ze daarover was.

Hoofdstuk 15

Drie dagen later belde Alwin op met de vraag of ze misschien weer eens met hem uit eten wilde. Haar hart maakte een sprongetje van verrassing toen ze zijn vraag hoorde en dat was iets waar ze zo zachtjesaan toch eens grondig over na moest gaan denken. Niettemin aarzelde ze. "Aanstaande zaterdag? Weet je, Alwin, ik zou dolgraag willen, maar het kan niet."

"Als je al een andere afspraak hebt, kan het ook de week daarop," meende hij.

"Dat is het niet," antwoordde ze. "Kijk, ik heb Lou in huis, dat weet je, maar ik ben heel eerlijk, ik durf de jongens niet alleen te laten op zaterdagavond."

"Ik dacht, dat Wijnand had beloofd niet meer te gaan spelen en Lou was het daarmee eens."

"Ja, maar woorden bleken al eerder niet veel voor te stellen, en mijn vertrouwen in die twee is zo broos, dat ik ze niet alleen durf te laten."

Het bleef even stil aan de andere kant van de lijn. "Mag ik dan een ander voorstel doen?" vroeg hij even later.

"O ja?" Weer dat rare sprongetje van haar hart en ze las zichzelf in stilte de les, dat ze zich niet zo aan moest stellen. Hij had haar misschien gemist en dat was iets dat de dag er ineens stralender en zonniger uit liet zien! Ron toonde belangstelling en Alwin ook. Het deed haar als vrouw toch goed, zich weer te mogen verheugen in de belangstelling van mannen.

"Zou je het aandurven, dat ik jou en je kinderen, met Lou er vanzelfsprekend bij, dan overdag meeneem naar de Efteling?"

"De Efteling?"

"Ze hebben daar zoveel attracties voor waaghalzen, dat een paar tieners zich kostelijk zullen amuseren, en dan hebben wij de tijd om ondertussen rustig wat met elkaar te praten."

"Maar Alwin…. Drie lastige tieners op sleeptouw nemen, dat is niet niets!"

"Ze zullen het best naar hun zin hebben. Maar als je niet wilt, verzin dan geen excuses die nergens op slaan, en zeg het me liever ronduit."

"Nee, nee, ik bedoel, ik zou het juist geweldig vinden. Maar jij? Ik kan dergelijke uitstapjes niet betalen. Ze zijn zo vol van hun belevenissen in Amerika. Ik kan het niet helpen, dat het me dwars zit dat hun vader zoiets kennelijk met gemak kan betalen, terwijl ik hier elke cent drie keer moet omdraaien om rond te komen en dus heel vaak nee moet verkopen, als ze iets nodig hebben of graag willen."

"Dat weet ik, Marthe. Maar toch: wil je mee of niet?"

"Graag dan."

"Mooi zo, dat is het voornaamste. We moeten maar liever op tijd weg gaan. Om negen uur kom ik jullie met zijn allen ophalen."

"Ik moet natuurlijk wel even met hen overleggen, want misschien hebben ze al iets anders afgesproken of het kan zijn dat Lou in de snackbar moet werken."

"Als dat zo is, laat je het me maar weten."

"O, dank je. Ik vind het erg fijn, dat je dit vraagt."

Hij lachte zacht aan de andere kant van de lijn. "Mijn kinderen zijn weliswaar een stuk ouder, maar ik weet nog heel goed hoe het is, om verantwoordelijk te zijn voor een paar tieners."

"Zal ik broodjes klaarmaken en thermosflessen meenemen?" stelde ze zuinigjes voor, want ze wist ongeveer wat het kostte om dergelijke attractieparken binnen te komen, en dat was niet misselijk.

"Niet nodig. We kopen daar wel wat. Anders sjouw je de hele

dag met je spullen rond."

"Maar...."

"Ik weet wat je zeggen wilt. Dan wordt het erg duur. Lieve Marthe, een goed diner in een prima restaurant is niet goedkoop."

"Nu ja, ik zal niet langer bezwaren maken. Ik kijk er naar uit, Alwin. Tot zaterdag."

Geen van de drie jongelui had ook maar het minste bezwaar tegen een dagje Efteling. Lou zei dat hij zijn baas vrij zou vragen en het weekeinde daarop wel dubbele uren zou draaien. Het bleek namelijk, dat Lou nog nooit eerder in de Efteling was geweest, zelfs niet met een schoolreisje, want voor zulke dingen was bij hem vroeger thuis nooit geld geweest. Naarmate Marthe de jongen beter leerde kennen en meer hoorde, vaak terloops in een enkele opmerking, over zijn achtergrond, groeide haar medelijden met hem en kreeg ze meer begrip voor de jongen, die maar al te gemakkelijk zou kunnen ontsporen en op hetzelfde destructieve pad terecht kon komen als zijn vader en zijn oudere broer.

Pas toen ze die avond in bed lag, liet Marthe de gedachte toe die ze misschien al veel te lang had weggeduwd. Wat vond ze van de belangstelling van Alwin? Eerst was hij wat haar betrof een gewone en prettige man geweest, toevallig familie van haar buurvrouw, met wie ze bevriend was geraakt. Adelheid had al snel gemerkt, dat haar zwager meer belangstelling voor haar vriendin kreeg, en haar daarop gewezen zonder dat Marthe het wilde geloven. Maar sinds hij hen in Drenthe had opgezocht, droomde ze soms van hem en dacht ze vaak aan hem. Ze besefte dat Alwin haar eveneens op zijn minst erg graag mocht. En dan was er ook Ron van Dijk. Na de manier waarop Bert met haar was omgegaan, moest ze er erg aan wennen, dat andere mannen haar wel wisten te waarderen. Maar ze moest zo langzamerhand wel eerlijk zijn tegen zichzelf. Ze was nog niet ver in de veertig, en ze was alleen. Nee, een schoonheid was ze niet, maar lelijk evenmin. Ze had zichzelf altijd gewoon gevonden, maar als ze daar eens goed over nadacht kon ze best vaststellen dat het mogelijk moest zijn dat andere mannen wel iets in haar zagen, dat Bert kennelijk niet langer zag. Ooit had hij dat wel gezien, maar ongemerkt had hij ergens onderweg kennelijk zijn interesse in haar verloren. Gek genoeg miste ze hem niet langer, ontdekte ze op dat moment tot haar eigen verbazing. Nu de eerste onzekerheden voorbij waren over hoe het verder moest, begon er een zekere rust in haar leven te komen en dat was eigenlijk heel plezierig. Ja, de zorgen om de kinderen en dan vooral voor Wijnand, drukten momenteel zwaar op haar. Maar als ze verder eens grondig over haar nieuwe leven nadacht, had ze niet veel te klagen. Ze was gezond en haar kinderen waren dat ook. Ze hadden het niet breed en van sparen kwam momenteel niets terecht, maar ze konden rondkomen. Ze had weer een huis, dat ze het hare kon noemen. Ze had een goede vriendin en beiden konden ze elkaar wederzijds helpen door bij ziekte een boodschapje voor elkaar te doen of als daar behoefte aan was, elkaar een luisterend oor te bieden. Ze had werk dat weliswaar geen vermogen opleverde, maar wel veel voldoening schonk en misschien was dat zelfs wel een grotere rijkdom dan een dik salaris. Ze dacht van wel. Ze was niet zo iemand die veronderstelde, dat geluk alleen te koop was met veel geld. Eigenlijk moest ze vaststellen, dat ze goed tot rust zou kunnen komen als ze zich geen zorgen om Wijnand hoefde te maken. Maar zelfs daar stond ze niet langer alleen voor. Ron van Dijk was meer dan bereid, haar daarbij te steunen en ook Alwin was niet bang voor een moeilijke jongen, dat bleek wel. Toen moest ze glimlachen, want ze begon de twee mannen die kennelijk belangstelling voor haar hadden opgevat, met elkaar te vergelijken. Het enige dat die twee gemeen hadden, was dat ze beiden grijs haar hadden en een jaar of tien ouder waren dan zijzelf. Ze schoot in de lach. Kennelijk was het waar, dat mannen altijd jongere vrouwen wilden als ze op leeftijd kwamen. Of Ron kinderen had, wist ze niet, wel wist ze dat hij gescheiden was en dat Alwin weduwnaar was. Maar van Alwin kreeg ze vlinders in haar buik als ze zijn stem hoorde en van Ron bepaald niet. Was dat het ongrijpbare tussen mannen en vrouwen dat chemie werd genoemd?

Betekende dat nu, dat ze ongemerkt toch weer verliefd was geworden? Ze vreesde van wel, anders zou ze nu niet verwachtingsvol wakker liggen en zich verheugen op de komende zaterdag. Maar ja, ze was niet langer jong en naïef. Chemie kon zomaar komen en even gemakkelijk weer verdwijnen. Ze had niet eerder willen nadenken over de vraag of ze wel opnieuw een man in haar leven toe wilde laten. Wilde ze dat eigenlijk? Ontegenzeggelijk had het alleen zijn een paar voordelen, zoals Adelheid altijd beweerde. Ze kon naar bed gaan of opstaan zonder rekening te houden met de vraag of iemand anders al slaap had of juist was uitgeslapen. De kinderen zaten later op de avond als ze thuis waren, bijna altijd op hun eigen kamer, waar ze ook een eigen televisietoestel hadden, al waren dat dan oude afdankertjes. Het betekende, dat ze tegenwoordig alleen naar televisieprogramma's keek, die ze ook daadwerkelijk wilde zien, terwijl Bert vroeger de gewoonte had om nergens echt naar te kijken, behalve naar sport. Voor de rest zapte hij meer de kanalen langs dan iets anders, zonder zich erom te bekommeren of zij misschien ergens naar wilde kijken.

Ze draaide zich nog maar eens op haar andere zij. Ze maakte zich veel te druk. Ja, ooit, ooit zou er voldoende ruimte zijn voor iemand anders. Ooit wilde ze misschien zelfs wel met een andere man samen gaan wonen, want alleen oud worden en misschien nog wel veertig jaar alleen blijven, dat bleef toch een schrikbeeld dat weinig aanlokkelijks bood. Ze had ook soms dat verlammende gevoel, overal alleen voor te staan en dat viel lang niet altijd mee.

Ze ging zitten en knipte het licht aan. Misschien moest ze maar liever een kopje kruidenthee gaan maken of zo, anders lag ze nog urenlang aan van alles en nog wat te denken en morgen wachtte haar weer een lange werkdag in het tehuis. Hoeveel voldoening het ook gaf om hulpeloos geworden oude mensen te helpen hun laatste jaren zo aangenaam mogelijk te slijten, zwaar bleef het, zowel lichamelijk als mentaal. Ze vond dementie een ontluisterend proces en soms vrat het aan haar, daar dagelijks mee geconfronteerd te worden. Toch voelde ze zich daar echt op haar plaats.

Ze was ondertussen naar beneden gelopen en had water warm gemaakt. Ze zette de televisie aan, in de hoop afleiding te vinden, maar lusteloos bekeek ze het ene net na het andere. Jakkes, ze leek Bert wel. Prompt deed ze de televisie weer uit. Ze begon haar scheiding te verwerken, drong het tot haar door. Het gebeurde deed niet langer zoveel pijn, en als ze Wijnand nu eindelijk op het juiste spoor had gekregen door Lou hulp te bieden, misschien werd het leven dan eindelijk weer mooi!

Toen ze een half uurtje later weer in bed was gekropen, viel ze bijna meteen in slaap.

Alwin was er al om tien voor negen en haar hart sloeg beslist een slagje sneller, toen hij lachend de gang binnenstapte. De jongelui maakten een hoop kabaal toen ze even later wegreden en het bleef de hele reis onrustig op de achterbank. Zeker Lou had een grote mond toen hij tegen Wijnand zat op te scheppen over dingen die hij durfde. Alwin wierp zo nu en dan een blik op Marthe en andersom was dat eveneens het geval als ze dacht dat hij niet op haar lette. Gelukkig kwamen ze nergens in de file terecht en eenmaal in het pretpark waren ze het drietal in mum van tijd kwijt. "Waar gaan jullie heen?" riep ze hen nog gewoontegetrouw na, maar Alwin lachte haar uit en zei dat ze tegenwoordig mobieltjes hadden, zodat ze altijd haar kinderen bereiken kon als ze uit wilden zoeken waar ze uithingen.

"Ik heb ze niet eens geld gegeven," hakkelde ze verbaasd.

"Als ze zonder zitten, zoeken ze ons wel op," stelde hij haar gerust. Met een beetje weemoed liepen ze door het oorspronkelijke gedeelte van het park, en beiden vertelden elkaar over de tijd dat ze hier met hun kleine kinderen gelopen hadden, die volop genoten van tot leven gebrachte sprookjes. Op een gegeven moment kroop zijn arm zelfs voor een kort moment vertrouwelijk om haar schouders en heel even leunde ze tegen hem aan. Maar nog voor ze kon bedenken dat dit een intiem moment was dat goed voelde, kwam Agnes met een sip gezicht terug. "Lou doet vervelend."

"Wat bedoel je: vervelend?"

"Hij maakt opmerkingen die ik niet wil horen."

"Platvloers of seksistisch?" noemde Alwin het mogelijke probleem bij de naam.

Het meisje bloosde. "Beide. Ik vind dat akelig, mam."

"Blijf dan een poosje bij ons. Kom, het is bijna etenstijd, we gaan wat te eten halen. De jongens zullen zich wel laten horen, als ze door hun geld heen zijn."

"Lou heeft geld genoeg op zak."

Daar schrokken de twee ouderen van. "Waar haalt hij dat vandaan?"

"Mam, dat moet je mij niet vragen."

"Hij logeert bij jou en over een onkostenvergoeding is vast en zeker nog geen woord gevallen," dacht Alwin hardop.

"Hij geeft me zo nu en dan een briefje van twintig euro, als hij zijn loon heeft gehad. Lou heeft onlangs zelf wat nieuwe kleren gekocht en verder wordt er nergens over gepraat," vertelde ze.

"Bel Wijnand op zijn mobiel, dat ze wat komen eten," was zijn rustige reactie.

Niet veel later kwamen de twee jongens lachend aanrennen en Alwin kocht broodjes, limonade, een paar kroketten en alles wat ze verder wilden hebben. Om een picknicktafel heen gezeten, keek hij Lou vorsend aan. "Kennelijk heb je geld genoeg om alle attracties te betalen. Is dat geld dat je in de snackbar hebt verdiend?" vroeg hij zonder er doekjes om te winden.

Lou schokschouderde en voelde zich kennelijk een beetje overdonderd door de directe vraag. "Ja, ook al, maar ik ben deze week ook een keer langs huis geweest en heb geld gekregen van mijn vader. Nee, mevrouw Van Diepen, ik heb inderdaad niet gevraagd waar het vandaan kwam."

"Speelt hij misschien ook?"

Marthe schrok enorm van Alwins woorden, maar durfde zelf niet te vragen hoe het kwam dat zijn vader ineens zo royaal bij kas zat, dat hij wel wat geld kon missen voor zijn jongste zoon, zonder zich erover te bekommeren waar de jongen at en sliep.

"Dat weet ik niet. Zelf doe ik wel eens een spelletje, maar meer niet. Maar ik speel niet zoals Niels of Wijnand, dat heb ik u al eerder verteld. Na een paar spelletjes stop ik. Wijnand niet. Die speelt altijd door, omdat hij denkt uiteindelijk te kunnen winnen, en het eindigt er altijd mee dat hij tenslotte alles kwijt is en nog meer."

"Hij mag niet meer spelen. Dat weet hij en dat weet jij ook, Lou. Ik had verwacht dat je ook niet zou spelen, nu je bij mij logeert."

"Ik doe mijn best te luisteren, hoor, want het is fijn bij jullie, maar ik ben het niet gewend dat ik met zoveel regels rekening moet houden. Wij doen altijd gewoon wat we willen. Dat is dan wel weer prettig bij mij thuis."

"Ondertussen is er niet veel van je terecht gekomen." Alwin keek hem rustig aan bij die woorden, die klonken als een simpele vaststelling van de feiten.

"Van mij komt wel wat terecht, mijnheer Jaarsma. Neem dat maar van me aan. Ik wil een diploma halen, en niet als mijn vader en mijn broer keer op keer vastzitten en niets van mijn leven maken."

"Daar hoort ook zelfdiscipline bij." Alwin keek hem rustig maar indringend aan. "Dat heb je thuis niet geleerd en op school kennelijk ook niet, als je keer op keer de lessen verzuimt, zodat je nu een jaar over moet doen."

Lou keek schuldbewust, maar ook een beetje opstandig. "U bent mijn vader niet. Ik ken u verder niet eens, mijnheer Jaarsma. Ik ben niet gewend, dat ik zo op mijn huid gezeten word."

"Ik houd je slechts een spiegel voor," bleef Alwin uiterst kalm. "Bedenk maar eens, dat iemand de afgelopen tijd belangeloos voor je heeft gezorgd en wat dit betekent. Bedenk ook, dat er meer is in het leven, dan alleen maar doen en laten waar je zin in hebt en je geld toe-eigenen van een ander als je dat nodig hebt, in plaats van ervoor te werken zoals een fatsoenlijk mens hoort te doen. Besef, dat je op een tweesprong staat. Je bent op een bepaalde manier opgegroeid, maar je bent gelukkig al gaan inzien, dat je zelf keuzes kunt maken door je school af te maken. Dan kun je daarna een baan vinden, om een inkomen mee te verwerven en hopelijk ook plezier te beleven aan de dingen die je daardoor in het leven bereikt. Aan jou is de keus, Lou, inderdaad.

Je hoeft niet in de voetsporen van je vader of je broer te treden. De afgelopen weken waren misschien wel bedoeld, om jou te laten kennismaken met een andere manier van leven dan je van huis uit kent. Als je een slimme jongen bent, en ik denk dat je dat bent, doe je daar je voordeel mee. Mijnheer Van Dijk maakt zich momenteel sterk voor je, zodat je onderdak kunt krijgen in een instelling. Dan heb je de mogelijkheid rustig verder te kunnen leren en je school af te maken, zodat je daarna in staat bent daadwerkelijk op eigen benen te gaan staan. Maar kom, we zijn vandaag een dagje uit en het is de bedoeling dat jullie daarvan genieten. Alleen, eh… let een beetje op je woorden waar Agnes bij is."

Het eten was zo goed als opgegaan. Alwin stond daarna weer als eerste op. "Om vier uur zien we elkaar allemaal bij de poort, spreken we dat af?" vroeg hij aan de jongelui. "Dan rijden we op ons gemak terug en halen we bijna thuis bij de chinees wat om mee te nemen dat we thuis op kunnen eten. We zien jullie straks wel weer. Kom Marthe, wij gaan eens kijken of er nog indrukwekkende zaken zijn die we zelf uit willen proberen."

Het was een heerlijke dag geweest, besefte Marthe toen ze de laatste borden had afgewassen en alle rommel weer was opgeruimd. Alwin hanteerde onbekommerd de theedoek, alsof hij nog nooit van een vaatwasser had gehoord. In haar oude huis had ze dat gemak ook gekend, schoot het door haar hoofd. "Zal ik koffie voor je maken?" vroeg ze aan hem, toen ze klaar waren. "Graag. Het was een fijne dag, Marthe."
"Dank je, Alwin. Je weet niet hoe ik genoten heb."
Hij lachte. "Wel een beetje," er kwam een plagerige blik in zijn ogen. Even hoopte ze, dat hij haar een zoen zou geven, maar hij deed het niet en het moment ging weer voorbij.

"Het is half acht. Ik denk dat ik nog even naar Adelheid ga," antwoordde hij echter tot haar teleurstelling. "Als Lou over een poosje weer weg is, wil je dan met me uit eten gaan, Marthe?"

"Graag," antwoordde ze zonder daar over te hoeven nadenken. Hij gaf haar een bijna kameraadschappelijke kus op de wang en even later was hij verdwenen. Het tweetal was naar Wijnands kamer gegaan. Agnes was in de woonkamer blijven hangen en had de televisie aangezet. "Is hij weg?"

"Alwin? Hij gaat koffie drinken bij tante Adelheid."

"Leuke man, mam."

"Ja, dat vind ik ook," antwoordde ze kalm. "Zal ik thee maken voor ons beiden?"

"Dat doe ik wel." Het duurde nog geen tien minuten voor ze terugkwam met de thee. "Mam, ik wil eerst iets zeggen. Lou maakte al eerder opmerkingen waar ik mee in mijn maag zit. Hij ziet meisjes alleen als prooi om mee naar bed te gaan, geloof ik. Vanmiddag was ik even echt bang van hem."

"Is me in de afgelopen weken iets ontgaan?" vroeg ze verbijsterd.

"De eerste tijd gebeurde het niet, maar een paar dagen geleden wel. Toen vroeg hij me zelfs, of ik het al eens gedaan had en dat hij er goed in was en…. Vanmiddag gebeurde zoiets opnieuw."

Ze keek haar veertienjarige dochter geschokt aan. "Als dat zo is, kan hij niet langer blijven."

"Ik heb ergens net als jij medelijden met hem. Die dingen leert hij waarschijnlijk van zijn grote broer of hij heeft alleen een grote mond, maar toch, mam, ik durf niet eens meer in mijn pyjama naar de badkamer te gaan als ik 's nachts moet plassen."

"Het is goed dat ik dit weet," reageerde Marthe nog steeds ontdaan door wat haar dochter haar net had verteld. "Het wordt misschien tijd, dat hij toch weer naar zijn eigen huis teruggaat.

Het is zoals Alwin zei. Ik heb hem geholpen, toen hij hier uit zijn doen en ontdaan op de stoep stond. We hebben hem met elkaar kennis laten maken met het leven in een heel ander gezin dan waarin hij is opgegroeid, maar het is aan hem alleen, welke keuzes hij maakt voor de rest van zijn leven. Ik zal morgen met hem praten, Agnes."

"Dank je, mam. Ik wilde het eerst niet zeggen, want ik was al bang dat jij hem er meteen uit zou willen gooien."

Haar moeder glimlachte warm. "Jij gaat voor op Lou, lieverd, maar ik heb wel geleerd dat we niet alle problemen van de wereld op onze schouders kunnen nemen. Voorlopig heb ik genoeg aan mijn zorgen om Wijnand."

"Pa heeft hem in Amerika ook een keer laten spelen en is daar van geschrokken, mam."

Ze bleef bijna roerloos zitten. "Zei hij dat?"

"Ja. Maar we hebben hem er verder niet over gehoord."

"Dat hoop ik dan maar. Ik vind het nog altijd erg, dat je vader en ik niet meer met elkaar kunnen praten over jullie, zeker als het om het spelen van Wijnand gaat. Maar ik kan er niets aan veranderen." Ze slaakte een hartgrondige zucht.

"Hij heeft beloofd het niet meer te doen, mam. Ik ben moe. Ik ga slapen."

"Dat is goed, lieverd." Ze gaven elkaar een knuffel en ze zat een uurtje voor zich uit te staren, voor ze de televisie tenslotte uit deed omdat ze toch niet keek.

Het was stil in de kamer van Wijnand. Een beetje verwonderd opende ze zijn deur, om voorzichtig om het hoekje te kijken of de jongens soms ook moe waren geweest en vroeg waren gaan slapen. Maar ze waren er niet.

Hoofdstuk 16

Nog geen vijf minuten later belde ze bij Adelheid aan. "Gelukkig, je bent er nog," hakkelde ze even later tegen Alwin. "Wijnand en Lou zijn er stilletjes tussenuit geknepen."

Zonder de geringste aarzeling stond hij op. "Dan gaan we ze zoeken. Kom mee."

"Zal ik…" aarzelde Adelheid.

"Wil jij een beetje op Agnes letten, door zo nu en dan bij haar te gaan kijken? Ze zei, dat ze vroeg ging slapen."

"Dat zal ik doen. Ik heb de sleutel, zoals je weet."

Even later zat ze opnieuw naast Alwin in de auto, maar dit keer was er geen sprake van een plezierritje. Op haar aanwijzingen reed hij eerst naar het ouderlijk huis van Lou. Daar brandde licht. Er stond een oudere man in de deur met een sigaret in de ene hand en een blikje bier in de andere. Marthe herkende de vader van Lou en stapte uit. Alwin volgde haar. "Goedenavond. Ik ben de moeder van Wijnand, zoals u zich misschien nog herinnert, en die is met Lou op stap. Zijn ze misschien hier?"

"Ik heb ze niet gezien. Lou is kennelijk gewoon de hort op gegaan." Hij lachte onbekommerd.

"Lou heeft een poosje bij Wijnand gelogeerd, zoals u weet, maar dat is na vanavond voorbij."

"O, mooi. Dan zie ik hem vandaag of morgen wel weer boven water komen."

"Is Niels er niet?"

"Die zal de jongens wel meegenomen hebben."

Ze keerde zich meteen om. Alwin reed meteen de straat uit en parkeerde pas een paar straten verder. "Dat was Lou zijn vader?"

Ze knikte. "Nog niet lang geleden weer eens uit de gevangenis gekomen. Notoire draaideurcrimineel! Niels heeft ook al een paar keer vastgezeten en hem wacht opnieuw een proces. De moeder is opgenomen wegens depressiviteit. Ik had zo'n medelijden met Lou. Ik bedoel, zoals hij is opgevoed, hij wist niet beter. Wat hadden de jongens vandaag een plezier. Je hebt hem zelf meegemaakt. En nu…. Nu krijg ik toch sterk het gevoel, dat hij niettemin misbruik van mijn goede vertrouwen heeft gemaakt. Agnes zei vanavond ook al, dat Lou haar bang maakte met opmerkingen die hij maakte. Zou hij dan toch onbetrouwbaar blijken?"

"Dat zoeken we later uit, Marthe. Nu moeten we eerst proberen beide jongens te vinden. Waar gingen ze meestal heen om te spelen?"

"Geen idee," moest ze toegeven. "Speelautomaten staan overal, in veel café's of snackbars, tot in het casino. Niels heeft Wijnand zelfs een paar keer roulette laten spelen."

"Punt een: jij vreest dat ze met Niels mee zijn gegaan om te spelen."

"Daar ben ik inderdaad bang voor."

"Als hij wel eens roulette heeft gespeeld, is het casino de gevaarlijkste plaats. Laten we daar dus in de eerste plaats maar eens gaan kijken."

"Ik weet niet eens waar dat is. Bovendien mogen zulke jonge jongens er niet eens in, al lijkt het er op dat ze toch binnen weten te komen."

"Ik weet wel waar het is. Kom, we gaan."

Niet veel later kwam Marthe zodoende voor het eerst van haar leven in een casino, maar ze was zo zenuwachtig dat het amper tot haar doordrong wat daar allemaal te zien en te doen was. Ze speurde naar een drietal gezichten, die ze maar al te goed kende.

"Niet te vinden," stelde Alwin een dik kwartier later vast. "Maar er zijn in de omgeving nog meer van dit soort gelegenheden."

Hij klampte iemand aan bij de deur, een portier of zo. "Ik heb een minderjarige kennis, die waarschijnlijk onbevoegd in een casino speelt en ik wil hem vinden. Hier is hij niet. Waar zijn de dichtbijzijnde andere gelegenheden?"

Het was zo eerlijk, dat Marthe dacht dat de portier moest denken dat het een of andere flauwe smoes was, maar toch vertrokken ze binnen een paar minuten naar een andere speelhal, geen casino maar een grote hal met speelautomaten waarvan de portier het adres voor Alwin had opgeschreven. "Toch handig, die navigatiesystemen," bromde hij terwijl hij het opgegeven adres intoetste. Even later reden ze weer.

Het was een grote hal met rijen en rijen speelautomaten, veel licht, dat aan en uit flitste en veel getoeter en gepiep, luidruchtig overstemd door iets dat muziek voor moest stellen. Het werd Marthe angstig om het hart. Ze zag een paar mannen nonchalant een spelletje doen, maar vooral met elkaar praten en drinken. Maar ze zag ook andere gezichten, gezichten van mensen, verreweg voor het allergrootste deel mannen en nauwelijks vrouwen, die geobsedeerd werden door de kast en die speelden of hun leven ervan afhing. Ze werd er bang van. Bang omdat ze aanvoelde, dat Wijnand net zo naar die apparaten keek, als hij speelde. Ze kon die angst niet verbergen en greep de hand van Alwin. "Houd me alsjeblieft vast," fluisterde ze. "Op de een of andere manier ben ik hier bang van geworden."

De rust in zijn stem kalmeerde haar. "Al moeten we de hele nacht zoeken, we zullen ze vinden. Kijk goed om je heen. Ik doe dat ook."

Ze hadden al wie weet hoe lang rondgelopen, toen ze opeens een bekende gestalte zag vlakbij een uitgang. "Daar. Dat is Niels."

Ze bleven staan. Alwin keek met haar mee, hoe de in een leren jack gestoken Niels een pakje overhandigde aan een opgeschoten jongen, die niet ouder kon zijn dan Lou en Wijnand waren, en die daarvoor geld kreeg. "Dat zijn zo goed als zeker geen munten om mee te spelen," reageerde hij op gedempte toon. "Het gaat om drugs, Marthe, en de mensen die hier werken doen net alsof ze van de prins geen kwaad weten."

"Laten we kijken waar hij heen loopt. Dan hebben we grote kans dat we bij Lou en Wijnand uitkomen." Ze greep zijn hand nog vaster beet.

"Je knijpt," bromde hij.

Ze bloosde en mompelde dat het haar speet, maar ze was zo bang dat ze haar greep niet verslapte. "Daar," bromde Alwin ineens. "Kom."

Een paar minuten later stonden ze achter Wijnand. Zijn blik was op de kast gericht en hij leek niets te merken van wat er om hem heen gebeurde. Het was de blik die ze al vreesde te zullen zien. Een blik waarvan ze bang was en die een misselijkmakend gevoel in haar maag veroorzaakte. Marthe's keel werd bijna dichtgeschroefd. Lou was overigens nergens te bekennen. Ze stonden stil achter Wijnand te wachten, tot het spelletje voorbij was en de jongen woest met zijn vuist op de kast sloeg, omdat hij voor wie weet de hoeveelste keer niets had gewonnen. Hij greep onmiddellijk in zijn zak om een volgend spel te kunnen spelen. Alwin liet Marthe los en legde een hand op de schouder van Wijnand. "Dat was je laatste spel. Mee naar buiten en dat wel direct, anders breng ik je regelrecht naar het politiebureau." De jongen schrok op uit de roes waarin hij verkeerde, anders kon Marthe het niet noemen. Hij schrok toen hij eerst Alwin zag en daarna zijn moeder. "Wat doen jullie hier?"

"Mee," bromde Alwin met zware stem. "Praten komt later wel."

Ze liepen in de richting van de deur waardoor ze binnen waren gekomen. Vlakbij zagen ze Lou, die zichtbaar schrok en nog voor ze buiten stonden, dook Niels op die hen met een verbeten trek om zijn mond volgde. "Wat is dat?" wilde hij tien meter verderop in de straat weten. "Hij kan niet weg voor hij mij betaald heeft."

"Heb je hem weer geld geleend?"

"Hij wilde dat zelf. Hij moest spelen. Dat moet hij eerst terugbetalen."

"Wijnand?" Ditmaal was het zijn moeder, die hem vragend aankeek.

"Maar vijftig euro, mam, het is nog niet helemaal op en als ik win, dan kan ik het terug betalen."

Niels had het lef hem uit te lachen. "Je kunt ook een klusje doen, dan is het probleem meteen opgelost."

Alwin rechtte zijn rug. "Je bent amper vrij na beschuldiging van heling en waarschijnlijk dealen van drugs. En daar wil je een jongen in betrekken? Ik ga regelrecht aangifte doen bij de politie. Wacht, de portier moet alles hebben gezien en…"

Ineens flitste er een mes, Wijnand rukte zich los, en ze zag Lou wegrennen, een of ander onguur steegje in. Marthe had het gevoel alsof haar hart bijna stil stond. Niels maakte een stekende beweging in de richting van Alwin, maar halverwege werd hij overmand door een in leren jack gestoken voorbijganger die kennelijk net een motor had geparkeerd. "Houd je rustig, vriend. Met messteken los je geen problemen op."

Niels probeerde zich los te worstelen, wat hem half lukte, hij maaide met zijn armen en in een onverhoedse beweging raakte hij Wijnand in de arm.

De jongen schreeuwde het uit.

Marthe had opnieuw het gevoel dat haar hart stilstond, maar de onbekende motorrijder had Niels inmiddels stevig vastgegrepen. "Laat dat. Ik heet Peter Vogelaar. Dat is niet mijn eigen naam, maar iedereen hier in de buurt weet wie ik ben. Doe aangifte bij de politie en noem die naam als getuige. Ik laat Niels wel afkoelen." Hij duwde hem weer in de richting van de deur en Niels vloekte er ongebreideld op los. Marthe keek geschrokken naar de bloedende arm van haar zoon.

Alles ging zo snel, dat ze het nauwelijks kon bevatten. Een paar tellen later had Alwin hen beiden op de achterbank van zijn wagen geduwd en reden ze met bijna onverantwoorde snelheid naar een niet ver weg gelegen ziekenhuis. Resoluut werd Wijnand door Alwin meegenomen naar de eerste hulp. Alles ging in een roes aan Marthe voorbij. Wijnand werd verbonden, er werd aangifte gedaan van de steekpartij en er werd beloofd dat Niels meteen zou worden gearresteerd als ze hem vonden. Van Lou was niets meer gezien of gehoord, maar daar kon ze zich nu niet langer druk om maken. Wijnand kreeg enkele hechtingen in een gapende wond op zijn onderarm, maar gevaar was er niet bij en toen hij verbonden was, reed Alwin de inmiddels lijkbleke jongen en zijn moeder naar huis. Zonder vragen te stellen ging hij mee naar binnen. "Neem een glaasje wijn of zo, Marthe. Je ziet er uit als een geest. Met jou is het trouwens niet veel beter gesteld, jongeman. Besef je wel, wat er is gebeurd vanavond?" vroeg hij op harde toon aan Wijnand.

"Lou wilde zijn broer weer eens zien, toen die hem belde om te zeggen dat hun moeder mogelijk binnenkort weer thuis zou komen en dat hij met Lou wilde praten. We spraken ergens af en toen stelde Niels voor om even te gaan spelen. Lou wilde niet, maar ik wel. Het is al zo lang geleden en ik mis het zo. We gingen mee om te spelen omdat ik dat wilde."

"Gaf Niels je geld of heb je erom gevraagd?"

"Ik heb er niet om gevraagd, mam. Hij gaf het uit zichzelf. Echt waar."

"Ja, hij drong het je op, zodat hij weer macht over je kreeg en jou in drugs kon laten handelen, om zodoende zelf buiten schot te kunnen blijven, nu hij weer eens op een rechtszaak zit te wachten. Wie weet hoeveel rechtszaken hem nog wachten in dit tolerante land, waar alles maar schijnt te kunnen."

Marthe schrok zelf van de harde klank in Alwin's stem.

"Jij hebt niets over mij te zeggen," bokte Wijnand opstandig.

"Besef je wel, dat die Niels mij moedwillig probeerde te verwonden of zelfs erger?" Alwin keek Wijnand strak aan. "Of ben je zover heen, dat zelfs dat niet meer tot je doordringt? In dat geval ga ik werk maken van een gedwongen opname in een afkickkliniek voor gokverslaafden. We hebben allebei je gezicht gezien, Wijnand, je moeder zowel als ik. Als jij speelt, dringt niets nog tot je door."

"Het is maar een spelletje en…."

"Het is geen spelletje meer en kijk hier eens naar." Hij pakte de arm niet bepaald zachtzinnig vast, zodat Wijnand bijna tegen wil en dank een kreet slaakte. "Au, au…"

"Het ging per ongeluk en het is slechts je arm. Volgende keer gaat het bewust en lig je zwaargewond in het ziekenhuis of erger nog in het mortuarium. En je moeder gaat er ondertussen aan kapot. Ben je een beetje trots op jezelf, snotneus, dat je je moeder dit allemaal aandoet?"

"Wat is dit voor herrie?" Agnes verscheen slaperig in haar korte nachthemdje. "Wijnand, je bloedt."

"Ja, zijn lekkere vriendje Niels wilde mij in het ziekenhuis laten belanden met zijn mes, maar raakte bij toeval je broer."

Het bloed begon door het verband heen te komen. "Misschien is

179

er een hechting los gegaan. Ik zal kijken. Wacht, roep Adelheid, die is handig in verbanden leggen en zo. Heb je steriel verband in huis, Marthe?"

Ze knikte en trillend op haar benen rende ze naar de badkamer.

"Ik ga tante Adelheid wel halen," hakkelde Agnes.

Even later legde deze een nieuw verband aan en hees ze de arm in een draagdoek. "Hoog houden. Dat het bloedt, is niet zo erg en de hechtingen zitten erin. Maar je maakt je veel te druk."

Wijnand was op de bank blijven zitten en was wit om de neus geworden van schrik bij de gedachte dat hij zo erg bloedde dat hij mogelijk terug moest naar het ziekenhuis. Marthe trilde nog steeds op haar benen. Ze nam en slokje van het glas port dat Alwin aan haar lippen zette. "Ga er maar bij zitten. Nu komt alle spanning eruit," suste hij haar en even legde hij kalmerend een hand op haar schouder. Midden in alle commotie ging de bel. Agnes ging kijken of de politie er misschien was en even later kwam Lou binnen, net als Wijnand nogal wit om de neus. "O gelukkig, je bent thuis, ik was al bang dat mijn broer je in het ziekenhuis had doen belanden."

Adelheid knikte naar Marthe. "Ik ben er, als je me nodig hebt, al is het midden in de nacht," knikte ze.

"Zitten," bromde Alwin op onverzettelijke toon tegen Lou. "Je begrijpt wel, dat jouw logeerpartij hier afgelopen is?" begon hij. "Je kunt straks meteen je spullen meenemen en vertrekken. Je broer zal tegen die tijd wel weer op het politiebureau zitten. Tenminste, dat mag ik hopen, anders verlies ik alsnog mijn allerlaatste restje vertrouwen in wat ze hier een rechtsstaat noemen."

"Het is mijn schuld," mompelde Lou aangedaan. "Niels belde me en ik heb mijn familie al zo lang niet meer gezien, dus… ik wilde eigenlijk alleen maar even thuis langs om ze gedag te zeggen, mevrouw Van Diepen, echt waar, maar toen wilde Niels ons meenemen en het was Wijnand die maar al te graag wilde, niet ik. Hij wilde spelen. Hoe kan ik hem dan tegenhouden?"

"Wijnand?" Marthe had zich min of meer vermand, nam het laatste slokje van de port en liet toe dat Alwin het glas bijvulde, want ze voelde nu al dat de drank haar rustiger maakte. "Wat zeg jij daarop?"

De jongen schokschouderde nogal weerbarstig. "Dat zei ik al, mam. Gewoon een beetje spelen, niets ergs, alleen maar ontspannend. Niels nam ons dus mee, en we zijn echt waar niet in het casino geweest."

"Dat weten we, want daar hebben we je eerst gezocht, nadat je moeder merkte dat je verdwenen was zonder er haar iets van te vertellen. We wisten meteen, dat je zou gaan gokken, Wijnand. Je bent er hartstikke verslaafd aan, ontken dat maar niet. De eerste stap om ervan af te komen is toch, dat je er zelf van doordrongen moet zijn dat je het misschien niet wilt, maar dat je het niet kunt laten om te gaan gokken."

"Het is een drang," knikte hij. "Mam, ik heb zo'n pijn."

"Je krijgt straks wel een pijnstiller, als de verdoving is uitgewerkt.

Wijnand keek inmiddels naar zijn gewonde arm alsof het nu pas tot hem doordrong wat er echt was gebeurd. "Niels heeft dit gedaan," hakkelde hij. "Hij wilde Alwin verwonden en deed het mij."

"We mogen ons gelukkig prijzen dat die Peter Vogelaar langs kwam. Hij was er getuige van en het leek erop dat hij Niels aankon, maar of hij betrouwbaar is, zullen we misschien nooit weten. Marthe, ben je weer een beetje tot jezelf gekomen?"

Ze zette het tweede glaasje onaangeroerd weg. "Ik wil niets meer drinken. Ik wil koffie."

"Dan slaap je straks helemaal niet meer."

"Dat doet er niet toe." Ze stond op. "Jij ook, Alwin?"

"Graag. Lou, pakken. Je hebt nu gezien, waartoe je broer in staat is en laat dat een les voor je zijn, maar Wijnand moet rust hebben, want het is een diepe wond die hij heeft opgelopen, en mevrouw Van Diepen heeft voor even genoeg aan de zorgen van haar eigen gezin."

Lou knikte stilletjes en verdween. Toen hij even later terug kwam, keek hij Marthe onzeker aan. "Het spijt me echt, mevrouw. Ik heb dit niet gewild, maar ik bedank u, dat ik een poosje bij u mocht logeren. En ik meen echt wat ik eerder vandaag ook al heb gezegd. Ik ga er alles aan doen mijn school af te maken en een fatsoenlijk leven te leiden, zelfs al moet ik daarvoor tenslotte breken met mijn familie."

Ze kon niets uitbrengen. De stilte die daardoor ontstond, werd verbroken door de bel. Even later stonden er twee politieagenten binnen en Lou mocht nog niet weg.

Alle verhalen werden genoteerd, de wond van Wijnand nauwkeurig bekeken, de naam van het ziekenhuis opgeschreven waar Wijnand was verbonden en ook de naam van de getuige werd genoteerd. "De dader is al in hechtenis genomen voor een verhoor," kregen ze te horen, "maar we weten nog niet of er voldoende grond is om hem langer vast te houden." Ook Lou werd het hemd van zijn lijf gevraagd.

Het was bijna twee uur in de nacht, eer Lou zowel als de agenten vertrokken waren, Wijnand na het slikken van een pijnstiller naar bed was gegaan en Alwin Marthe onderzoekend aankeek. "Het was me het dagje wel," bromde hij. "Gaat het weer een beetje?" Ze knikte, maar de tranen die eindelijk begonnen te stromen, weerspraken haar woorden. "Het komt wel weer goed met ons," hakkelde ze.

Maar gewillig liet ze zich door Alwin troosten. Toen ze minuten later haar neus snoot, keek ze hem verlegen aan. "Ik had me geen raad geweten, vanavond, zonder jou, maar door ons toedoen was je bijna in het ziekenhuis beland."

"Laten we hopen, dat je zoon zijn les heeft geleerd, Marthe, en dat hij eindelijk bereid is om hulp te zoeken. Want jij en ik zullen het toch wel met elkaar eens zijn, dat hij hier niet alleen uit komt."

Hoofdstuk 17

Wijnand liet zich de volgende dag nauwelijks zien, bleef op zijn kamer en werkte in stilte zijn eten naar binnen. Kort na het middaguur verscheen Lou met een wit gezicht op de stoep. "Is het goed als ik de rest van mijn spullen kon halen, mevrouw Van Diepen?"

Ze kon het moeilijk weigeren, liet echter alle deuren openstaan zodat ze met gespitste oren kon volgen wat er in de kamer van Wijnand gebeurde. Tot haar verwondering was het Lou, die verontschuldigingen maakte. "Het spijt me van gisteren," hoorde ze hem opmerken. "Niels heeft een slechte invloed op ons allemaal. Hij is net als mijn vader."

Opnieuw werd Marthe geraakt door een pijnlijke ondertoon in de stem van de jongen. Wat jammer, dat Lou niet sterker was, maar wat was een kind van zestien als die geheel zonder steun van zijn familie op het rechte pad moest zien te blijven?

Lou had niet lang werk. "Nu, tot ziens dan," hoorde ze hem tenslotte opmerken, "dat wordt wel na de vakantie, op school."

"Ik mag niet meer spelen van mijn moeder," eindelijk hoorde ze haar eigen zoon en opnieuw nuchter hoorde ze de hunkering in zijn stem. In een flits besefte ze, dat ze niet alle schuld op Lou moest schuiven. Het was inderdaad haar zoon, die de verleidingen van het gokspel niet kon weerstaan!

"Je moet het zelf niet meer willen. Het brengt alleen maar ellende. Blijf bij mijn broer uit de buurt. Die probeert toch weer je te verleiden te gaan spelen, zodat hij je kan laten doen wat hij wil dat je doet. Hete kastanjes voor hem uit het vuur halen, zodat hij zelf buiten schot blijft. Hij kent meer jongens als jij, en ze komen uiteindelijk allemaal met de politie in aanraking. Dag."

Marthe stond op en ving Lou in de hal op. "Dank je Lou, voor wat je Wijnand net voorgehouden hebt," zei ze en al was ze zoveel ouder, ze voelde zich op dat moment onzeker over deze jongen. "Het spijt me zo voor jou, dat je zo moet opgroeien."

Hij keek haar aan met een wijsheid in zijn ogen, die beslist niet te verwachten was voor een opstandige puberjongen van zestien jaar. "Mijnheer Van Dijk wil me helpen om in een of andere opvang te komen, mevrouw Van Diepen, zodat ik een tijd thuis weg ben. Daar hoop ik op, maar ik moet er kennelijk nog even op wachten."

"Het spijt me voor je, Lou, maar ik moet Wijnand bij je broer weg kunnen houden."

Hij knikte. "Wijnand kan de verleiding van het spel niet weerstaan. Ik wel. Dat is het verschil, dat heb ik u al eerder verteld. Hij moet hulp zoeken."

"Hoe gaat het nu met je moeder, Lou?"

"Ze heeft sinds vorige week nieuwe medicijnen gekregen." Hij keek triest. "Mijn moeder heeft al zo vaak andere medicijnen gehad. Dan gaat het een poosje wat beter en dan neemt ze die niet meer in omdat ze denkt dat ze beter is, waarna alles weer van voren af aan begint."

"Het spijt me werkelijk voor je, Lou. Pas goed op jezelf. Als je, eh, in een tehuis terecht komt, wil je me dan het adres sturen? Als je dat prettig vindt, kom ik je daar zo nu en dan opzoeken."

"Dat is aardig van u en ik zou het fijn vinden," antwoordde hij en ze zag aan zijn ogen dat hij het meende.

Ze voelde zich niet bepaald opgelucht, toen hij weg was gegaan. Ze voelde zich zelfs een beetje schuldig, besefte ze. Niet veel later had ze het telefoonnummer van Ron van Dijk opgezocht.

"Gelukkig, je bent thuis," verzuchtte ze.

"Ik heb Lou vanmorgen aan de telefoon gehad en weet dus

ongeveer wat er gebeurd is. Is Wijnand thuis?"

"Ja. De wond doet pijn."

"Mag ik even langs komen, Marthe? Ook voor een goed gesprek met je zoon, nu de wonden nog vers zijn, letterlijk zelfs?"

"Graag. Hij wil van mij toch geen goede raad aannemen en zijn vader in deze inschakelen, zie ik ook niet als een oplossing."

"Ik moet eerst eten, en ben er over een uurtje."

"Tot straks."

Zou ze Alwin bellen? Nee, beter van niet, besefte ze. Alwin had al zoveel gedaan en samen met Ron over de vloer, dat leek haar momenteel minder gewenst. Ron had overwicht op kinderen als Lou en Wijnand. Hij ging al vele jaren met jongens van die leeftijd om, had al zo veel zien gebeuren. Hij had soms kunnen helpen, als een kind dreigde te ontsporen, maar had ook geleerd dat hij soms machteloos stond. Moest ze Bert bellen? Nee, dat was wel het laatste waar ze zin in had. Vreemde ogen als die van Ron konden soms dwingen, en een ding was nu belangrijk: Wijnand moest toegeven dat hij gokverslaafd was en geen weerstand kon bieden aan de verleidingen van het spel. Hij moest aanvaarden, dat hij hulp nodig had om er van af te komen, hulp die zij hem niet geven kon. Ron evenmin, maar er waren instellingen die daartoe beter uitgerust waren. Ze zuchtte. Opname in een soort tehuis, zoals Lou wachtte, maar dan voor verslaafde jongens? Dan kwam Wijnand ook in aanraking met andere verslaafden als drugs en drank, en van die gedachte werd ze eenvoudig akelig om het hart.

Midden in die overpeinzingen schrok ze op van Agnes, die met kringen onder haar ogen binnen kwam. "Mam, ik ga een poosje naar Annelies. Ik heb gehoord, dat je mijnheer Van Dijk hebt opgebeld."

"Hij komt straks langs. Wijnand moet hulp hebben om het gokken te kunnen laten."

"Ik betwijfel of dat zal lukken," meende haar dochter en in haar hart moest Marthe haar gelijk geven, maar dat zei ze natuurlijk niet.

"Ga maar. Blijf niet te lang weg."

"Goed hoor, mam. Sterkte ermee. Van Dijk is aardige vent."

"Dat weet ik."

Agnes was nog maar een half uur weg, die tijd had ze met een verslagen gevoel op de bank gezeten, zonder te weten wat ze kon of wilde doen, toen de telefoon ging. "Met Alwin. Gaat het een beetje?"

"Lou is zijn spullen op wezen halen. Hij is terug gegaan naar zijn ouderlijk huis, maar hier kon hij echt niet langer blijven. Toch is Lou niet slecht, Alwin."

"Nu, ik zou de invloed die hij op Wijnand heeft liever niet onderschatten."

"Het zijn zijn broer en zijn vader, die op het verkeerde pad zijn gegaan, en aan zijn moeder heeft hij waarschijnlijk al vele jaren niets meer gehad, omdat die patiënt is en er niet voor haar kinderen kan zijn. Heus, het zal Lou geen kwaad doen om een poosje in een instelling te gaan wonen, waar er op hem gelet wordt en waar hij met hard werken zijn opleiding kan afronden. Ik wil eigenlijk wel contact met hem houden, want ik heb het nog steeds met hem te doen."

"Gevaarlijk," zei Alwin en dat was vanzelfsprekend waar vanwege Niels.

"Ik heb Ron van Dijk gebeld. Die regelt het immers, dat Lou straks ergens anders heen kan, en ik wil zijn advies hoe ik het voor elkaar kan krijgen, dat Wijnand goede hulp krijgt om van zijn verslaving af te komen."

"Die hulp kan pas werken als Wijnand zelf zover is dat hij zijn verslaving wil overwinnen, Marthe."

Het was akelig het Alwin zo ronduit te horen zeggen, maar ze wist dat hij gelijk had en ze besefte dat ze opnieuw een stap verder kwam. "Mijn zoon is verslaafd. Gokverslaafd. En daardoor is zijn hele toekomst op losse schroeven komen te staan, want ik moet nog maar afwachten, of hij dat kan overwinnen. Blijvend kan overwinnen."

"Als ik je helpen kan hem te motiveren, dan graag, Marthe. Misschien heb je dan het gevoel er toch wat minder alleen voor te staan."

"Dank je," fluisterde ze ineens behoorlijk aangedaan, "maar het is prettig te weten, want de verantwoordelijkheid drukt als een loden last op mijn schouders."

"Ik ben er voor je. Komende week ben ik overigens voor de zaak naar Amerika, waar onze firma iets aan het opstarten is, maar mag ik langs komen als ik weer terug ben?"

"Graag. Wanneer ga je weg?"

"Morgenochtend heel vroeg. Ik zal je missen, Marthe."

"Ik jou ook," antwoordde ze, een beetje overvallen doordat hij gisteren er met geen woord over had gerept dat hij morgen naar een ander continent zou vliegen. Maar tijd om daarover te piekeren kreeg ze niet, want Alwin had een paar minuten later nog niet opgehangen, of de bel van de voordeur ging.

Ron keek haar met zijn rustige glimlach aan. "Daar ben ik dan. Ik neem aan, dat je erg geschrokken bent, gisteren?"

"Vreselijk," bekende ze.

"En Wijnand?"

"Die is aldoor op zijn kamer."

"Waarschijnlijk voelt hij toch iets van schaamte over zijn zwakte, en vindt hij het moeilijk om je onder ogen te komen. Welke deur is van zijn kamer?"

Ze wees het hem en zonder te aarzelen opende hij die. "Zo Wijnand, spelletjes aan het doen?"

"Een spelletje. Wat doet u hier, mijnheer Van Dijk?"

"Ik wil graag even met je praten over wat er gisteren is gebeurd," antwoordde de leraar op zijn gebruikelijke, rustige toon die meer overwicht op jongens als Wijnand had dan druk gedoe en verheven stemgeluid. "Kom in de kamer zitten. Ik wil ook met je moeder praten."

"Waarom?"

"Omdat ik het nodig vind. Kom mee."

Gelukkig verzette haar zoon zich niet, waar Marthe diep in haar hart toch een beetje bang voor was. Ze haastte zich koffie te maken, ook voor Wijnand en zichzelf.

"Waar is Agnes?"

"Die heeft haar toevlucht gezocht bij een vriendin."

"Dat is goed. Wel Wijnand, laten we beginnen om te luisteren naar jouw versie van wat er gisteren is gebeurd."

"We hebben een leuke dag gehad in de Efteling, met ma d'r nieuwe vriend. Hij is toch je vriend, mam?"

Ze bloosde ervan. "Een goede vriend, geen nieuwe relatie. Daar ben ik nog niet aan toe."

"O, nu ja, ik dacht... maar dat doet er niet toe. Lou was ook mee. Hij logeert hier. Of nu ja, dat deed hij tot gisteravond. We zaten op mijn kamer, toen zijn broer hem belde."

"Niels."

"Hij heeft geen andere broer. Lou miste zijn familie en we gingen ze opzoeken. Niels had hem gezegd dat hij hem ook miste, moet u weten. Niels had wat afspraken en wilde een beetje plezier gaan maken. We zijn mee geweest."

"Wilde Lou dat of jij?"

"Allebei."

"Niet helemaal, Wijnand." Ron keek streng. "Lou heeft mij uit eigen beweging vanmorgen gebeld, om zijn versie van het gebeurde te geven. Hij heeft me gevraagd, er nogmaals op aan te dringen dat hij snel in een instelling kan gaan wonen, want hij begrijpt zelf ook wel, dat zijn verblijf hier slechts tijdelijk kon zijn en gezien de laatste gebeurtenissen verder onmogelijk is geworden."

"Gaat Lou ver weg?"

"Ik ga er morgen meteen werk van maken. Hij wil het graag. Hij is zich er al een poosje van bewust, dat het geen leven voor hem is daar thuis. Hij wil niet eindigen als zijn vader of zijn broer."

"Of zenuwziek worden als zijn moeder."

"Zijn moeder lijdt aan ernstige perioden van depressie en dat is een hele nare ziekte die een goede behandeling behoeft."

"O." Hij keek betrapt van Ron naar zijn moeder. "Toch gek dat je de meester in zijn vakantie hebt gebeld, mam, en dat hij nog komt ook, zelfs al is het zondag."

"Ik heb je moeder gebeld, nadat ik Lou had gesproken. Ik begreep van Lou, dat jij vooral degene was die graag met Niels mee wilde, omdat je wilde spelen."

Wijnand werd rood en de bekende afwerende uitdrukking verscheen op zijn gezicht. "Mam deed daar ook al moeilijk over. Gewoon even een paar spelletjes spelen, wat is daar nu mis mee? Het was al een hele tijd geleden."

Van Dijk keek strenger. "Had je er geld voor?"

"Ik moet mijn moeder al het geld van mijn krantenwijk geven, om oude schulden af te betalen."

"Logisch. Het groeit je moeder ook niet op de rug en je had hoge schulden gemaakt. Bovendien had je beloofd, niet meer te spelen."

"Even maar."

"Voor een gokverslaafde bestaat er geen 'even'. Goed, je had misschien een paar euro te besteden. Wat gebeurde er toen die op waren?"

Hij schokschouderde bijna nonchalant. "Niels wilde me wel vijftig euro voorschieten."

"Waarom pakte je die aan? Had je je moeder niet beloofd, niet meer te spelen? Geen geld meer van Niels te lenen, omdat je wist hoe hij op een gegeven moment terugbetaald wilde worden?"

"Daar dacht ik niet langer aan. Ik wilde gewoon verder spelen, dan zou ik het wel weer terug winnen."

"Een gokverslaafde verwacht altijd snel te winnen, maar dat gebeurt bijna nooit, Wijnand."

"Ik ben niet verslaafd, zoals u beweert."

"De eerste stap naar genezing van je problemen is, dat je beseft dat je wel degelijk aan het spelen verslaafd bent, en dat je er geen weerstand aan kunt bieden, tenzij je hulp krijgt."

"Wat nu: hulp?"

"Denk je niet, dat het inmiddels zo ver is gekomen, dat je in behandeling moet? Na gisteren moet je toch toegeven wat je moeder en ik al langer beseffen, en dat is dat een verslaving overwinnen bijna niet te doen is in je eentje."

"Wie zegt, dat ik nooit meer mag spelen?"

"Dat zal iedereen zeggen, die iets weet van verslavingen. Kijk, je moeder kan rustig een glaasje wijn drinken en dan de fles wegzetten. Iemand die aan drank verslaafd is, drinkt de hele fles leeg. Die kan niet stoppen. Heel veel mensen, waaronder je vriendje Lou, spelen een paar spelletjes en stoppen er dan gewoon mee. Maar jij blijft doorspelen. Je kunt er niet mee stoppen op een verstandig moment, en dat is nu precies de kern van het verslaafd zijn, Wijnand. Daar heb je hulp bij nodig. Net als een drankverslaafde helemaal niet meer drinken moet, om de drang op lange termijn te kunnen weerstaan, moet een gokverslaafde niet denken, dat hij er na drie of vier spelletjes gewoon mee op kan houden, want dat is niet zo. Daar moet je je van bewust worden."

"Ik wil gewoon een beetje lol hebben."

"Dat kan ook op andere manieren. Hoe is het met je arm?"

"Doet nog pijn, maar ik heb wat geslikt. Het valt wel mee."

"Het had gisteren ook heel anders kunnen aflopen. Wat vindt je nu van Niels?"

Wijnand keek van hem weg.

"Is hij een crimineel?" vroeg Van Dijk rustig.

"Ja, natuurlijk, maar hij is ook tof, want hij is nooit te beroerd om me iets voor te schieten."

"En dat moet je dan dubbel terugbetalen. Met woekerrente! En kun je dat niet, mag je hem volgen op het duistere pad van de criminaliteit. Wil je werkelijk zo leven, Wijnand? Dealen in drugs, handelen in gestolen goederen, keer op keer opgepakt worden, rechtszaken die je wachten, en ongetwijfeld daarna perioden in de gevangenis waar je terecht komt tussen nog meer van die lekkere jongens als Niels?"

"Nee, natuurlijk niet."

"Denk daar maar eens goed over na. Als je dat nu niet inziet, zit je daartussen gevangen voor je het weet. Je hebt voldoende gezond verstand, om te beseffen dat ik gelijk heb, maar je moet er zelf voor kiezen om niet meer te willen gokken, om je opleiding af te maken en daarna iets te bereiken in de wereld. Je staat op een tweesprong en je moeder wil niets liever dan je helpen. Ik wil niets liever, dan je eveneens de helpende hand toesteken, maar de enige die de beslissing kan nemen, ben je zelf. Want als je zelf niet inziet wat er dreigt te gebeuren, wat je zwakheid is, dan zal geen enkele hulp baten."

"Wie zegt dat?"

"Gisteravond is dat bewezen."

De jongen schokschouderde onwillig. "Maar wat moet ik dan? Het is vakantie en Lou zie ik waarschijnlijk niet meer. Ik heb niemand."

"Daar maakt je moeder zich juist zorgen over. Zij moet vele uren in de week werken, Agnes heeft haar vriendin Annelies, en dan ben jij thuis. Je moeder vreest elke dag, dat je opnieuw wegglipt om te gaan spelen. Ik heb voldoende connecties om ervoor te zorgen, dat je de rest van de vakantie ergens opgenomen kunt worden."

"Ik ben niet gek!!!" Woede en machteloosheid vlamden in de ogen van de jongen op, toen hij zijn leraar aankeek.

"Dan ben je uit de buurt van de verleiding en kan de behandeling beginnen. Als je er zelf voor kiest, zal ik morgen meteen als gezegd mijn relaties aanboren."

"Mam? Moet dat echt?"

"Het is jouw leven, jouw toekomst die nu op het spel is komen te staan. Jouw leven." Haar stem brak. "Waarom ben je toch met Niels meegegaan? Je weet toch hoe hij is? Je hebt zoveel beloftes gedaan, maar je houdt je er nooit aan. Ik heb je tot twee keer toe met geld uit de brand geholpen, maar het is definitief de laatste keer geweest, Wijnand. De les die ik te leren heb gekregen is toch, dat ik mijn eigen kind niet vertrouwen kan, hem niet helpen kan en hem er niet voor kan behoeden in de goot terecht te komen. Jij moet kiezen, zoals Ron zegt."

"Het is inderdaad jouw leven, Wijnand," voegde de leraar er nog eens nadrukkelijk aan toe.

Hoofdstuk 18

Zo was het leven, peinsde Marthe twee weken na dat enerverende weekeinde. Soms kabbelde het lange tijd rustig voort, dan ineens gebeurde er van alles tegelijk. Het was inmiddels een jaar geleden, sinds ze de grote schok te verwerken had gekregen, te ontdekken dat haar man er een verhouding met een andere vrouw op na hield en erger nog, dat hij liever met die ander verder wilde dan met haar. Het had een hoop pijn en verdriet gekost, en nog meer onzekerheid, maar die schok had ze overwonnen en de bijtende pijn van het begin was overgegaan in een beurse plek van binnen, die ze nog heel lang en misschien wel de rest van haar leven met zich mee zou moeten dragen. De pijn van het bedrogen worden was een ding, de pijn die erop gevolgd was toen ze ontdekte dat hij geen scrupules tegenover haar had en nauwelijks nog belangstelling toonde voor zijn kinderen, was nog erger geweest. De vakantie in Amerika leek alweer een eeuwigheid te zijn geleden. Haar angst dat Agnes en Wijnand toch bij hem wilden gaan wonen, was min of meer weggeëbd. Van Agnes was ze zeker, maar van Wijnand niet. Wat Wijnand betrof, was ze nergens meer zeker van.

Ron had hemel en aarde bewogen, en afgelopen woensdag waren ze samen Wijnand weg wezen brengen. Hij had daar een intakegesprek gehad en mocht daarna blijven, voor vier weken. Er waren nog jongens op vakantie, dat maakte de weg voor hem tijdelijk vrij. Daarna was er een gesprek gevolgd met haar en Ron had daar als leerkracht bij gezeten. Het was hen in klare bewoordingen duidelijk gemaakt, dat Wijnand de komende vier weken niet zou kunnen spelen en zodoende niet in de ban zou komen van Niels, maar dat hij daarna weer naar school zou moeten en dat zijn verslaving niet in zo'n korte tijd overwonnen zou zijn. Ze hoopten slechts, dat zijn contacten met andere jongens die verslaafd waren geweest, hem zo zouden schokken dat hij daarna meer gemotiveerd zou zijn om zelf nooit zover te willen afglijden. Meer dan er het beste van hopen, kon ze dus niet. Maar voor dit moment was er rust.

Ze kon haar werk doen zonder de hele dag bang te zijn dat Wijnand weer bezweek voor de verleiding toch te gaan spelen, als zij haar hielen lichtte. Ze kon tot rust komen. Agnes miste haar broer duidelijk en trok meer met Annelies op dan ooit tevoren. Ach ja, nog maar een jaar geleden waren ze een gewoon gezin met vier personen geweest. Nu was ze samen met haar dochter overgebleven, het gezin gehalveerd, de stilte in huis was soms ondraaglijk. Het was ook niet langer haar oude, ruime huis met de mooie tuin. Ze was er onlangs een keer langs gereden, maar dat had zoveel pijn gedaan. Agnes herademde ook nu er weer rust was in huis en haar moeder niet aldoor zo gespannen meer was. Ze had geen vriendinnetjes in de buurt, die ze al haar hele leven kende, zoals in hun vroegere dorp wel het geval was geweest.

Het was vrijdagmiddag geworden en zo meteen ging ze de aardappels schillen. Twee aardappeltjes, alleen voor zichzelf. Agnes at vanavond bij Annelies. Het was voor het eerst sinds de vakantie van de kinderen, dat ze weer alleen zou eten en ze zag er zelfs een beetje tegenop. Ze zou maar doen als toen: de televisie aanzetten en haar bord meenemen naar de bank. Zo hadden ze vroeger ook wel eens gegeten, als er een spannende voetbalwedstrijd op de televisie was die Bert vanzelfsprekend niet wilde missen, toch weer een pijnlijke herinnering.

Marthe vermande zich. De rust was goed voor haar. Alwin had haar gisteren opgebeld of ze dit weekeinde met hem uit eten wilde, nu ze zich geen zorgen meer hoefde te maken over de vraag of haar zoon dan stiekem de deur uit zou glippen om toch weer te gaan gokken. Ze had de uitnodiging gretig aangenomen en hem verteld wat er sinds zijn laatste telefoontje allemaal was gebeurd. Hij was ervan onder de indruk dat Ron zo snel een plekje voor Wijnand had gevonden. Ze had hem verzekerd, dat ze de rust goed kon gebruiken in de komende paar weken. Adelheid beloofde, dat Agnes bij haar mocht eten als zij met Alwin weg was.

De volgende dag bracht een telefoontje van Ron, die haar wist te melden dat Niels de vorige avond op heterdaad was betrapt en opnieuw vast zat. Hopelijk stond hij deze keer niet opnieuw binnen de kortste keren buiten! Draaideurcrimineel, besefte Marthe. Opnieuw ondervond ze het onrechtvaardige van het rechtssysteem aan den lijve. Daarna vroeg Ron nadrukkelijk, hoe het nu met haar was en stelde hij voor vanmiddag samen ergens koffie te gaan drinken, nu ze een vrije dag had. Omdat ze zo dankbaar was voor wat hij allemaal voor haar, maar natuurlijk vooral voor Wijnand deed, stemde ze daarmee in. Ineens was deze dag niet meer zo lang en leeg en hoefde die niet enkel meer gevuld te worden met wassen en strijken, stofzuigen en planten water geven om maar niet te hoeven piekeren. Gelukkig dat ze morgen weer moest werken. Ze haalde de wekelijkse boodschappen en kleedde zich, na de twee boterhammen tussen de middag, om. Agnes giechelde een beetje, toen ze hoorde dat haar moeder met Van Dijk op een terrasje ging zitten.

"Kijk maar uit, mam. Er zijn nu twee kerels, die het vuur uit hun sloffen lopen om indruk op je te maken." Ze vond dat uiterst grappig, want in de ogen van een veertienjarige was een vrouw van drieënveertig vanzelfsprekend ongeveer hetzelfde als een hoogbejaarde.

Ze kwamen inderdaad op een leuk terrasje terecht en even voelde ze zich ongemakkelijk. Ze was immers verliefd op Alwin, ze had hem in de afgelopen dagen soms verschrikkelijk gemist en keek nu al erg uit naar komende zaterdag. Ze had dan dagdienst, maar kon daarna snel naar huis om zich op te frissen en om te kleden, en dan…. Misschien had hij haar net zo hard gemist als zij hem, tijdens zijn reis naar Amerika. Sinds die zondag dat alles uit de hand was gelopen had ze hem niet meer gezien. Ze had hem erg gemist.

"Ik kan je niet genoeg bedanken, dat je Wijnand zover hebt gekregen dat hij veilig daar zit," begon ze over het hete hangijzer, de diepste reden natuurlijk waarom ze nu hier met Ron was beland.

"Ik ben er zelf ook opgelucht over. De jongen zat werkelijk in de gevarenzone, Marthe. Ik maak me altijd veel zorgen over mijn leerlingen, zeker als ze zoals Wijnand nooit problemen gaven en goede cijfers haalden, en dan gaat het ineens aan alle kanten mis."

"Volgens mij heb je nooit iets anders willen worden dan leraar," glimlachte ze, om de spanning die ze voelde wat te neutraliseren.

"Nooit." Hij lachte voluit. Hij was leuk om te zien, charmant, een man met zijn hart op de juiste plaats, maar hij maakte niet de gevoelens in haar los waar Alwin geen enkele moeite voor hoefde te doen. Raar was dat, besefte Marthe. Maar goed, hij was de leraar van haar zoon, ze waren door alle gebeurtenissen in zekere zin bevriend geraakt, en als dat zo zou kunnen blijven, was vooral Wijnand daarmee gediend.

Hij nam haar onderzoekend op. "We zullen maar hopen, dat ze in de komende weken veel bij Wijnand bereiken. Er is nog een nieuwtje. De moeder van Lou is gisteren thuisgekomen voor een proefverlof van een paar dagen. Ze schijnt goed op de laatste verandering van de medicatie te reageren. Lou is nog thuis, hij kan pas in het tehuis dat voor hem gevonden is terecht als de scholen weer beginnen."

"Lou heeft een goed inborst, maar groeit op in een foute omgeving," beaamde ze hardop.

"Dat heb je goed uitgedrukt, Marthe. Ik wilde maar, dat ik Lou meer kansen mee kon geven dan hij nu krijgt. Een instelling is ook niet alles."

"De jongen is niet verslaafd en gemotiveerd om iets in het leven te bereiken, Ron. Dan lukt het hem hopelijk. Ik hoop maar, dat Wijnand straks met evenveel motivatie aan zijn nieuwe schooljaar zal beginnen."

Het werd nog een gezellig uurtje, waarin hij op een prettige manier vertelde over zijn eigen kinderen. Toen ze afscheid namen, kreeg ze van hem een zoen op de wang, maar opnieuw maakte hij niets in haar los. "Dag, tot ziens," groette ze voor ze op de fiets stapte om naar huis te gaan.

"Ja, tot ziens. Als je wat van Wijnand hoort, laat je me dat dan weten?"

"Beslist.

Bijna thuis nam ze opnieuw een impulsieve beslissing. Voor ze het wist, stond ze voor het rommelige huis en net als bij eerdere keren het geval was geweest, slingerden er allerlei onderdelen en een half uit elkaar gehaalde motor op straat. Ze belde aan en even later was het Lou die opendeed. De jongen lachte breed. "Nee maar, mevrouw Van Diepen!"

"Ik hoorde van mijnheer Van Dijk, dat je moeder een paar dagen thuis is. Ik zou haar graag even willen zien en ik wil van jou weten, hoe het inmiddels met je gaat, Lou."

Ze volgde de jongen naar binnen. De vrouw, nog steeds met zwaar overgewicht, gaf haar een hand en haar ogen stonden veel en veel helderder dan de eerste keer, maanden geleden alweer, dat Marthe haar had ontmoet en toen was ze een en al triestheid en onverschilligheid geweest.

"Lou heeft me over u verteld." Uit eigen beweging vertelde ze dat, terwijl de jongen haar een glaasje sinaasappelsap voorzette dat ze niet durfde te weigeren hoewel ze er geen trek in had. Het ging echter om meer dan dat sap, het ging om de goede wil die eruit sprak.

"U ziet er veel beter uit."

"Ik moet medicijnen blijven slikken," antwoordde de ander. "Ik weet nu, dat ik ze misschien wel mijn leven lang moet blijven slikken. Met Lou gaat het goed, maar mijn oudste zoon…. Hij zal een tijdje moeten zitten."

"Misschien leert hij er iets van en betert hij zijn leven."

"Dat heb ik van mijn man ook lang gehoopt. Maar ja, ik kan die twee niet loslaten, hè? Je houdt toch van ze."

Marthe reageerde er niet op en keek naar Lou. "Je ziet er goed uit, Lou."

"Ik kijk er naar uit, straks in het instituut te gaan wonen, mevrouw Van Diepen. Momenteel word ik bijgespijkerd door mijnheer Van Dijk, want de laatste jaren ben ik nogal achterop geraakt. Maar ik ga mijn best doen, en ik blijf daar wonen tot ik een diploma heb gehaald. Ik heb u beloofd dat me dat zou lukken."

"Geweldig," lachte ze en ze meende het oprecht. Toen ze niet veel later alsnog thuis kwam, was ze blij dat ze gehoor had gegeven aan haar impuls. Ze had zich toch niet vergist in Lou, die keer toen iets in de ogen van die jongen haar hadden laten hopen, dat hij anders was dan zijn vader en dan Niels. Ze kon alleen maar hopen, dat de gevolgen van hun vriendschap voor haar eigen zoon niet zo ingrijpend zouden zijn, als ze nu nog vreesde.

Die zaterdag aten ze in een Grieks restaurant, het was er bomvol en nogal lawaaiig, zodat er van een diepgaand gesprek niets terecht kwam, maar ze was blij Alwin te zien en stelde opgelucht vast dat hij ontspannen was en gewoon grapjes maakte. Het eten was er verrukkelijk, daarom had hij haar ook meegenomen, vertelde hij toen ze terug reden. Hij had haar gewoon een onbezorgde avond willen bezorgen, omdat hij vond dat ze daar aan toe was geweest. Bij het afscheid sloeg hij een arm om haar heen en bijna verlegen had hij haar een kus op de mond gegeven.

Adelheid vroeg haar een week later, of ze het leuk zou vinden om op hun volgende gezamenlijk vrije dag samen te gaan winkelen in Dordrecht. "We hoeven niet eens iets te kopen, het is gewoon een leuke oude stad en we kunnen er een broodje gaan eten op een zonbeschenen terras," lachte ze.

"Leuk," reageerde Marthe welgemeend. "Ik ben er wel aan toe, er weer even tussenuit te zijn."

"Ga je in de herfstvakantie nog naar Drenthe?" vroeg Adelheid, nadat ze Marthe aan een onderzoekende blik had onderworpen, die misschien meer zag dan Marthe prijs wilde geven.

"Ik weet het nog niet. Dat hangt van Wijnand af."

Adelheid ging zitten. "Je houdt je zorgen graag voor je, is het niet?"

Daar moest Marthe even over nadenken. "Misschien. Ik ben gewoon zo, denk ik."

"Of je had een man die er niet graag naar luisterde, als je je hart luchtte."

"Dat ook," moest ze toegeven, "dus dan houd je na een aantal keren vanzelf je gedachten voor je."

"Dat is niet goed in een huwelijk. Dan moet je juist met elkaar kunnen delen wat je voelt."

"Kon jij dat met Bram?"

Adelheid gaf dat grif toe. "Mede daarom is er geen ruimte meer gekomen voor een andere man," meende ze. "Wat ik met hem heb gedeeld, krijg ik nooit meer terug met een ander. Ik koester mijn mooie herinneringen, en heb geleerd mijn leven zelf vorm te geven. Je weet hoe ik erover denk, het is soms domweg prettig, te kunnen doen en laten wat je wilt en met niemand anders rekening te hoeven houden dan met jezelf. En wil ik mijn hart eens luchten, luistert hond Brammetje met kwispelende staart."

Marthe schoot in de lach. "Jij met je hond!"

"Het is geweldig, zo'n lief en trouw maatje te hebben. Er is altijd iemand blij als ik thuis kom." Ze schoot in de lach. "Bovendien heb ik een lieve buurvrouw, die hem graag uitlaat als ik er niet ben of een keertje snotverkouden in bed lig."

Marthe moest ook lachen en voelde zich weer veel vrolijker worden. "Bij mij zijn het de kinderen die de leegte vullen, maar als ik er soms aan vooruit denk dat ze over een paar jaar op eigen benen staan, kan de schrik me soms om het hart slaan."

"Jij blijft niet alleen," wist Adelheid met stellige zekerheid.

"Dat zeg jij."

"Mijn zwager aanbidt de grond waarop je loopt."

Ze bloosde. "Sla niet zulke ouderwetse wartaal uit."

"Ander onderwerp," grinnikte Adelheid echter onbekommerd. "Volgens mij hebben jullie zaterdag veel plezier gehad. Maar kennelijk zijn jullie ontluikende gevoelens nog steeds kwetsbaar en moet ik meer geduld hebben. Heb je al iets van Wijnand gehoord?"

"Nee. Hij mág de eerste weken geloof ik niet eens contact met de buitenwereld hebben. Ik heb wel een of andere begeleider aan de telefoon gehad. Hij is nukkig en weerbarstig, maar dat schijnt wel vaker voor te komen. Het begint wel tot hem door te dringen, dat zijn gedrag op het randje is geweest en dat er maar twee keuzes zijn: de gokverslaving als zondanig erkennen en overwinnen, of verder afglijden, onherroepelijk de afgrond in."

"Laat het aan de deskundigen over, en probeer jezelf in de komende tijd te ontspannen. Daar ben jij mee gebaat, Agnes ook, maar vooral Wijnand, als die weer terug komt. Bereid je er maar op voor, dat het overwinnen van welke verslaving dan ook, nooit gemakkelijk en vanzelfsprekend gaat. Dat er momenten zullen komen, dat Wijnand maar nauwelijks de verleiding, in zijn oude spelgedrag te vervallen, kan weerstaan. Momenten waarschijnlijk ook, dat hij dwars en moeilijk zal zijn."

Ze knikte verdrietig. "Ik heb Bert een e-mail gestuurd, om te melden wat er met Wijnand is gebeurd. Natuurlijk belde hij prompt op om te weten te komen, in welke instelling hij verbleef en brieste hij, dat hij hem weg zou halen en bij zich zou laten wonen, dan was het meteen afgelopen met alle flauwekul. Het deed zo'n pijn, Adelheid."

"Heb je hem verteld waar Wijnand is?"

"Nee, natuurlijk niet. Mijn zoon moet voor alles beschermd worden. Na die eerste weken hoop ik maar, dat hij sterk en gemotiveerd genoeg is om door te vechten weer de oude te worden."

"Nu, helemaal de oude wordt hij nooit meer. Als hij het gevaar van zijn speelgedrag maar gaat beseffen! Staan er nog schulden open?"

"Ik betaal niets meer aan een boef als Niels."

"Gelijk heb je. En zijn schuld aan jou? Hij zal zijn krantenwijk nu wel kwijt zijn."

"Nee, Agnes doet die zo lang en de verdiensten ervan spaart ze op om een of ander apparaat aan te schaffen, dat tieners niet kunnen missen en waarvan de moeders amper weten wat je ermee kunt doen." Ze schoten allebei in de lach.

"Nu ja, dat is goed," grinnikte Adelheid na. "Agnes is een schatje."

"Ja. O, het heeft me zo opgelucht, Adelheid, om even met je te praten."

"Waar heb je anders goede vriendinnen voor? Wanneer gaan we shoppen?"

Ze spraken af voor de komende woensdag, dan was Marthe vrij omdat ze in het weekeinde twee avonddiensten moest draaien. Nu ze zich geen zorgen hoefde te maken wat Wijnand dan ging uitspoken, had ze ontdekt die avonddiensten zelfs prettiger te vinden dan de drukke ochtenddiensten als alle bewoners gewassen en aangekleed moesten worden.

"O zeg, hoe zit het nu eigenlijk met Ron van Dijk?"

"Hoe kom je daar nu zo ineens bij?"

"Het is vooral Alwin, die dat graag wil weten."

Marthe werd meteen ernstig. "Weet je, misschien klinkt het verwaand, maar niet alleen heb ik Alwin zijn belangstelling voor mij opgemerkt, vanzelfsprekend heb ik dat en ik koester dat ook, maar ook dacht ik, dat Ron van Dijk me hielp om andere redenen dan zorgen om Wijnand." Ze bloosde. "IJdel hè? Langzamerhand begin ik echter te beseffen, dat dit niet zo is. Hij is echt een bevlogen man, waar het zijn leerlingen aangaat. Het ging hem helemaal niet om mij."

"Als vrouw niet, als mens waarschijnlijk wel."

Marthe knikte. "Ja, zo druk je het goed uit. Hij belt regelmatig op om te vragen hoe het met Wijnand gaat. Ik heb hem verteld, dat ik Lou en zijn moeder heb gesproken. Hij vindt het jammer, dat Lou uit zijn gezichtsveld zal verdwijnen, maar aan de andere kant is hij er blij mee dat er voor de jongen nieuwe kansen komen. Momenteel geeft hij hem twee keer in de week bijles.

Onbezoldigd! Nu Niels vast zit, kan hij voorlopig geen negatieve invloed meer hebben op Wijnand. Ron wil me graag nog een keer spreken voor het nieuwe schooljaar begint. Ik heb gezegd, dat we elkaar dan in zijn klaslokaal kunnen treffen. Dat was goed."

"Beter zo, dan dat hij om de haverklap bij jou thuis komt."

"Ja. Ik noem hem nog steeds gewoon bij zijn voornaam, maar ik heb mezelf hartelijk uitgelachen om mijn ijdelheid over de intentie van zijn gevoelens."

Adelheid nam haar onderzoekend op. "En Alwin? Hij is begin deze week terug gegaan naar Amerika, omdat daar opnieuw iets geregeld moest worden waarbij hij kennelijk niet gemist kan worden. Heeft hij je al gebeld?"

"Ja, eergisteren. Hij vertelde dat het druk en ook interessant is, wat daar gebeurt."

"Wel, hij is vanmiddag alweer thuis gekomen en heeft waarschijnlijk een dijk van een jetlag, maar zodra hij lekker heeft geslapen, zal hij zich wel bij je melden."

Ze keek Adelheid vragend aan. "Wat vind jij ervan?"

"Van Alwin en jou?"

"Zover is het niet."

"Nog niet. Ik zou het geweldig vinden, als het inderdaad wat werd tussen jullie beiden. Alwin is een fijne man, en hij heeft moeilijke jaren achter de rug na het verlies van zijn vrouw. Hij hield veel van haar."

Marthe bloosde onzeker. "Als hij, net als jij, zulke mooie herinneringen heeft, kan een andere vrouw daar nooit aan tippen, vrees ik."

"Marthe," Adelheid keek haar streng aan, "het zal altijd anders zijn en niet met elkaar te vergelijken, maar hij heeft heel warme gevoelens voor jou gekregen, en jullie zijn beiden typen mensen, die niet graag vele jaren alleen zouden blijven. Als je om hem geeft, sluit je daar dan niet voor af, omwille van angst voor zijn mooie herinneringen. Natuurlijk, die zijn er en zullen blijvend een plaats hebben. Maar jij hebt toch ook wel mooie herinneringen aan de tijd, dat je getrouwd bent geweest?"

"Die lijken wel weggevaagd te zijn, door alles wat er later is gebeurd."

"Geloof me maar, de goede herinneringen komen terug, als je alles verwerkt hebt en misschien ben je op een gegeven moment wel dankbaar voor de scheiding, omdat je het met iemand anders veel beter hebt gekregen dan vroeger het geval was."

"Dat zou mooi zijn, maar aan dergelijke dingen denk ik nooit."

"Nee, al je zorgen en gedachten draaien om Wijnand, en daardoor verwerk je onvoldoende wat je het laatste jaar allemaal is overkomen."

"Mogelijk, al is de ergste pijn verdwenen, zoals ik laatst heb vastgesteld," moest Marthe toegeven. "Als ik heel eerlijk ben, Adelheid, en dat durf ik nauwelijks tegenover mezelf, dan is het wel prettig dat Wijnand er een paar weken niet is. Nu is er rust."

"Neem een paar vrije dagen op," zei Adelheid. "Ga dan wandelen of wat dan ook doen, zodat je tot rust komt. Laat je gedachten vrij gaan, en probeer je evenwicht te hervinden."

Ze schoot in de lach. Ze werden prompt gestoord door de bel. Even later liet ze Alwin binnen en Adelheid wist niet hoe snel ze zich met een brede lach uit de voeten moest maken.

Hoofdstuk 19

"Waar gaat zij zo snel naartoe?" vroeg hij nog schaapachtig, nadat ze als gebruikelijk was geworden een zoen op haar wang had gekregen.

"Naar huis. We hadden een goed gesprek, zoals dat heet."

"Ach, het tussen vrouwen uitwisselen van de diepste hartenkreten," grinnikte hij opgewekt. "Zou ik een kop koffie van je kunnen krijgen, want ik heb nog een katterig gevoel vanwege de jetlag. Ik heb vanmiddag twee uur geslapen en de wekker maakte me wakker, maar dat moest wel, anders kan ik vanavond niet in slaap komen. Ik behoor tot de mensen die in vliegtuigen geen oog dicht kunnen doen."

"Sommigen nemen gewoon een slaappilletje mee in hun handbagage, of slaan een paar flinke borrels achterover."

"Ik niet. Ik lees papieren door voor de komende vergaderingen," reageerde hij droog. "Heb je me een beetje gemist, Marthe?"

Blozend haastte ze zich naar de keuken om voor de verlangde koffie te gaan zorgen. Omdat hij haar achterna kwam, keek ze hem over haar schouder aan. "Ik heb een hoop te vertellen, maar vertel jij eerst hoe je besprekingen zijn verlopen en heb je nog een beetje tijd gehad om van Amerika te genieten?"

Hij haalde zijn schouders op. "Ik ben er al vaak geweest. De zaken daar worden uitgebreid, en ik weet niet of ik daar nu blij mee ben of niet. Ik hou er niet van, dat heen en weer jakkeren over oceanen. Misschien heb ik dat inmiddels genoeg gedaan of ben ik gewoon niet iemand, die denkt dat het leven ergens anders altijd beter is dan thuis. Als ik ondeugend droom, zie ik mezelf in Drenthe zitten, bezig om een boek te schrijven over mijn vakgebied."

Ze schoot in de lach. "Het zal de naderende oude dag wel zijn, denk je niet?"

"Pestkop! Ik ben vorig jaar pas vijftig geworden. Als ik geluk heb, hoef ik nog maar een jaar of tien mee te lopen in het dolgedraaide circus dat een goedlopende economie heet. Als ik pech heb, word ik eerder op straat gezet omdat ze me niet meer nodig hebben en moet ik rondkomen van een hongerloontje. Of moeten we tegen die tijd doorbuffelen, tot we zowat zeventig zijn, vanwege uitgeklede pensioenen en opgeschoven AOW, waarna mensen te oud zijn om nog een beetje van een aangename oude dag te genieten."

"Mijn moeder is bijna zeventig en wandelt nog in rap tempo over de golfbaan. Ik durf er mijn hand onder te verwedden, dat ik haar niet eens bij zou kunnen houden," gaf ze terug.

De koffie was zo gezet en even later ging ze op de bank zitten. Hij zat al in de stoel naast de televisie, maar stond prompt weer op om naast haar te komen zitten. "Ik heb je gemist." Zijn ogen werden ernstig.

"Ik jou ook." Een paar momenten lang leken tijd noch problemen te bestaan en keken ze elkaar aan. "Eerst heb ik een vervelende mededeling. Zo goed als zeker, moet ik in oktober voor drie maanden terug naar Amerika, om daar op poten te zetten wat de afgelopen weken is voorbereid."

Ze schrok er van. "Drie maanden? Dat is lang, Alwin."

Hij knikte en zijn blik versomberde. "Zeker voor een man, die helemaal geen onrustig zwerversbloed in de aderen heeft. Ik heb het niet zo op met het harde Amerikaanse leven, zo van: Ikke en de rest kan stikken. Bovendien zie ik daar voornamelijk vrouwen die of vreselijk dik en verwaarloosd zijn, of broodmager, half uitgehongerd en op een afschuwelijke manier verbouwd door plastisch chirurgen. Zouden die nu werkelijk veronderstellen, dat ze daar mooier van geworden zijn?"

Ze moest lachen. "Oei, wat een gemeenplaatsen!"

Hij lachte mee. "Kort en goed, ik heb je gemist en wil helemaal niet drie maanden aan de andere kant van de oceaan gaan zitten."

"Je moet wel gaan, vrees ik."

"Ik vrees het ook. Maar nu genoeg over mij, Marthe. Uit je woorden begreep ik, dat je nog niet erg tot rust gekomen bent na alle roerige weken die je achter de rug hebt."

"Dat kun je wel zeggen." Haar blik versomberde en werd peinzend. Ze keek hem onderzoekend aan.

"Heeft Wijnand complicaties gekregen aan zijn verwondingen?"

"Gelukkig niet. Heb jij er geen schade van ondervonden, dat iemand je moedwillig probeerde te verwonden of erger?"

"Ik denk er vanzelfsprekend wel eens aan, hoe snel een mens in de problemen kan raken, maar dat zet ik zoveel mogelijk van me af. Je vertelde door de telefoon, dat Niels opnieuw is opgepakt, al moet je er tegenwoordig voor vrezen, dat de dader eerder op straat loopt dan het slachtoffer. Hoe heeft Wijnand zich gehouden?"

"Hij zit nu in die instelling en het is afwachten hoe het met hem gaat als hij weer thuis is. Hij mist de eerste twee weken van het nieuwe schooljaar, maar wat ze daar doen is volgens Ron belangrijker. Zijn hechtingen zijn er na een week uitgehaald. Het litteken zal langzamerhand minder vurig worden, denk ik."

"Weet je dat niet?"

"Ik mag hem daar niet opzoeken. Dat schijnt beter te zijn. Eenmaal in de week mogen we een paar minuten bellen. Hij vindt het regiem daar erg streng."

"Begeleiders zullen er niet al te veel zijn, vanwege de vakanties."

"Nu ja, dat doet er niet toe. Ron heeft daar connecties. Het is zo'n opluchting, Alwin, dat hij in ieder geval een paar weken lang niet stiekem kan gaan gokken. Ik kom echt tot rust."

"Die leraar heeft veel voor je over."

Ze bloosde. "Ik heb zelfs een poosje gedacht, dat zijn belangstelling voor mij wel erg persoonlijk was, maar ik vergiste me. Daar ben ik inmiddels achtergekomen. Ron bemoeit zich er alleen mee, omwille van zijn leerlingen."

"Gezonde of ongezonde redenen, wat denk je?"

Ze schoot spontaan in de lach. "Gezonde, zonder de geringste twijfel. Hij geeft Lou momenteel zelfs bijles. Wat denk je wel! Ik heb nooit iets vernomen over mogelijk andere dingen. Nee, hij is ouderwets bevlogen, waar het zijn werk betreft. De zeldzaam geworden mens, die nog mag spreken van het volgen van een roeping."

"Ik dacht dat een dergelijk begrip inderdaad was uitgestorven, schattebout."

"Nu ja, voor we ons verliezen in niet ter zake doende bespiegelingen, moet ik toegeven, opgelucht te zijn dat de verantwoordelijkheid voor Wijnand me even van de schouders is genomen. Ik weet niet hoe ik mijn zoon moet helpen van zijn gokverslaving af te komen, en hopelijk kunnen ze hem daar in de komende weken in ieder geval zover krijgen, dat hij zelf gemotiveerd raakt om nooit meer te willen spelen en zodoende de verleidingen ervan te overwinnen."

"Het zal moeilijk worden, Marthe."

Ze keek hem ernstig aan. "Dat ben ik me bewust. Nu is het een geruststelling, dat hij in bekwame handen is. Voor mij is het verwarrend, dat ik hem aan de ene kant zo vreselijk mis, en dat ik tegelijkertijd zo opgelucht ben, me voorlopig even geen zorgen te hoeven maken over waar hij uithangt. Agnes neemt zijn krantenwijk zo lang waar. En ik kan rustig een avonddienst draaien, zonder me zorgen te maken over wat er thuis gebeurt."

"Probeer dan in deze tijd op adem te komen."

"Dat is dus precies, wat Adelheid me daarnet aanraadde."

"Kun je niet een paar dagen vrij nemen?"

Ze schoot in de lach. "Dat ga ik ook doen."

"Het huisje in Drenthe staat leeg. Zeg het maar, als je er naartoe wilt."

"Hopelijk in de herfstvakantie, samen met de kinderen. Dat had ik al gevraagd, weet je nog?"

"Dat is ook in orde, maar voor jou duurt dat nog veel te lang. Je zou er nu even tussenuit moeten gaan."

"Ik ga komende woensdag met Adelheid winkelen in Dordrecht," glimlachte ze. "Donderdag moet het huishouden gedaan worden en vrijdag werk ik overdag, dan in het volgende weekeinde twee avonddiensten."

"En nu?"

"Morgen ben ik vrij, maar dan…."

"Wil je dan met mij aan het strand gaan lopen, Marthe?" Zijn arm kroop om haar heen.

Ze hoefde er niet over na te denken. "Graag," reageerde ze.

"Mooi, dan ga ik zo weer weg om vroeg te gaan slapen," reageerde hij met een lach in zijn ogen. "Hoe laat mag ik je komen halen?"

"Net na de middag? Ik moet eerst nog boodschappen doen en…"

"Hetzelfde geldt voor mij, dat heb je met alleenstaande mannen. Goed dan, ik haal je op zodra ik tussen de middag een broodje heb gegeten."

"Wacht nou, ik moet nog vertellen over Lou."

Dat deed ze dus en zodoende duurde het nog een uur eer hij vertrok. Toen hij wegging dwaalde zijn afscheidszoen van haar wang naar haar mond, maar nog voor ze zich behaaglijk tegen hem aan kon vleien, zoals ze het liefst wilde doen, liet hij haar weer los en even later viel de deur achter hem dicht.

Marthe zat nog lang na te denken. Ze was verliefd en het zag er naar uit, dat Adelheid gelijk had, als ze beweerde dat Alwin zekere gevoelens voor haar had.

Stel dat dit zo was, wachtte haar dan een betere toekomst dan ze lange tijd had durven dromen? Of zou Wijnand zoveel zorgen blijven geven, dat hij roet in het eten zou gooien, omdat haar eerste verantwoordelijkheid uiteindelijk toch bij haar kinderen lag?

Gelukkig was het de volgende middag droog en kwam zelfs de zon zo nu en dan tevoorschijn. Ze genoten samen van een heerlijke wandeling en soms hield hij haar hand een poosje vast. Agnes kon er de lol bepaald van inzien, toen hij haar moeder weer thuisbracht en aankondigde dat hij nog even langs de chinees zou rijden om het een en ander te gaan halen, zodat haar moeder niet meer hoefde te koken en ze niet aan de kust had willen eten, omdat ze bang was dat haar lieve dochter zou verhongeren zonder haar aanwezigheid.

"Je hebt mam weer laten lachen," grinnikte het meisje opgewekt.

"Ze heeft een roerige tijd achter de rug, maar we komen allemaal bij, nu Wijnand met zijn bijbehorende zorgen veilig ergens anders onderdak is."

"We hebben een heerlijke middag gehad," knikte Marthe met een glimlach om haar lippen,

"Maar Wijnand komt terug, mam, en dan begint de ellende van voren af aan," vreesde het meisje met een vroegwijze blik in haar ogen.

"Mogelijk, maar misschien leert hij van zijn verblijf waar hij begeleid wordt door ervaren hulpverleners," hoopte Marthe. "Als dat niet het geval is, moet ik gaan bedenken, hoe ik er verder mee om moet gaan."

"Dat is simpel, Marthe," meende Alwin. "Geen schulden meer betalen. Afspraken maken en regels vaststellen, waar hij zich aan moet houden."

"Dat is het juist, dat heb ik allemaal al geprobeerd. Als iemand verslaafd is, lapt die alle vastgestelde regels zondermeer aan zijn laars."

"Dat besef ik. Als Wijnand werkelijk blijft gokken, moet je hem zelf op laten draaien voor de gevolgen. Hoe onaangenaam dat ook voor jou kan uitpakken, als een gokker niet zelf moet opdraaien voor de puinhoop die hij ervan maakt, zal hij nooit in gaan zien dat zijn gedrag moet veranderen. En je zou in dat geval goede hulp moeten zoeken. Er zijn mensen, die elkaar steunen als zij een verslaafde in hun omgeving hebben. Er zijn veel meer mannen gokverslaafd dan vrouwen. Niet alleen echtgenotes, ook moeders en waarschijnlijk ook wel kinderen, kunnen er met elkaar over praten, omdat niemand beter begrijpt waar ze tegen aan lopen dan mensen die in het zelfde schuitje zitten of hebben gezeten."

Ze knikte. "Maar ik ben er bang voor." Haar stem klonk vlak.

"Dat is logisch. We zijn er alle drie bang voor, laten we maar eerlijk zijn. Misschien maken we ons echter voor niets zorgen. Therapie helpt soms en Wijnand's verslaving bestaat nog geen jaren. Ik veronderstel, dat het dan gemakkelijker is, om op het ingeslagen pad terug te komen. Veel mensen vluchten in een verslaving. Ze hebben er weliswaar aanleg voor, maar ze vervallen in dat gedrag als er problemen zijn of ze zich eenzaam voelen. In dat opzicht komt Wijnands gedrag niet op een onverwacht moment."

"Als ik daaraan denk, voel ik me steeds schuldiger."

"Dat is nergens voor nodig," wist hij met stellige overtuiging.

"Ieder mens overkomt op een gegeven moment in het leven een nare tijd. Lang niet iedereen raakt dan ergens aan verslaafd."

"Nee, anderen worden ziek of knijpen er langere tijd tussenuit."

"Iedereen is verschillend, maar jij hebt er gewoon je schouders onder gezet en hebt alles op alles gezet om jullie leven weer zo normaal mogelijk te laten verlopen. Dat getuigt van een sterk karakter, Marthe."

Ze zag Agnes vanuit haar ooghoek zo ongemerkt mogelijk de kamer uitglippen. Alwin schoof een stukje naar haar toe. "Ik begrijp heel goed, dat je je zorgen maakt over dat wat je mogelijk nog te wachten staat, maar Marthe, probeer het vertrouwen in je zoon terug te vinden en beschaamt hij dat toch, wees dan zo moedig hem los te laten en bid dan elke avond, dat hij leert van zijn fouten, omdat jij hem niet langer kunt verhinderen dat hij die fout maakt."

"Als ze Niels nu maar veroordelen tot een flinke straf. Lou woont straks ergens anders. Wijnand zal zich eenzaam voelen, als hij straks weer naar school moet."

"Maar zonder Lou is hij sneller geneigd, nieuwe vrienden te maken. Toe, zonder vertrouwen komt een mens nergens."

"Ik probeer het," beloofde ze dapper, maar de twijfel in haar hart zou langer blijven bestaan dan vandaag alleen.

Zij wist het en hij wist het ook, maar beiden besloten dat de tijd afgewacht moest worden en dat ze niet meer konden doen dan proberen zo ontspannen mogelijk te blijven onder de situatie zoals die in de afgelopen maanden was ontstaan.

"Marthe…"

"Ja?"

"Ik zou het wel fijn vinden, als je me rond de kerst op komt zoeken in New York."

"Ik zou wel willen, maar dat kan niet. Ik kan Agnes en Wijnand niet alleen achterlaten, juist niet met de feestdagen. Bovendien heb ik het geld niet voor zo'n dure reis. We zullen elkaar voor langere tijd moeten missen."

Hij werd ongekend ernstig. "Daar zie ik erg tegenop, weet je dat? We groeien juist een beetje naar elkaar toe. Voor het eerst sinds ik alleen ben achtergebleven, zie ik het leven weer rooskleurig in. Ik ben gaan hopen, dat ik niet alleen oud hoef te worden en ik hoopte dat jij er gaandeweg net zo over gaat denken. Nu is alles nog zo teer en pril. En het maakt me onzeker dat ik juist nu zo lang weg moet."

Ze keek hem recht aan. "Dat ben ik ook. Onzeker. Onzeker over alles wat er is gebeurd en nog veel onzekerder over alles wat me de komende tijd nog te wachten staat."

"Wil je op me wachten, tot ik terug ben uit Amerika?"

Ze leunde meer tegen hem aan. "Natuurlijk. Maar je bent nog niet eens weg."

"Gelukkig niet. Ik ben nog een paar weken hier, maar in die tijd zou ik je graag regelmatig zien."

Ze glimlachte naar hem. "Dat wil ik ook wel, alleen moet ik in de weekeinden regelmatig werken en doe jij dat juist als ik mijn vrije dagen heb."

"Dan zie ik je 's avonds wel."

"Adelheid hoopte hier al op, weet je dat?"

Hij moest lachen. "Vanzelfsprekend. Ze liet niet na, jou de hemel in te prijzen."

"Ze is erg gelukkig geweest met haar Bram. Ik zou het haar ook gunnen, opnieuw gelukkig te worden."

"Adelheid niet. Die wil dat niet meer, en bovendien heeft ze het karakter om het niet erg te vinden, alleen te zijn. Ik heb dat niet. Als ik 's avonds in mijn lege huis kom, overvalt het me nog altijd. Mijn twee zoons hebben zich zorgen om me gemaakt. Ze zijn weliswaar al een poosje het huis uit, maar toch."

"Hoe ben jij die eerste periode doorgekomen?"

"Werken en nog eens werken. Evenzeer een vlucht, Marthe."

"Ja, maar niet een verkeerde."

"Dat valt nog te bezien. Ik draag zakelijk meer verantwoordelijkheden dan ik prettig vind. Ik zou dat wel willen afbouwen, maar ben daar nog te jong voor. Ik kan ook niet meer gemakkelijk uitkijken naar een andere baan, want daar ben ik dan net weer wat te oud voor. Soms heb ik het gevoel, aan alle kanten klem te zitten." De blik in zijn ogen werd nadenkender. "Gelukkig gaat het met allebei mijn kinderen goed." Toen schoot hij in de lach. "Ik heb vanmiddag gehoord, dat ik opa word, als de lente komt."

Ze lachte met hem mee en even leek het alsof alle zware lasten niet langer op haar schouders alleen drukten. Toen hij haar naar zich toe trok, liet ze hem begaan.

"Dat was fijn," fluisterde ze na een lange, warme zoen. "Zomaar een beetje tegen jou aanleunen. Dat voelt goed, niet langer alleen. Ja, Alwin, voor mij is het net als voor jou. Ik zag er ook tegenop, om alleen oud te moeten worden, maar ik was zo gehavend door het gedrag van Bert, dat ik me niet voor kon stellen dat er nog een man zou zijn die voldoende om me zou kunnen geven om dat met me aan te durven."

"Ik wel," wist hij stellig. "Het is jammer dat ik zo lang en zo ver weg moet, maar aan de andere kant, als onze gevoelens daar tegen bestand zijn, dan mogen we alle vertrouwen hebben in de toekomst, Marthe."

Ze knikte. "Als Wijnand maar…."

Ze maakte haar zin niet af, maar al haar hoop en vooral haar vrees kon hij er zondermeer uit proeven.

Hoofdstuk 20

Het werd september. Het nieuwe schooljaar begon dat jaar zonder Wijnand. Een week voor hij weer thuis zou komen, was Marthe hem op wezen zoeken, de enige keer na weken afwezigheid, en ze was er door verrast geweest dat Wijnand er goed uitzag. Hij vertelde, dat er veel gesprekken waren geweest en dat hij inmiddels best begreep, dat het niet goed voor hem zou zijn om ooit nog achter een gokautomaat te gaan staan. Hij had hier geleerd, hoe gemakkelijk er tegenwoordig gewoon thuis vanachter de computer gegokt kon worden, en hoe eenvoudig dat uit de hand kon lopen, zeker voor jongens zoals hij. Hij beloofde stellig, dat nooit te zullen doen. Marthe had gelachen en geknikt, maar bij die laatste woorden was er een nieuwe angst in haar hart geslopen. Ze kon niet eens verhinderen, dat hij de deur uitsloop om ergens te gaan gokken, laat staan dat ze kon verhinderen dat hij dit gewoon vanuit zijn eigen kamer kon doen! Wat bracht de moderne tijd veel gevaren en verleidingen met zich mee, dingen waar ze zelf nooit enige notie van had gehad.

Ze ging hem halen toen hij weer naar huis zou komen en Ron van Dijk belde op of hij mee mocht. Hij wilde graag rijden, zodat ze niet met het openbaar vervoer hoefde te gaan. Ze greep dat aanbod met beide handen aan.

Ze zat op de bewuste vrijdagmiddag nog niet naast hem in de auto, of hij wierp een onderzoekende blik op haar. "De vakantieperiode is inmiddels voorbij. Ben je in de afgelopen weken voldoende uitgerust, Marthe?"

Ze overwoog die vraag zorgvuldig. "Dat kan ik niet zeggen. Eerst was ik ongerust en vond ik het akelig, dat ze met hun vader op vakantie gingen, maar zelf ben ik toen met mijn vriendin naar Drenthe geweest en daar hebben we een heerlijke week gehad. Daarna nam ik Lou in huis en dat ging goed, tot Wijnand terugkwam en binnen een week weer ging gokken, met als gevolg dat hij eigenlijk maar kort thuis is geweest."

"Ik begrijp het. Mis je hem?"

"De laatste weken waren heel dubbel. Aan de ene kant miste ik hem, maar tegelijkertijd was ik enorm opgelucht dat er eindelijk aan het probleem gewerkt werd dat hij heeft ontwikkeld, en waar tegenover ikzelf machteloos stond. Ik kon niet verhinderen dat hij ging spelen, ik was aldoor ongerust als ik naar mijn werk was omdat ik bang was dat hij verkeerde dingen kon gaan doen zonder dat ik het kon verhinderen en zelfs als ik thuis was, wist hij ongemerkt weg te komen. In een paar maanden tijd ben ik het vertrouwen in mijn kind kwijtgeraakt en dat is een groot verlies, Ron."

"Ik weet het. Ik leef altijd erg mee met mijn leerlingen, als ze thuis moeilijkheden hebben. Er is nog een leerling van me, van wie de moeder aan haar laatste levensfase bezig is. Die probeer ik ook te helpen."

Ze nam hem onderzoekend op. "Op die manier kom je nooit los van school."

Hij haalde zijn schouders op. "Misschien heb ik iets in me van een zendeling, al ben ik niet katholiek opgevoed. Ik probeer de jongens die aan onze zorg op school zijn toevertrouwd, altijd te helpen vanuit een soort idealisme. Nooit eerder is er een generatie jonge mensen opgegroeid in zoveel weelde als tegenwoordig. Toch vinden we van een grote groep, dat er sprake is van armoede. Relatief gezien is dat ook zo. De onderkant van de maatschappij, die er niet alleen altijd is geweest maar er ook altijd zal zijn, ervaart zijn mindere positie als armoede, ook al is er geen honger, is er een dak boven het hoofd, onderwijs en medische verzorging. Veel ontwikkelingslanden denken blij te zijn als ze ooit zover komen, maar als dat eenmaal zo is, ervaren ze hun toestand opnieuw als armoede, omdat ze heus wel zien dat andere mensen het veel en veel beter hebben dan zij, ondanks wat er is gewonnen." Hij haalde diep adem. "In ieder geval ervaar ik het als een geschenk van God en als een verrijking van mijn leven, als ik in staat ben anderen te helpen."

"Je klinkt inderdaad als een zendeling."

"Ik ben een zeer gelovig man, Marthe. Niet dat ik de deur platloop in de kerk, maar mijn geloof zit diep van binnen en vormt de grond van mijn bestaan. Vind je dat gek?"

Ze bloosde ervan. "Integendeel. Als er een vorm van rijkdom is die werkelijk waarde heeft, dan is het dat, denk ik."

"Dat heb je mooi gezegd. Wel, we zijn er bijna."

Eigenlijk was dit zo'n fijn gesprek, dat ze het bijna jammer vond dat ze inderdaad nog geen tien minuten later door het toegangshek reden.

Wijnand was vrolijk, toen ze terugreden. Hij hoorde ervan op, dat Lou tot zijn grote tevredenheid inmiddels in een instelling woonde, ondanks dat zijn moeder binnenkort definitief zou thuiskomen. Het enige dat hij jammer vond, was dat die instelling nogal ver van hun woonplaats lag. "Ik zie hem natuurlijk nauwelijks meer," zei hij een stuk somberder. "Nu heb ik helemaal geen vrienden meer op school."

"Dat komt wel weer," zei zijn schoolmeester bemoedigend. "Denk bij voorbeeld eens aan Henk Paans. Jullie zouden goed met elkaar overweg kunnen, als je ervoor open stond."

"Ik weet het niet, hij…."

"Zelfs als Lou thuis gebleven was, had hij toch heel andere lessen en uren gehad dan jij."

"Dat is waar. Mam, ze hebben me hier aangeraden dat jij mijn geld moet gaan beheren. Althans de eerste tijd. En dat ik elk bedrag moet gaan opschrijven dat ik uitgeef, zodat jij dat kunt controleren. Dan kan ik niet stiekem geld uitgeven, waar jij het niet wilt."

"Je moet het zelf niet meer willen," meende Ron. "Maar voor de eerste paar weken is dat geen onverstandige beslissing."

"Agnes heeft al deze weken jouw krantenwijk gedaan. Je kunt het morgen weer zelf doen."

"Moet ik mijn oude schuld aan jou nog afbetalen?"

"Vanzelfsprekend." Dat was Ron en Marthe ging er niet tegenin. "Ik hoop dat de laatste weken een ommekeer voor je betekenen, Wijnand. Je moeder heeft zich grote zorgen om je gemaakt en doet dat nog. Vergeet niet, dat het voor haar evenmin een gemakkelijk jaar is geweest."

Hij bromde wat onduidelijks. Toen kwam een onverwachte vraag van de achterbank. "En mam, zie je Alwin Jaarsma nog wel eens, of vind je mijnheer Van Dijk misschien leuker?"

De twee op de voorbank schoten gelijktijdig in de lach.

"Je moeder is een aardige vrouw, maar als ik wat met iedere aardige moeder moet beginnen die ik ken, heb ik geen tijd meer om les te geven," grijnsde zijn leraar.

"O," het klonk wat bedremmeld. "Of blijf je net als tante Adelheid liever alleen, mam?"

"Ik zie Alwin geregeld, nog wel, want binnenkort moet hij voor zeker drie maanden in Amerika gaan werken. En dat vind ik jammer. Maar we mogen in de herfstvakantie wel een weekje naar zijn huis in Drenthe, als jullie dat willen."

"O, dat zou wel fijn zijn," zei de jongen. "Is daar nog wat te doen?"

"Daar bedoel je waarschijnlijk geen museum mee, maar eerder pretparken en dergelijke?" informeerde Ron met ingehouden lach.

"De meester is een toffe vent, mam, maar soms stelt hij idiote vragen. Vind je niet?"

Agnes was onrustig in de eerste week dat haar broer weer thuis was. Marthe ook. Gelukkig kwam Alwin al de tweede dag nadat Wijnand thuisgekomen was, bij hen langs. "Het doet me plezier je weer te zien," prees hij de jongen, die hem onderzoekend en een tikje wantrouwend aankeek.

"Hebben mam en jij nu wat met elkaar?" informeerde hij zonder de nodige omhaal, wat Marthe deed blozen en Alwin in de lach deed schieten.

"We zijn goede vrienden, wijsneus, maar we hebben nog geen relatie, al dring ik er bij je moeder wel op aan, dat we die beginnen. Maar over een week reis ik voor langere tijd naar de andere kant van de grote plas. Heeft ze je dat niet verteld?"

Wijnand knikte. "Is het de bedoeling, dat ze je vreselijk gaat missen?"

Alwin gaf een serieus antwoord. "Ik zal haar zeker vreselijk missen en als ze niet twee dierbare lastpakken had, zou ik wel graag zien dat ze met me meeging. Maar inderdaad, daarvoor zijn we nog niet genoeg naar elkaar toegegroeid. Het is dus een soort lakmoesproef. Als we elkaar zo lang niet kunnen zien en we komen tot de conclusie dat in de toekomst nooit meer te willen meemaken, dan hoop ik dat we samen verder kunnen als ik terugkom."

"En dan? Gaan we dan bij jou wonen of zo?"

"Daar hebben we nog geen seconde over nagedacht," was het nuchtere antwoord. "Soms moet het leven worden genomen zoals het komt, Wijnand. Bovendien moet je moeder er eerst weer vertrouwen in krijgen, dat het goed gaat, met jou en met je zus."

"Is er dan iets met Agnes?"

Marthe haastte zich dat te ontkennen. "Nee, dat niet, behalve dat ze teveel in haar schulp is gekropen na de scheiding en dat ze de laatste tijd wat te weinig aandacht heeft gekregen, omdat jij die zo hard nodig had."

"Ik heb Agnes nog het meest gemist," gaf Wijnand toe en Marthe lachte naar hem. "Laten we dan maar hopen, dat het goed met je blijft gaan. Doe je best, voor haar en vooral voor jezelf."

Anderhalve week later nam ze een vrije dag op om samen met Adelheid Alwin naar Schiphol te gaan brengen.

Alwin was opmerkelijk stil op die dag. Nog de avond tevoren was hij Marthe op komen zoeken en had hij Marthe eerlijk gezegd, dat wat hem betrof dit noodgedwongen afscheid niet op een vervelender moment had kunnen komen. Hij zag er als een berg tegenop, om zo lang weg te zijn en hij hoopte maar, dat zij hem net zo zou gaan missen als hij haar zou doen. Hij had haar diep in de ogen gekeken, toen hij vertelde serieuze gevoelens voor haar te hebben opgevat, maar tevens te beseffen, dat zij eerst rust moest vinden na de roerige tijden die ze had meegemaakt, voor hij haar over zou kunnen halen hem beloften te doen over een toekomst samen, waar hij naar was gaan verlangen. Hij had haar bij het afscheid zacht gekust, al had ze het ingehouden verlangen in hem best gevoeld en ontroerd zowel als onzeker had ze hem nagezwaaid, toen hij niet veel later was vertrokken. Eenmaal in bed had ze nauwelijks geslapen en nu ze in de auto zat die door Adelheid werd bestuurd, keek ze vanaf de achterbank, die ze deelde met Bram en die ze om troost te zoeken maar wat achter de oren kriebelde, naar het profiel van Alwin. Zijn ogen waren bedrukt, had ze al vastgesteld toen ze hem ophaalden. Adelheid zou zijn post weghalen en ervoor zorgen dat zijn werkster zo nu en dan kwam om de boel op orde te houden gedurende zijn lange afwezigheid. Eenmaal onderweg was hij stiller geweest dan ze van hem kende en eenmaal op Schiphol, moest hij zijn papieren in orde gaan maken. "Hij kijkt er niet bepaald naar uit," stelde Adelheid vast toen ze samen op hem wachtten.

"Nee, het is ook voor lang."

"En jij?"

"Ik zal hem heel erg missen."

"Je hebt tijd om je op Wijnand te richten."

"Ja, en dat is hard nodig."

"Is hij nog niet wezen spelen?"

"Nee, gelukkig niet, maar ik ben er erg onzeker over of hij daar weerstand aan kan blijven bieden."

"Misschien is het daarom wel goed, dat Alwin een poosje uit beeld blijft."

"Verstandelijk gezien wel, maar ik zal hem zo missen, Adelheid."

Ze schoot in de lach. "Wel, dat is in ieder geval een hoopvol teken voor de toekomst. Zal ik jullie straks met een smoes nog even alleen laten?"

"Graag. Je bent de beste vriendin die ik me maar kan wensen."

"Dat is waar. En als alles goed gaat, worden we in de toekomst zelfs familie. Dat zou fijn zijn, Marthe."

Inderdaad, dat zou fijn zijn.

Toen Alwin weer terug was en de wachttijd begon, dronken ze koffie met elkaar. Maar Adelheid moest hoognodig naar het toilet en bleef lange tijd weg.

"Ze doet het erom," stelde Alwin dan ook nuchter vast, zodra ze haar hielen had gelicht.

"Ze wil ons nog wat tijd met elkaar gunnen."

"Dat is lief van haar. Ik zie vreselijk tegen de komende tijd op, Marthe. Ik zal je verschrikkelijk missen."

"Ik jou ook," gaf ze toe. Zijn arm kroop om haar heen en nu het nog kon, leunde ze tegen hem aan. "Maar als ik terug kom, Marthe, dan hoop ik dat je met me verder wilt en als dat zo is, wil je dan met me trouwen?"

"Dan al?"

Hij glimlachte. Nu ja, dan moeten we elkaar veel zien en…. Maar als de lente komt, lieve schat? Dan?"

"Als de lente komt," murmelde ze. "Als onze liefde dit lange afscheid overleeft, dan trouw ik in de lente met je," beloofde ze. Zijn mond vond de hare, net als de avond tevoren, en hij liet die pas los toen een nadrukkelijk gekuch aankondigde, dat Adelheid er weer was.

In de herfstvakantie stelde Marthe tot haar opluchting vast, dat ze weer een beetje vertrouwen in haar zoon kreeg. Hij ging niet meer weg om te gokken, althans niet voor zover ze wist en omdat hij aan haar verantwoording aflegde over zijn inkomsten en uitgaven, kon ze ook zien dat er daadwerkelijk geen geld werd uitgegeven waar ze op tegen zou zijn. Niels was veroordeeld tot vier maanden gevangenisstraf, bar weinig vond ze, maar in ieder geval kon hij Wijnand in deze gevoelige periode van zijn leven niet opnieuw in de verleiding brengen om te gaan gokken. Ron van Dijk was nog een keer langs geweest om iets op de computer te installeren, waardoor volgens hem Wijnand niet op sites kon komen die niet goed voor hem zouden zijn. Ze snapte er niet veel van, maar Ron had uitgelegd dat het een blokkade was voor geld uitgeven via de computer. Ze geloofde hem op zijn woord.

Ondertussen waren de dagen ongemerkt voorbij gegaan. De kinderen gingen naar school en tegenwoordig, dat was door de vakantie gekomen, gingen ze om de andere zaterdagmiddag naar hun vader toe, die dan ergens met ze ging eten en hen daarna weer terug bracht. Ze vond dat niet prettig, nog steeds niet, maar in ieder geval hadden ze zodoende regelmatig contact met de man die toch altijd hun vader zou blijven, zodat ze niet van elkaar vervreemden. Met haar spraken ze nooit over die ontmoetingen en hoewel ze soms nieuwsgierig was hoe die etentjes zouden verlopen, vroeg ze er nooit naar. Er werd nooit meer over gepraat dat ze misschien liever bij hun vader zouden willen wonen.

Alwin belde zeker twee keer in de week op. Hij had het niet bijster naar zijn zin, maar omdat hij minstens tien uur op een dag werkte, ging de tijd redelijk snel voorbij. Er was zoveel werk, dat er een assistent voor hem was aangesteld. Hij hoopte zo snel mogelijk voor een paar dagen terug te kunnen komen, maar nu zat dat er nog niet in.

In de herfstvakantie ging Marthe inderdaad een week met de kinderen naar Drenthe. Ze had Adelheid meegevraagd, maar die had geantwoord dat het beter voor hun band was, als ze samen met de kinderen leuke dingen ging doen. Daarom gingen ze met de trein en de bus, wat wel een heel gesjouw gaf. Misschien moest ze er toch over denken, alsnog een autootje te gaan kopen, maar eigenlijk durfde ze haar geldreserves niet aan te tasten.

Hier in zijn huis was het net of Alwin weer dichterbij was. Ja, besefte ze met de dag sterker, ze miste hem. Ze hield van hem. En als hij terug kwam, als ze aan de lente dacht, kon ze glimlachen.

Nee, alles ging niet zo gladjes als ze op dat moment hoopte. Zomaar uit het niets had Wijnand in november een terugval. Op een doordeweekse dag was hij niet op tijd uit school gekomen, en omdat hij al een paar dagen onrustig was, sloeg Marthe de schrik om het hart. Ze belde Ron van Dijk op. Die beloofde langs te komen, zodat ze Wijnand samen konden ondervragen als hij thuis kwam.

Ze hoefden niet eens lang te wachten. De jongen schrok, toen hij tegen half negen weer opdook. "Wat doet u hier, mijnheer Van Dijk?"

"Ik wil een antwoord en wel direct. Waar was je? Spelen?"

Hij keek betrapt. "Ik mis het zo, mam, en ineens kwam het over me."

"Heb je geld geleend?"

"Nee, Lou en Niels waren er niet bij. Ik had maar twintig euro bij me en nee, mam, je hoeft niet meteen in je portemonnee te kijken of je geld mist. Het was nog over van mijn verjaardag."

"Heb je alles verloren?"

"Eerst won ik wel, en dan…"

"Dan kun je niet meer stoppen."

"Nee."

"En nu, Wijnand?"

"Mam, ik wil niet terugvallen, echt niet, ik heb daar in die instelling veel ellende gezien van verslaafden, maar soms is het bijna sterker dan ik, dan moet ik zo vechten om het gokken te laten en vandaag…. Vandaag was het eenvoudig sterker dan ik."

Marthe was gaan huilen, met betraande ogen keek ze hem vragend aan. "En nu, Wijnand? Hoe moet ik nu het gevoel krijgen, je nog te kunnen vertrouwen?"

Hij schokschouderde. "Ik doe mijn best, mam. Ik ben er zelf ook van geschrokken. Het kreeg me weer in de ban en ik had zo'n moeite om te stoppen."

"Je geld was op."

"Ja, mijn geld was op, maar mam, ik wil het niet, ik wil het echt niet."

"Je hebt meer nazorg nodig. Een verslaving is verraderlijk, de meeste mensen lukt het niet daar alleen baas over te worden. Beloof me dat je tegen die drang blijft vechten, Wijnand," drong de meester aan. "En laat me een hulpverlener voor je zoeken, waar je elke week een keertje mee kunt gaan praten."

De jongen knikte stom. Toen keek hij weer naar zijn moeder. "Echt mam, ik blijf het proberen en verlies alsjeblieft niet je vertrouwen in mij. Wil je me helpen?"

Ze groeide boven haar angst uit. "Ja jongen, ik wil niets liever dan je helpen. Ik zal je geld blijven controleren en als je de drang voelt, laat me dat dan weten, in plaats van stiekem toch weer te gaan spelen. Misschien kunnen we dan ergens anders heen gaan, of kan ik je op een andere manier helpen die drang weer te overwinnen."

Wijnand knikte. "Het is erg, mam, zo'n drang te voelen die je in de greep krijg. Ik vind het zelf eng, maar het is er wel en ik kan niet net doen alsof dat niet zo is."

"We zoeken opnieuw hulp," knikte ze. "En denk erom, Wijnand, je vecht niet in je eentje. Ron helpt je en ik ook, waar ik maar kan."

Ze hoopte maar, dat ze het vertrouwen in Wijnand niet nog eens hoefde te verliezen.

Ze was verrast toen Alwin belde om te vertellen dat hij hemel en aarde bewogen had, maar dat hij met Kerstmis vrij was om bij haar te zijn. "Wat fijn," reageerde ze dan ook. "Ik mis je zo."

"Ik jou ook. Met kerst zijn we samen, lieverd."

Zo kwam het dat ze op een gure decemberdag opnieuw naar Schiphol ging, alleen dit keer, met de trein. Adelheid had met een lach om haar lippen een smoes verzonnen, zodat ze schijnheilig beweerde echt niet in staat te zijn mee te gaan om haar zwager op te gaan halen.

Haar hart bonkte toen ze op de schermen in de aankomsthal las, dat zijn vliegtuig was geland. Het wachten tot hij eindelijk door de deuren kwam, leek eindeloos te duren, veel langer dan in feite het geval was, maar toen ze eindelijk, eindelijk zijn armen om zich heen voelde, leek het wel alsof alles weer goed was.

"Ik heb je zo gemist," fluisterde hij als eerste.

"Ik jou ook."

"Heeft Wijnand na zijn terugval nog gespeeld?"

"Nee, niet meer."

"Mooi. Misschien blijft het bij die ene keer, maar misschien ook niet. Maar Marthe, laat je toekomst er niet van afhangen of je zoon baas kan blijven over zijn gokverslaving. Daar ben ik aldoor zo bang voor, als ik in Amerika zit."

"Dat hoeft niet. Hij is inmiddels zeventien. Straks gaat hij studeren en hoe angstig de gedachte ook is, dan moet ik hem toch loslaten. Hij moet zijn eigen leven leiden, Alwin, en ik het mijne."

Hij drukte haar stevig tegen zich aan. "Zo is dat. Ik kan een week blijven, Marthe, dan moet ik terug voor naar schatting nog een week of drie. Ik laat mijn verblijf daar niet opnieuw verlengen. Dan is het genoeg geweest. Dan wil ik zoveel mogelijk bij je zijn, want ik ben nog steeds niet van gedachten veranderd over wat ik hoop, als straks de lente komt."

Midden in alle drukte van Schiphol ging ze op haar tenen staan om hem alweer een zoen te geven. "Ik ook niet. Kom, we gaan naar huis."

* * *